伊魚は彗星を見上げて呟いた。
「俺のことは気にするな。楽しかったよ」
伊魚はそう言い残して彗星から離れた。薄暗くなりはじめた藪のほうへ歩いてゆく。
藤十郎は呼び止めなかった。（本文より）

All Illustration..............
Maki

彩雲の城

尾上与一

Holly NOVELS ✔ YOICHI OGAMI

彩雲の城

彩雲の城

伊魚《いお》の三つ目の実家は《緒方《おがた》》という。

その前は山井《やまい》、その前は久川《ひさかわ》といった。六歳の頃からなぜか養子にばかり出される身の上で、だが伊魚はそれを不幸と思ったことがない。

「それでは、兄さん、母さん、姉さんも、今までありがとうございました。父さんにもよろしくお伝えください。どうか皆さんお達者で」

伊魚は玄関先で家族に頭を下げた。黒の第一種軍装、右手には革の鞄《かばん》を提げている。明け方、黙って家を出るのが海軍のならわしだが、急に決まった転属で、体裁を繕う余裕もなく、必要な荷物を取りに帰るのが精一杯だった。

「身体《からだ》に気をつけて頑張って。必ず帰ってきて頂戴」

泣いている姉に伊魚は頷《うなず》き返した。母は泣きっぱなしで言葉が出ない。三番目の母は絹物問屋の女将《おかみ》らしく、普段ははっきりとした物言いの、情に厚い人だった。

緒方家は、近くの基地の制服の仕立てを引き受けている。戦争が始まって贅沢《ぜいたく》品が禁じられ、冷え込むと言われていた絹物業界だったが、メリヤスに手を出してからとんとん拍子に儲《もう》かった。縫っても縫っても間に合わないほど注文が多く、店を開けて商売をしなくても有卦《うけ》に入っていた。

伊魚は本当の親との縁こそ薄かったけれど、家に恵まれ優しい人ばかりに育てられて、常にやや裕福な家庭に預けられた。どの家を出るときも「苛《いじ》められたら帰っておいで」と汽車賃を懐《ふところ》に押し込まれて送り出されたが、すべて杞憂《きゆう》に終わった。

家を移るたび暮らしの違いに戸惑うものの、前の家の名誉と思えば努力もできた。特に十一歳のときに養子に入った緒方家は、実の息子と娘がいるにもかかわらず、伊魚を本当の子どものように大切にしてくれた。歳《とし》の離れた兄は、すでに縫製工場を取りまとめ、姉は女学校を出たあと挺身隊《ていしんたい》に入って航空機で使うハーネスなどを縫う工場に勤めている。それなのに忙しい間を縫って、現場を離れられない父以外の全員が伊魚の出征に駆けつけてくれた。尊敬する兄と色白で気のまわる自慢の姉だった。幼い頃、彼女の友人に「新しい弟よ」と紹介されるのが面はゆかった記憶がある。

「マフラーが足りなくなったらいくらでも言え。特等の絹を布団になるほど送ってやる」

そう言って兄は伊魚の手を握ってくれた。

「ありがとうございます、兄さん。兄さんたちも頑張って、軍をしっかり支えてください」

「ああ。任せておけ」

養子の伊魚を分け隔てなく可愛《かわい》がってくれた人たちで、少しも意地の悪いところがない、真面目《まじめ》で清潔で明るい家族だった。白い手袋ごしに温かい兄の体温を感じながら、伊魚は軍服の中で身を強《こわ》ばらせる。

自分が震えているのを悟られないか――。

別れのときだというのに伊魚が考えているのはそんなことだ。もし悟られたとしても出征の緊張や武者震いのようなものと勘違いしてくれたらいい。

彼らと同じように清潔で誠実であろうとし、努力もしてきた。けれど自分は最後の最後で大きな不名誉を隠して家を出なければならない。

「活躍を祈っている。伊魚は、緒方家の誇りだ」

「……はい」

横須賀《よこすか》基地から選ばれて南太平洋・ラバウル基地へ転属になる。開戦以来、南へ向かって破竹の快進撃を遂げるニューブリテン島にある南の最前線。精鋭の槍《やり》とも、航空隊の華《はな》とも呼ばれる基地だ。

伊魚にとっては淋しいというよりも安堵《あんど》の気持ちが強かった。

南へ行く本当の理由を彼らに話さずこの家を去れる。それが何より伊魚をほっとさせる。軍人になったときから、いつか彼らと別れることは覚悟をしていた。真《しん》に苦しいのは彼らに南方に飛ばされる本当の理由を話せないことだ。伊魚の出征を悲しむ彼らは、伊魚がこんな汚らしいことになっているとは思ってもみないのだろう。真実を知れば、正しい彼らは腰を抜かして驚くに違いない。誠実に過ごしてきたつもりだったが、いつの間にか自分は彼らの想像もつかない淫猥《いんわい》な男に成り果ててしまった。

「伊魚さん……」

義母はようやくそう呟いて、泣きながら伊魚の手を取った。手袋ごしに何度も何度も手を撫でる。兄が、見かねたようにそっと母の手を解かせた。伊魚はもう一度彼らに頭を下げた。今生の別れはつつがなく終わった。

一緒に暮らしていても、同じように育てられても彼らと本当の家族になろうと努力をしても、とうとう彼らと同じようにはなれなかった。

冬独特のぼんやりとした水色の空が広がる昼下がりだった。掃き清めた通りに新しい枯れ葉が数枚落ちている。輪郭がない霞《かす》み雲の下を、ぽつんと小さな片雲が流れてゆく。

元々自分ははぐれ雲のようなものだったのかもしれないと、姉の手に握られた真っ白なハンカチを思い出しながら伊魚は思った。地上から見れば大きな雲に溶け込んだように見える雲も、航空機から見ると高さがぜんぜん違うので離れていることが多い。高度が違うとまったく素通りだ。

緒方の家族とは高さや白さや濃度が違うのだと、己の内面を顧《かえり》みて伊魚は不思議な納得がいった。

小さな濁った片雲は、違う速さの風に流され、白く大きな雲とはぐれてまた一人空に彷徨《さまよ》う運命だったのだろう。

†　†　†

陸海将兵合わせて九万人。

南の最前線基地・ラバウルが大所帯になってからというもの、物ひとつ人ひとり探すのにも苦労する。

谷藤十郎《たにとうじゅうろう》は面倒くさくなって、とうとう兵舎の中で大声を出した。

「厚谷《あつたに》！　厚谷六郎《ろくろう》はいるか！」

兵舎の中にひしめいている兵たちが、一様に日焼けした顔でこちらを見るが手を上げる者はいない。藤十郎は舌打ちをして更に歩いた。

「厚谷六郎！　厚谷はどこだ！」

禍福《かふく》はあざなえる縄のごとしというならば、そろそろ福が回ってきてもいい頃だった。これまでをも逃がしたら我が人生は禍だらけだ。

高床になった木の床を、藤十郎はガコガコと半長靴《はんちょうか》を踏みならしながら歩き回っていた。窓の向こうは極彩色だ。宝石もかくやの赤青緑。お陰で室内がめっぽう暗く、人の顔がよく見えない。

「厚谷！　五〇一空から来た厚谷はいないか！」

転属してきたばかりの厚谷はまだ搭乗機が決まっていないと聞いた。この兵舎のどこかにいるはずだ。

先んじて三日前、藤十郎の隊が解隊された。仲のいい隊だったので、共に戦えなくなるのが惜しいと昨夜は酒を酌《く》み交わして別れを惜しんだが、藤十郎だけは別の喜びに溢《あふ》れていた。元々藤十郎は艦上攻撃機の操縦《そうじゅう》員だ。それがラバウルに移ったとたんに、航空機の数が足りないからと艦上爆撃機を押しつけられた。艦攻と同じく爆弾を抱いて飛ぶ航空機とはいえ、航空魚雷《ぎょらい》と投下型爆弾では天と地ほども違う。それだけでも堪えがたいのに、偵察員《ていさつ》席には古株の偵察員が着いていた。

金子《かねこ》という少尉《しょうい》で歳は三十を過ぎている。

偵察員というのは、操縦員の後ろの座席に乗り、飛行機の高度を読んだり、偵察をしたり帰還する方向を調べたりする仕事だが、金子といえばふんぞり返って椅子に座っているだけだ。後部座席にだらしなく座って、離陸が荒いだの燃料の減りが早いだの文句ばかりを言い、飛行中は気分が悪いといって居眠りばかりをしている。酒焼けした声は聞き取りにくく、訊《き》き返すと今度は怒鳴る。降りたら貴様の急降下は生ぬるいだの、誰々の飛行を見ろだの今日のような飛行では明日撃墜《げきつい》されるだの、藤十郎の文句を言うのだった。しかも投下した爆弾が当たったときは上官である彼が威張っている。主に頑張っているのは藤十郎なのに、文句を言われ続け、手柄を横取りされては堪《たま》ったものではない。藤十郎の努力が全部金子に攫《さら》われてゆくようで腹立たしかった。このままでは死ぬに死ねないと鬱憤《うっぷん》を溜《た》めきっていたところに解隊の話だ。隊の誰もが藤十郎の心の中の快哉《かいさい》を聞いただろう。それくらい、ペアを家来《けらい》のように扱う金子の態度は酷かった。

「元五〇一空はどこか！　誰か知らないか！」

今度こそ、と藤十郎は思っていた。今度こそ艦攻にありつき、後ろには厚谷を乗せる。五〇一空もラバウル到着と同時に機の配分にかかっているはずだ。今こそ厚谷六郎をペアに引き抜こうと思っていた。

厚谷という男は予科練の頃の藤十郎のひとつ下だ。特に目立つ男ではなかったが、藤十郎は知っている。厚谷こそが隠れた宝だ。だが偵察員で階級もない厚谷を欲しがる者は誰もいない。

厚谷は凡庸《ぼんよう》に見えるが、凡庸で几帳面こそが偵察員としてすぐれた資質なのだと藤十郎は思い知った。偵察員は目端が利いていないと駄目だが性格はおっとりと優しいほうがいい。それに藤十郎は厚谷が他の偵察員より一年も長く勉強したことを知っている。厚谷は操縦員の訓練を終える直前、盲腸《もうちょう》になったとかいうことで人より遅れて卒業した。腹の手術をしたら、完璧《かんぺき》に治るまで航空機には乗れない。一見治ったように見えても、上空に上がると高高度の気圧差で、手術跡から内臓が飛び出るからだ。とはいえ半人前でも軍人になったからには療養中も遊ばせておくわけにはいかないので、仕方なく厚谷は偵察員として予科練を半分やり直したのだ。

こと南方において無人島に不時着したとき、二人とも操縦員であったなら生還率が跳ね上がる。どちらかが生き残っていれば一人前に操縦できるからだ。それに指図だけ達者な偵察員より、操縦員の心がわかる男のほうがいいに決まっている。

ラバウルは今、勝勢に乗って人数が膨《ふく》れあがるまま雑然としている。内地や南の海に散った各隊から腕自慢の飛行隊がどんどん送り込まれ、物資も最優先で送られて、島からは飛行機が溢れ零《こぼ》れそうなほどだ。送られてくる兵が多すぎて、兵舎を建てるのが間に合わない。あまりに人が多いので司令部も隊の人員をすべて把握できていないという噂《うわさ》もあった。

このままでは空いているもの同士、適当にペアにされてしまう。不幸中の幸いか、禍《わざわい》転じて福と為《な》すか、この状況なら厚谷を捕まえてペアになりたいと司令《しれい》部に頼みにゆけば叶《かな》うのではないかと藤十郎は思っていた。

だから誰よりも先に厚谷に話をつけなければならないのに、どれほど探し回っても厚谷の姿が見えない。

兵舎の中をうろうろしていると、今朝上陸してきた若い男の姿を見つけた。主計《しゅけい》科の下《した》っ端《ぱ》の男で、三角座りをした膝《ひざ》の上で帳面に何かを書いている。酒保《しゅほ》係らしく、昼前五〇一空の人間と配給品を配っているところを見た。

「おい、貴様。厚谷の居場所を知らないか」

大声で藤十郎が尋ねると、南方に来てまで蒼白《あおじろ》い顔色をした男は、丸眼鏡《まるめがね》を持ち上げながら藤十郎を仰いだ。

「厚谷六郎。貴様と一緒に着任しているはずだ。調べてくれ」

「……ああ、厚谷二飛《にひ》ね」

鼻にかかった声で男は言った。

「厚谷二飛ならさっき、沢口《さわぐち》中佐のところに行ったよ。そのままお供につくかもしれないが」

「沢口中佐の!?」

名前を聞いて冷や汗が噴き出しそうになった。

「いかん」

藤十郎は踵《きびす》を返して兵舎を飛び出した。

沢口中佐は搭乗員を割り振る権限を持っている。どちらもできる厚谷を、本部付きの搭乗員にと目をつけたのかもしれない。

藤十郎は高床の兵舎の階段を駆け下り、風が吹くたび白い火山灰を舞い上がらせる地面を走った。

目の前には視界いっぱいの青空が見える。見回せば赤いハイビスカスと白い夾竹桃《フランジパニ》が咲き誇り、海のほうには一面のシンプソン湾が広がっている。

シンプソン湾は、ラバウル基地が港にしている場所でニューブリテン島の北の島端に穴を開けたような円形の湾だ。円の切れ目が外洋に向いていて、そこから船が出入りする。島に抱えられるような形をしているから外海の時《し》化《け》に影響されず、いつもベタ凪《なぎ》の美しい湾だ。波の立たない青い海は、珊瑚《さんご》の白い砂浜に青い油をトロリと流したようだった。紺碧《こんぺき》の海に青い空が映っている。左手は花吹山《はなぶきやま》だ。活火山で、噴火のときは桜の花をまき散らしているように見えることに名前は由来《ゆらい》する。花吹山からの噴煙が溜まったように、沖には雲がもりもりと凝《こご》っている。その向こうは太平洋の大海原《おおうなばら》だ。精鋭の島と讃《たた》えられる日本帝国海軍航空隊が基地にするにふさわしい、険しくも美しい場所だった。

厚谷はどこにいるのだろう。まずは士官が詰《つ》める司令部だ。そこにいなかったらどこか。藤十郎は低い灌木《かんぼく》を掻《か》き分けながら懸命に走った。何としても今、厚谷を探し出さなければならない。この数分は命がかかった数分かもしれないのだ。ペアの相手は運どころか生死を分ける。

藤十郎は司令部へ飛び込んだ。日中静かな司令部の建物は、数名の将兵がいるだけで閑散《かんさん》としていた。受付で尋ねると沢口中佐は外出中ということだ。

今度は港のほうへ行き、そこでも見当たらずに飛行場のほうへ走る。厚谷の姿はない。

藤十郎が汗まみれになって今度は丘へ向かったとき、遠く離れた前方に沢口中佐の姿を見つけた。カーキ色の略装姿で灌木のあいだの小径を歩き、ときおり立ち止まってはのんびりと噴煙を上げる火山を仰いでいる。隣には誰の姿もない。

藤十郎は肩で息をしながら呆然《ぼうぜん》と沢口中佐を眺めた。厚谷を呼び出し、引き抜く話ではなかったのだろうか。全力で沢口中佐の近くまで駆け寄り、少し離れた場所から敬礼をして彼が歩いてくるのを待った。

「おお、谷か。ご苦労」

沢口中佐は、人の顔と名前を覚えるのが趣味のような男だった。藤十郎はラバウルに来てしばらくになるとはいえ、これまで艦爆で大した成績も上げていないのに、自分をひと目見て名前がわかるらしい。

藤十郎は思い切って単刀直入に切り出した。

「沢口中佐にお願いごとがあります！」

本来こういうやり方は抜き打ちだし卑怯《ひきょう》だ。希望があっても尋ねられるまで待つ。募集があって初めて直接の上官に志願の書類を出す。それが兵のわきまえだ。だがそんなおきれいなことばかりを言っていたら前線では生き延びられない。無礼を働いて精神注入棒《せいしんちゅうにゅうぼう》で立てないほど打ち据えられるか、不本意な相手と組まされて撃墜されるかだったら、死んでも納得がいく分、前者のほうがいい。はあはあと肩で息をしながら藤十郎は訴えた。

「厚谷六郎二飛を、自分のペアにください！」

「厚谷を？」

「はい！　自分は厚谷と顔見知りであります。厚谷が今朝着任してきたのを見て、厚谷しかいないと思いました！」

「ほう」

沢口中佐は面白そうにおどけた声を出した。

「厚谷を自分にください。きっと活躍してみせます！」

これは嘘《うそ》ではない。本心を言うと金子以外なら今よりもっと成績を上げられる。厚谷なら間違いないだけの話だ。

まん丸い目が印象的な沢口中佐は、油で整えた頭を軽く傾けた。

「……どうかな」

曖昧《あいまい》なことを言って、直立する藤十郎の前をゆっくりと行きすぎる。沢口中佐に引っ張られるように藤十郎は歩き出した。

「駄目ですか。必ず戦果を上げてご覧にいれます。厚谷を大事にします」

「返事は待ってくれ」

「約束だけでもいいです。お願いします！」

「できない」

「なぜですか！」

厚谷を司令部に採《と》るなら諦《あきら》めるしかない。『待て』と言われる意味がわからない。

「言ったとおりだ。待ってくれ」

「本当に約束だけでかまいません。お願いです！」

沢口中佐のあとを追いながら藤十郎が食い下がっていると、向こうから人が走ってくるのが見えた。藤十郎は舌打ちしたいのを堪えて顔を歪《ゆが》める。二人きりだからこういう話ができるのであって、他の誰かに聞かれたら悪い噂しか立たないし、中佐に直接ものを頼んだことを知られれば厳罰ものだ。

こちらにやってくるのは、こざっぱりした身なりの将校だ。藤十郎より年下の新任将校のようだった。近くまで来た男は、さっと敬礼をしたあと中佐を見て尋ねた。

「お出かけですか」

彼の声には、供をつけずに歩くことに対する苦言のような響きが混じっている。彼の視界には藤十郎も入っているはずだが、防暑服《ぼうしょふく》がこんなに汗だくでは藤十郎は供には見えないだろう。追いすがっていたところを見ていたのか、男は怪訝《けげん》な顔で藤十郎を眺めている。

沢口中佐は不躾《ぶしつけ》を働いた藤十郎を叱《しか》りもせず、若い将校に涼やかに頷いた。

「ああ、まあな」

滝のように流れ落ちる額《ひたい》の汗を拭《ぬぐ》っている藤十郎に男は眉《まゆ》を寄せた。男は供の役目を奪い取るように、藤十郎の前に割り込んで沢口中佐の後ろにつく。

「谷」

前を歩く沢口中佐は振り返らずに藤十郎を呼んだ。

「はい」

「期待はせずに、しばらく待て」

そう言われて藤十郎はゆっくりとその場に立ち止まった。

「……はい」

やはり厚谷を側に引き抜くつもりなのだ。

品定めの最中なのだろうと、歯がみする思いで藤十郎は沢口中佐の背中を見送った。こうなると厚谷の地味さばかりが頼みの綱だ。

気を取り直して厚谷を探すことにした。とにかく彼を見つけなければならない。万が一、厚谷が司令部付きにならなかったとして、もし「誰とペアになりたいか」と問われたら、すぐに藤十郎の名を出してもらうためだ。

もう一度飛行場のほうに探しに戻ることにした。

ラバウル基地はすぐ側に火山があるせいで、他の南方の島より緑が少ない。短い雑草が生えた地面は灰交じりで、風が吹けばとたんに砂嵐《すなあらし》になり、雨が降ると灰が水を含んでぬかるむ悪い土だった。

足が触れるたびぷちぷちと種《たね》を飛ばす下草を踏んで、藤十郎は早足で椰子《やし》の林のほうへ向かった。

梢《こずえ》の下のあちこちに航空機が隠されていて、整備員がうろうろしている。

「よお、谷。貴様、艦爆をクビになったんだって?」

上半身裸で整備をしている顔なじみの整備員が、零戦《れいせん》の陰からからかう声を投げてくる。

「厚谷を知らないか」

藤十郎は返事をせずに整備員に問い返した。世間話にかまっている場合ではない。自分は命綱を探しているのだ。

「厚谷？　知らないな。それよりなあ、谷。安池一飛《いっぴ》ペアが、機体故障で組み替えになるそうだ。まだ相手が決まっておらぬなら立候補してはどうだ」

「いや、いい」

藤十郎の事情を知る整備員や知り合いの搭乗員から、艦攻の操縦席を斡旋《あっせん》されそうになるのをやんわりと断りながらあちこちと厚谷を訪ね歩く。

飛行場の果てまで厚谷を探したが、とうとう会えないまま夕方を迎えた。

そして落ち着かないまま夕食を終え、藤十郎は信じられないことを耳にした。

「厚谷も気の毒だなあ。しかも二式陸攻《にしきりくこう》だとよ？」

噂話で部屋の一角は持ちきりだ。

厚谷が、琴平《ことひら》という男とペアを組むことになったという。厚谷を取られただけならまだしも、相手はあの琴平だ。

絶好調の零戦乗り《五連星《ごれんせい》・琴平》といえば聞こえはいいが、その実態はラバウル一の悪童だ。琴平は常に喧嘩《けんか》をしている。誰彼かまわず喧嘩を吹っかけ、その勝敗で賭《か》けをさせて自分も張っているというのだ。畑から葉煙草《はたばこ》を盗んだり、山羊《やぎ》の綱を解いたり、嫌いな男の操縦席に蛇《へび》を入れたり、機体に釘《くぎ》でらくがきをしたり、他人の軍靴《ぐんか》を現地の住民に売り飛ばしたりと、その悪童ぶりは天下に鳴り響く。

その琴平に厚谷など宝の持ち腐れだ。あんな悪童に任せたら、柔《やわ》い性格の厚谷などすぐに潰《つぶ》されてしまうのが目に見えている。だいたいなぜかの五連星が二式陸攻などに乗っているのか。

藤十郎は話していた男に詰め寄った。

「本当なのか。厚谷はどこにいるんだ」

「さあ。夕方《急降下爆撃《きゅうこうかばくげき》》をさせられてたから、兵舎で反省文でも書いてるんじゃねえのか？」

別の男が隣の席から身を乗り出してくる。

「さっそくペア同士で喧嘩らしいぞ？　おなじみの斉藤《さいとう》も交じってたから間違いねえな」

急降下爆撃というのは海軍独特のひどくゆっくりとした腕立て伏せだ。さっそく厚谷は琴平から喧嘩を吹っかけられたらしい。腕立て伏せの列に、喧嘩馴染《なじ》みの斉藤がいたというならそうとしか考えられない。

厚谷が琴平とペアを組まされたのは本当だろう。多分、自分が沢口中佐に会う直前か直後に決まったことだ。だとしたら中佐の返事も腑《ふ》に落ちる。

藤十郎は、ぐっとテーブルの上で手を握りしめた。

男が命令に不服を言うのはみっともない。わかっているがあまりにやるせなかった。腹の虫が治まらない。なぜ自分ではいけなかったのか、なぜ自分は選ばれなかったのだろうか。なぜ自分は何も悪くないのに、いつも自分の思うとおりにならないのだろう。

「ちくしょう……」

藤十郎は小さな声で呻《うめ》いた。これでまた望んだものがひとつなくなった。

ラバウルの夕焼けは独特だ。日が傾くと同時に、蛍光《けいこう》色のどぎつい桃色にぱあっと空が染まり、太陽が、溶けた鉄のような赤さで膨らんだかと思うと、緞帳《どんちょう》が落ちるようにぱっつりと暗い夜が来る。今はちょうどその際《きわ》だ。海面辺りに、青紫《あおむらさき》色に染まった雲が折りたたまれているのが蚊帳《かや》越しに見えている。

兵舎の裏の工作室に藤十郎はいた。工作室といっても箱を裏返したような高床に、申し訳程度の梁《はり》が巡らされ、屋根は椰子の葉が葺《ふ》かれただけの建物だ。机と椅子が数脚《すうきゃく》置かれている。装備品の改造や個人的な工作を行うところだ。いつもは誰かが椅子を作ったり、建具屋の息子が司令部のドアを作ったりしている。今日は藤十郎一人だった。

備えつけの鉤《かぎ》に蚊帳を吊《つ》り、横に置いた椅子にランタンを灯《とも》して鑿《のみ》を打つ。胡座《あぐら》をかいた床にほの暗い橙色《だいだい》で切り取られた藤十郎の影が落ちている。

木槌《きづち》を打つと鑿の刃の先から花びらのような木片が生まれる。鑿の尻を木槌でカンカンと叩くたび、緩やかな曲線を描《えが》きながら木は捲《めく》れ、細い匙《さじ》のようなところまで来ると木の塊《かたまり》から剝《は》がれてゆく。

揺れる灯《あか》りの下で藤十郎は昼間のことを思い出していた。

今からもう一度沢口中佐に頼んだら、考え直してくれないだろうか。せめて厚谷のペアに自分ではなく琴平を選んだ理由を聞かせてくれないか。

決まったことなのだから諦めようと何度も思ったが、どうしても理不尽さばかりが胸に詰まる。歯がゆい。悔しい。なぜ琴平に負けたのか、諦めようにも理由がわからないから納得しようがない。
五、六回続けて鑿を打つ頃には、木の花びらが一枚捲れ上がる。鉛筆《えんぴつ》の印に添って刃《は》を入れながら続けて鑿を叩いていると、強く打ちすぎて刃先が木に深く刺さって動かなくなり、あっと藤十郎は我に返った。
鑿の角度がつきすぎだ。ため息をついて鑿を起こすと、べりっとおかしなふうに木が剝《む》けた。しまったと思うがもう遅かった。

藤十郎は鑿を革袋の上に置いた。大根ほどの木片を左手で持ち上げてみる。首のところがくびれ、懐に大まかな彫り込みが入っている。じっくり眺めてみると、やはり彫りすぎたようだ。これでは他がよく仕上がっても腕が細すぎる仏像になってしまう。

「……くそ」

彫り足りない部分は彫り足せばいいが、彫りすぎると後戻りができない。せっかく首や頬《ほお》が気に入っていたのに最初からやり直しだ。

がっかりした。なぜもっと慎重に彫らなかったのかと自分に対する腹立たしさも湧《わ》いてくる。

次の木材を取りに行かなければならなかったが、もう立ち上がる気力が湧いてこなかった。

今日は何をやっても駄目だ。昼飯の豆を零した。厚谷を獲《と》り損ねた。そして厚谷を探し回っている間に、班《はん》で配布があったらしいひとくち乾パンを貰いそこねた。挙げ句何日もかけてここまで慎重に彫ってきた仏像も台なしだ。厄日《やくび》だ。

藤十郎は彫りかけの木片をごとんと音を立てて床に置き、刃先だけ収まるようになっている革の入れものに鑿を並べた。巻物のように端から巻いて紐《ひも》を巻きつける。藤十郎が内地から私物として持ってきたものの中で一番大事なものだ。

藤十郎が十一歳のときのことだった。

ある夜、夢に仏様が出てきて、藤十郎に仏像を彫れと言った。七色の雲に包まれた、目が眩《くら》むような金色の夢で、朝起きても呆《ほう》けていたほどだったから本当に仏様に会ったのだと今でも藤十郎は信じている。

夢の中ではただ仏様だとばかり思っていたのだが、その後よくよく記憶を仏画などと照らし合わせてみると、藤十郎が見たのは観音様《かんのんさま》のような気がした。町の大寺にある仏像のような、螺髪《らほつ》をのせた太った男ではなく、ほっそりとした身体つきの、頭上から繊細《せんさい》な滝がかかるような臈長《ろうた》けた姿をしていた。顔立ちは高貴でありながら蕩《とろ》けそうに優しくて、頭からうすぎぬを被《かぶ》り、胸元の開いた美しい着物を身に纏《まと》っている。

以来、見よう見まねで木に鑿を立て、仏像を彫るのを趣味として今に至る。

板と鑿を手に提げて工作室を出た藤十郎は、とぼとぼと夜道を歩き出した。兵舎は全体的に静かだが一部から騒がしい声がしている。自前の酒を酌み交わしているのだろう。戦地に酒盛りなど似合わないものだがここは無敵のラバウル基地だ。怖いものなしだった。

すでに夜色に染まった砂を踏みしめながら、藤十郎は自分の兵舎へ向かった。空は曇天《どんてん》らしく、星ひとつ浮かんでいない。

厚谷が琴平とペアを組んだと聞いたあと、我ながら未練がましいと思ったが、司令部の廊下にある搭乗割を確かめに行った。升《ます》に区切られた板に《厚谷二飛・琴平二飛》と書かれた新しい木札がかけられていた。ペアになったのは本当のようだ。

厚谷と直接会って話せないものかと、そのまま兵舎をうろついてみたが、厚谷はもう寝台を移動してしまったらしく姿は見えなかった。

兵舎に戻った藤十郎は板を枕《まくら》元に立てかけ、鑿と仏像を背嚢《はいのう》にしまった。枕だけを転がして板間にごろんと横になる。

梁から吊られたランタンの細い灯りが目に沁《し》みた。目の上に手首を置いてため息をつく。

心機一転という言葉がある。だとすると藤十郎はすでに三転目くらいだ。内地で婚約者に逃げられ、恥ずかしさのあまり逃げ出すように南方を志願した。気持ちを入れ替えてここラバウルで、文字通り死ぬ気になって働こうと思ったのに、待ち受けていたのは金子が付いた艦爆《かんばく》の操縦席だ。そして今日は厚谷を逃がした。

そもそも――。藤十郎は寝返りを打つ。

藤十郎は昔から、一番欲しいものが手に入ったためしがない。国語や小説が好きだったのに、予科練へ行けと言われ、航空機に乗るために文学を捨てなければならなかった。無事に予科練を出て搭乗員になったことに悔《く》いはないのだが、どこかで「あのまま文学を続けていたらどうなっただろうか」と思う気持ちはずっとつきまとう。

他人からも二番目、機体も二番目、勉強も二番目。二番といえば一番の次だが、実際のところ一番以下は切り捨てだと藤十郎は思っている。結婚できず、艦攻に乗れず、厚谷とペアを組めず、文学も学べず――いつの間にか南の果てのラバウルで仏像を彫っている。

ペアがいない藤十郎は、当面地上要員のような仕事をすることになった。地上要員ほどの重労働ではないが、運動がてら畑の世話や石運びの手伝いに午前中を費やす。

今日も噴煙のような入道雲が空高くまで湧き上がっている。あの雲のひとかけをここに持ってこられたらいいのに、とたわいないことを考えながら鍬《くわ》を土に振り下ろす。積乱雲の上層部は凍った水蒸気だ。つまり小さな氷の結晶だった。あの辺りの気温はマイナス十度、地上は四十度だ。あれが適度に地上に落ちてきてくれたら陸も空も快適でいいのだが――。

南の島の日光は、降り注ぐ銀の針のようだ。暑いと痛いが別々に注いでくるから、慣れないうちは腕白で鳴らした藤十郎もさすがに辛《つら》かった。

鍬の刃を挿し、土を起こす。止めどもなく流れ落ちてくる汗を、濡《ぬ》れた手首で拭う。自分がどれほど恥ずかしい思いをし、搭乗員でありながら一人で地上にいる情けなさを悔しがっても、毎日日は照り、汗は流れる。

潮時だろうかと藤十郎は何となく思った。実際このままペアが見つからず、艦攻も艦爆も機体が空かないなら一人乗りの零戦などに志願するしかない。上層部が割り振ってくれるのを待っていたら金子の二の舞だ。あんな理不尽な悔しさを味わうくらいなら単座に乗って一から仕切り直したほうがいい。

気の進まない手探りのような思考を巡らせながら土の上に落ちる自分の汗を見る。

暑さで思考が止まるのは幸か不幸か。はーはーと口で何度か息をしていると、遠くから藤十郎の名を呼びながら歩いてくる声が聞こえてきた。

「谷。谷はおるか！」

藤十郎は「はい」と答えてそちらに向き直った。周りの者も皆帽子に作業服で、顔も日焼けして人の見分けがつきにくい。きょろきょろする男に向かって藤十郎は手を上げた。

「谷。いい知らせだ」

そう言いながら坂道を歩いてくるのは三井《みつい》一飛だ。藤十郎の上官で、新しい隊でもまた一緒になった若い副隊長だった。

三井一飛は藤十郎の目の前にやってくると、いきなり腕を叩いた。

「よかったな、谷。貴様のペアが決まった」

「あ、あの。三井一飛……」

「本当によかった。これでまたお前と働ける」

厚谷の件を知っているらしい三井は、藤十郎を励ますように言うけれど、何でもいいから飛行機に乗りたいわけではない。ペアを決める前に相手の人となりを知りたい。贅沢を言う気はないけれど金子のような男は嫌だ。艦爆でも仕方がないが、できれば艦攻がいい。

「……司令部からの命令ですか」

おそるおそる藤十郎は尋ねた。上からの命令なら仕方がないが、仲人じみた三井のお節介なら藤十郎も人選に口を挟みたい。

「ああ、司令部の辞令だ。貴様は《彗星《すいせい》》の搭乗員になるんだ。大抜擢だな！」

「彗星……」

ぽかんと繰り返したあと、藤十郎は顔を歪めた。

「彗星って……あの彗星ですか？」

彗星とは小型爆撃機の名前だ。水平爆撃もでき航空魚雷も撃てる、艦攻と艦爆を合わせたような機体だった。艦上偵察機として開発されたが、陸上攻撃機として登用されることが多い。だが彗星と聞いて眉をひそめない搭乗員はいない。とにかく故障が多い機体で発動機の不調で有名だ。飛んだらすごいという話だが、飛ばないことには話にならない。

三井はくりくりした目で藤十郎の目を見据えたまま首を横に振った。

「彗星改だ。貴様は彗星の再開発の機体ができていたのを知っていたか」

「いえ」

清々《すがすが》しい坊主頭の三井は、白い歯を見せながら笑い声を潜めた。

「彗星のあまりの出来の悪さに開発をやり直したそうだ。それがうちの隊に来る」

「そうなんですか……！」

藤十郎は軽く身を乗り出した。名前は同じだが、新しい改良機体で、悪名高い故障飛行機ではないという。期待できるかもしれない。

「ぺ……ペアを組まなければなりませんね」

それならなおさら厚谷が欲しい。彗星は二人乗りのはずだ。新型機であることをエサに、今からでも何とかならないか。とっさに思案を巡らせる藤十郎に三井は言った。

「俺の話を聞いていたか？　安心しろ。偵察員は決まっている」

「え」

「横須賀の本隊から、特別イイのがついてくるそうだ」

励ますように言われても、藤十郎には嫌な予感しかしなかった。金子のときもまったく同じことを言われたのだ。

三日後の午前中に、彗星は厚木《あつぎ》基地の飛行場で最終検査を受けて空輸されてきた。彗星は航続距離が長く、厚木からタイまで無給油で飛べるのだそうだ。藤十郎のペアになる緒方一飛も彗星の到着に合わせてラバウルに来るらしい。確かに特別扱いだったが、緒方という名前に聞き覚えはなかった。優秀な搭乗員ともなると、艦隊付きでどこの海を飛び回っていても無線などで噂が伝わってくるものだ。

偵察員だから手柄が取りざたされなかっただけだろうと藤十郎は判断した。元々爆撃機の搭乗員は地味だ。零戦や紫電《しでん》などの有名戦闘機の敵機撃墜の活躍ばかりが持ち上げられ、誰の魚雷が敵艦を轟沈《ごうちん》させたかわかりにくい、地味な爆撃機の功績は二の次になるのが常だった。その偵察員ともなると縁の下の力持ちに徹するしかないのだろう。

新型・彗星か――。

期待半分不安半分の不格好な気持ちがそわそわと胸にある。通常、新しい機体に乗りかえるときは内地で練習してくるものだが、現地練成というのも特例のようで気に入った。ここは天下のラバウル基地だ、その航空隊員に捧げられるのだから多少の特例は当たり前だった。どんな無茶だってラバウルが欲しいと言えば必ず通る。今はラバウルが正義だ。

内地からの船は夕方に着くと聞いている。彗星はすでに到着して、受け取り前の検査をしている頃だ。藤十郎は先に整備場へ行ってみることにした。

灌木の間に隠すように整備場はある。整備場というとなんだか上等に聞こえるが、空襲の目標にならないよう、椰子の幹を柱に、椰子の葉で偽装した屋根が斜めに差し出しているだけだ。ラバウルの陽射《ひざ》しは強いのでこんな雑な造りでも整備員たちにとっては影が何よりも貴重らしい。

「おめでとうございます、谷一飛!」

藤十郎を見つけた整備員がさっそく声をかけてくれる。

「よろしくお願いします」

藤十郎は手を上げて、浮かれた様子の整備員と擦れ違った。新型航空機の投入は久しぶりだ。乗りこなして戦果を上げれば藤十郎の誉《ほま》れはもちろん、隊の誉れ、基地の誉れだ。藤十郎と彗星には大きな期待がかけられている。

どんなじゃじゃ馬でも乗りこなしてみせる自信があった。彗星は難しいというが、不具合を辛抱し、暴れる機体を押さえ込むくらいの技量は培《つちか》ってきたつもりだ。ただ、一人でねじ伏せるより二人でかかったほうが楽には違いない――。

あちこちからかけられる祝いの声に手を上げて応えながら、藤十郎は地球の裏側まで続いていそうな青空に目を向ける。南方の空は青すぎてのっぺりしている。空の最も青い部分は太陽から九十度の方向に一番離れた高い場所なのが普通だが、ここでは同じ濃度のペンキで容赦なく塗りつぶしたような紺碧だ。

『緒方』という男。階級は一飛、横須賀基地の肝煎《きもい》り偵察員で、歳は若いとだけ聞いている。どんなヤツだろう。想像しようとするが材料がない。

整備場に差しかかると見知った整備員の顔が見えた。整備員は藤十郎に気づいて破顔する。

「おめでとう、谷。頑張れよ」

「よろしくお願いします。彗星はもう見られますか?」

「ああ、そこだ」

指で指し示される先に、見たことのない機体が見える。

「見せてもらいます」

「ああ。貴様の機体だ。大事にしてやれ」

励ましに頷いて、藤十郎はまっすぐ機体へ近づいた。側まで歩いて藤十郎は思わず足を止める。

初めて間近で見る彗星は、息を呑《の》むような異形《いぎょう》をしていた。

プロペラはひとつ。小柄な機体だ。爆撃機というにはかなり小さく、二人乗りの複座《ふくざ》だが零戦と大差がない大きさに見える。

プロペラの下には大きな空気吸入口が開いている。上半分は深緑、下は薄水色に塗り分けられた機体とあいまって、まるで口を開けた鱶《ふか》のようだ。脇腹に並ぶ排気口はまさに魚のえらに見えた。腹びれの辺りには水冷却器フラップがあるのだから、設計者は魚をまねてこの飛行機を作ったのではないかと思うような姿だ。彗星は零戦と比べて妙にほっそりしている。機首も長く尖《とが》っていて全体的に流線型をしているから、余計魚のような姿に見えた。

まずは足回りを見た。今まで乗っていた九九《きゅうきゅう》艦爆と比べると足がずいぶん長い。フラップも暖簾《のれん》のように何枚もついている。この彗星は艦爆と同じ愛知《あいち》航空機製ということだが、同社製の他の航空機との共通点が少ないため、より異形に見えるのかもしれない。

足掛けを引き出して操縦席を覗《のぞ》いた。計器周りは艦爆によく似ている。広さも同じくらいで、機体は小さいのに特別狭いわけでもないのが不思議だった。翼の根元から翼端を見る。本当に飛ぶのかと思うくらい翼が短い。急旋回は得意そうだが、そのあと失速しやしないだろうか。それにこの華奢《きゃしゃ》な機体に五十番爆弾は重すぎやしないか。

藤十郎は足掛けを伝って機上から地面に飛び降りた。馬力《ばりき》が不安だが小柄だから小回りは利きそうだ。航続距離が長いのもいい。元は艦上機なのだから、機体が軽くて高速なのはお墨付きだろう。

一通り確かめて機体に満足した。あとは緒方という男の出方次第だ。一飛というからには予科練上がりには違いない。横須賀から来るらしいが左遷《させん》の扱いだろうか、それとも勝勢を増してゆくラバウルに、本土から満を持して送り込まれる精鋭の一人だろうか、今はそこも想像しようがない。偉そうなヤツだろうかそれとも出来のイイヤツに限って腰が低くて折り目正しいものだろうか。優しい男だろうか、爆撃機乗りに向いた荒くれだろうか——。

羽の下をくぐって先端に回ろうとしたとき、頭上のどこかで、ごろっと床に石を転がすような重たい音がした。

何の音だろう。周りを見回しながらプロペラの前に回ると、機体の向こうに人影が見えた。姿を確かめようとした瞬間、海のほうからぶわっと地を攫うような強風が吹いて、藤十郎は反射的に顔をしかめた。潮を含んだ重い海風だ。風に吹き上げられた火山灰が波のように白く迫ってくるのが見える。砂交じりの風が吹きつけてきて藤十郎はとっさに顔の前に腕を翳《かざ》した。頭上でばさばさと音がする。何の音かと見回そうとすると、目の前に帆布《はんぷ》を頭から被った男がいた。風で飛んだ防暑布を頭上で摑《つか》み止めたらしい。彼は目をつぶって風をやり過ごしたあと、そろそろと目を開いて藤十郎を見た。

見事な切れ長の目だというのが第一印象だ。目じりが長く瞳が黒い。肌はちゃんと日に焼けているのだが、藤十郎の目には異様に白く映った。涼しげな目許《めもと》といい鼻から唇のつくりの繊細さ、顎《あご》の細さといい、彼を縁取る線が細いからだ。

見たことのない男だった。男を凝視したとき、バタッとすぐ側で重たい音がした。バタバタボツボツと続けて音がする。雨だ。男が被った帆布に小さな飛沫が跳ねるのを見て、藤十郎は空を見上げた。さっきまであんなに晴れていた空に、見る間に灰色の雨雲が流れ込んでくる。天から薄墨《うすずみ》を流し込んでいるようだ。あっという間に雲が鉛《なまり》色の渦《うず》を巻く。

「おい、スコールだ」

男に声をかけられて藤十郎ははっとした。そうしている間にも、大粒の雨が焼けた機体の上でものすごい音で跳ねている。一滴が大きく、まるで小石が降っているような音だ。すぐにバチバチとそこら中で音を立て、地面一帯が雑草のような白い水しぶきに埋め尽くされた。

「おおい、スコールだ！　全員、入れものを出せ！」

そこら中の木陰や建物から蟻《あり》の巣が壊れたようにどんどん人が飛び出してくる。

「バケツを持ってこい！　飯盒《はんごう》も出せ！」

「天幕を広げろ。防水布を壁に吊るせ！　急げ！　急げ！」

ラバウルでは水が貴重だ。密林の中に川はあるが生活水にするには心細く、他の水源はかなり遠い。スコールはほとんど毎日あって、降り出すと誰もが手元の仕事を放り出して容器を持って外に走る。気まぐれな雨雲は突然の豪雨をもたらし、あっという間に去っていってしまうから、あらん限りの入れものを地面に並べて雨水を溜めるのが最優先になっていた。

藤十郎が男とともに一番近くの小屋に辿り着いたときは、入れものらしい入れものはすべて持ち出されたあとだった。洗面器、盥《たらい》、飯盒、ドラム缶《バケツ》、チンケース、食品の空き缶、長靴までが建物の周りに並べられている。整備場には白い防水布が張られていた。高いところから壁のように防水布を張って、下の入れものに雨を集めるのはいい考えだ。

噴煙と見分けがつかないような墨色の雲が渦巻きながら垂れ込める。厚い雲間が光っている。雷雲のようだ。飛行中にあれにぶち当たると大変なことになる。

空と海一面を雨の斜線が埋め尽くし、縦横無尽《じゅうおうむじん》に稲妻《いなづま》が暴れる。内地のどんな嵐とも違う、夕立を百倍酷くしたような感じだ。

ぼう、と風が吹き、根元から大きくしなる椰子の葉に水がしぶいているのが見える。風つきのスコールだ。一番質《たち》が悪い。

乾ききった地面が土煙《つちけむり》の交じった湯気を上げているのを見ながら、藤十郎たちはデッキがある小屋の軒下に入った。たった数秒の間に腕も顔も滴《しただ》るほど濡れている。

隣で、ふう、とため息が聞こえて、藤十郎は手のひらで顔を拭って目をやった。男は機体に被せていた防暑布をそのまま被ってきたらしい。整備場から物を持ち出すのは禁止なのだが、置いていくと土まみれになるし風に飛ばされる。どうせ濡れるなら布を被ってくれれば人《なか》は濡れない。機転が利く男なのだなと一瞬の判断に感心した。

男が布の中から藤十郎を見る。濡れて重みを増した白い布は、男の頭や首筋、肩の線に沿ってしなやかに垂れている。瞼《まぶた》の緩やかな曲線に見蕩《みと》れる。その縁に生える長く反り返った睫毛《まつげ》にも。夢で見た観音様にそっくりだと思った。男は怪訝そうにこちらを見ている。はっと気づくと藤十郎は口を開けたまま男を見ていた。慌てて知らんふりをして俯《うつむ》く。

「あ……おま、……貴様、は、どこの隊だ。見かけない顔だな」

布を折りたたんでいる男に尋ねた。やはり近くで見ても見覚えがない。

男は冷たいくらいに整った顔に、微かな不愉快さを浮かべて答えた。

「問うほうから名乗るべきではないのか」

階級章をつけていない藤十郎に対してずいぶんな口の利き方だ。上官だったらどうするつもりだと思いながら、藤十郎は男の無礼を許すことにした。

「二〇六空付きの、谷藤十郎一飛だ。これでいいか」

名乗ると男は嫌そうなため息をついた。名乗っただけで失望されたのは初めてだ。男はあまり機敏ではない敬礼を藤十郎に寄越《よこ》した。二人とも帽子を被っていないが、初めの挨拶《あいさつ》は儀礼的にこうするヤツもいる。

「緒方伊魚、一飛だ。多分、今日から貴様とペアになる」

「貴様が緒方一飛か」

この男がペアというのにも驚いたが、緒方が持つ独特の雰囲気も意外だった。あまり機嫌のよくなさそうな気怠《けだる》い敬礼の下ろしかたも、妙に垢抜《あかぬ》けているというか、なまめかしい男だ。

「ああ。よろしく」

緒方はまた息をついた。少なくとも心から藤十郎を歓迎している様子ではない。気に入ってはいない、だが不服にも事前に心で折り合いをつけてきた、そんな印象だった。藤十郎も気分は察せられるところだ。自分と同じだ。求めたわけではないが他にいないから仕方がない。あてがわれたものを受け入れるのが軍人というものだ。

「よろしく」

藤十郎は緒方に握手の手を差し出した。緒方は藤十郎の手を見下ろしてためらったあと、仕方なくといった様子で、手を伸ばしてきた。ひやりとした手だ。雨に濡れたせいか、それにしても温度が低い。魚を摑んでいるようだと藤十郎は思った。藤十郎がしっかりと握る前に緒方はすぐに手を引いた。指も搭乗員とは思えないくらいほっそりとしていたが、関節が控えめに立っているのが女の手とは違っている。

雨音は最高潮を迎え、機銃の一斉掃射《いっせいそうしゃ》のようだ。雷が空に金色のヒビを走らせる。滝のような雨の向こうに見える稲妻は、毛細血管《もうさいけっかん》を透かしているようだ。

遅れて轟《とどろ》く雷鳴《らいめい》を聞きながら、藤十郎は横目で緒方を眺めた。緒方は出世でラバウルに来て浮かれているという雰囲気ではない。

焼けたトタンのにおいがしていた。雷が空気を裂く音。砲声《ほうせい》と遜色《そんしょく》ない落雷がドオンと地を揺らす。雨に閉じ込められた島の片隅で藤十郎は彼に問うた。

「緒方は栄転か」

もしも緒方に事情があるならば、うっかり地雷を踏みたくない。彼の個人的な事情の奥深くにまで踏み込まないまでも、喜ばしいことか悲しいことか、方向性を把握しておくだけでも致命傷は避けられるだろう。

彼はその問いさえも嫌そうに、ほっそりとした濃い眉の付け根に皺《しわ》を寄せた。藤十郎に視線を流し、また元に戻して雨を見る。

雲から海へ、垂直に光の矢が突き刺さる。バリバリと荒々しい雷鳴が鳴りやむと同時に緒方は呟いた。

「左遷だ」

ほとんど予想通りの答えだった。緒方は軽く空を仰ぎ、雨を見つめたまま気怠そうに首を傾《かし》げる。一度目を閉じるような長い瞬きをしてから、横顔のまま問う。

「貴様がここへ来たのは志願か」

今度は緒方が訊く番だ。藤十郎の態度から緒方は多分、藤十郎が「命令だ」と答えるのを予想しているのがわかる。少しばかり愉快だった。緒方の予想はハズレだ。してやったり、と思いながら藤十郎は笑って応えた。

「志願だ」

婚約者に逃げられ、故郷や基地で居たたまれなくなって、逃げるように南方へ志願したのが立派かどうかは知らないが。

「……めでたいことだな」

緒方は面白くなさそうだ。

「横須賀航空隊から来た。歳は二十二。横空《よこくう》では艦爆に乗っていた。飛行時間は七百時間。撃墜数は二、ここに来る前に彗星の訓練は積んできた。よろしく」

過不足のない自己紹介だ。ただベテランと言うには飛行時間が少なめだ。

「よろしく。内地では館空《たてくう》にいた」

「館山《たてやま》か。なぜ志願した」

館山は大きな基地だ。内戦作戦実施部隊だから、あそこにいれば隊が転属にならない限り最後まで内地にいられただろう。理由を訊きたそうだが事情は教えたくない。

「忠義というやつだ」

藤十郎はすまして答えた。

「そうか。飛行時間は？」

「八百十時間。単独撃墜は四、命中九、轟沈は一だ」

答えると緒方が藤十郎を意外そうに見た。内地の人間に比べれば格段な練度の高さだ。

「ラバウルを甘く見るなよ？」

「頼もしいな」

緒方は応じたが大して喜んではいない。唇だけ笑っているが目に光がない。

スコールの終わりははっきりしていて、カーテンを開けるように雨の区切りが動いていった。ぱあっと空が明るくなる。逃げるように雲の影が地上を動いていった。

雨上がりの景色を見るたび、藤十郎は何度でも驚くのだった。まるで世界が洗い流されたようだ。葉に降り積もっていた火山灰や埃《ほこり》、空気中の塵《ちり》さえ雨に払われ、ただでさえ色彩の強い景色は、浮遊物のないまっすぐな陽光に照らされて新しい光沢で輝いている。磨《す》りガラスを一枚外したかのような鮮やかさだ。そのあとむわっと緑の気配がして、草木が悶《もだ》えて、陽炎《かげろう》のような気を立ち上らせているのが見える。雲行雨施《うんこううし》というヤツだ。雲は空を移動しながら無差別に地上を美しくし、植物や動物に水を施《ほどこ》す。

飛沫のような細かい霧雨の降る中へ、建物に避難していた将兵たちがまたわらわらと飛び出してくる。

「行こうか」

藤十郎は緒方に声をかけて小屋のデッキを飛び降りた。緒方が続いてくる。さまざまな容器に溜まった雨水を、ドラム缶を載せた三輪自動車が回収に来ている。足元にある器《うつわ》を両手に持っていってドラム缶に注いだ。これは給水塔に貯められ、濾過《ろか》されて真水として使用される。彗星のほうを見ると、雨の後始末で整備員が忙しそうに走り回っている。うろうろしたら邪魔になりそうだ。緒方は整備員に近寄って腕に抱えていた防暑布を返し、「またあとで来る」と一声かけて藤十郎とともに整備場を離れた。

先ほどまでの暴風雨を忘れたように、頭上には何食わぬ顔で濃い青空が広がっている。夾竹桃の濃い緑色をした葉の上を、雨の玉が転がっていた。澄んだ空気で深呼吸をすると身体の隅々まで潤う気がする。

「俺は、彗星は空輪で、搭乗員は今日の夕方の船で着くと聞いていた」

「その予定だったが、船の都合で搭乗してきたんだ」

急だったのはわかるが、先に藤十郎に顔を見せに来てくれればいいのにと思いながら、当たり障《さわ》りのない話をしながら二人で兵舎に戻った。玄関口で別れて各自の荷物を整理し、新しく割り振られた兵舎の寝台に向かう。ペアだから同じ隊だし寝台も隣同士になる。明日から食事も整列も一緒だ。

ペアと言えば一蓮托生《いちれんたくしょう》一心同体、命を預け合う仲で、親以上、妻以上、無二の親友、自分の運命を握る者だ。初対面の緒方を相手にいきなりそんな態度を取るにはまだ気恥ずかしいが、関東《かんとう》出身、階級も同じで歳も近いし、すぐに親しくなれるだろう。

緒方が遅れてやってきた。片付けの様子を見ていると几帳面そうだ。荷物は少なく食品や煙草などの嗜好《しこう》品もほとんど持っていない。

——明日死にそうな男だ。

身の回りのこざっぱりさに藤十郎はふとそんな感想を持った。整理のために床に広げられた彼の持ちものから「明日」を窺《うかが》えるものがない。生への未練や執着が見えない。推察しかけて藤十郎は急いで打ち消した。自分のペアになる男だ。彼が死ぬということは自分が死ぬということだ。あまりにも縁起が悪い。誰だって死にたくないはずだ。きっと新しい任務にあたり、身辺を整理して、清冽《せいれつ》な覚悟で臨もうとしているのだろう。

藤十郎も今まで彫った数体の仏像を林の奥の大きな木の根元に置いてきた。

自分の荷物もそんなに多くはない。航空隊員の常備品以外には、保存食とトランプ、髪の油瓶などの小物、珍しい品物と言えば鑿と板くらいなものだ。藤十郎はさっさと片付けて、手持ちぶさたそうにしていた緒方に声をかけた。指で円をつくって口許のところでくいっと呷《あお》る。

「お近づきの印に、今夜一杯やるか」

搭乗割に入っていない日は、基地周辺にある倶楽部《くらぶ》で酒を飲むのが基地の流行だ。前線基地だが店は内地より洒落《しゃれ》ていて、酒の種類も多いし美人の女給もいる。これから生死を共にする仲だ。戯れにでも固めの杯《さかずき》でも交わしておくのが円満のコツだろう。

「いや、けっこうだ」

藤十郎の心遣《こころづか》いがわからないのか、緒方の返事はすげない。

「用事があるのか」

「ない。人が多いところがあまり好きではないだけだ。行きたいなら貴様一人で行ってこい」

「そうではなくてだな……」

無理に誘っても悪いなと思い、藤十郎は気を取り直す。

「それじゃあ羊羹《ようかん》をやろうか」

解隊のときに貰った記念品だ。

「甘いものはあまり好きではないんだ。気にしないでくれ」

「いや……」

言いかけて、藤十郎は困惑した。藤十郎が差し出そうとしたのは単なる好意ではない。これから新しくペアを組む男と親密な関係を築きたいと願う意思表明だ。伝わっているなら羊羹が好きではなくとも、笑顔で受け取るべきだ。引っ越し蕎麦《そば》を受け取らないようなものだった。

緒方に伝わっていないのか、それともわかっていて疎遠でいたいというやんわりした拒否なのか。

まあいいか、と、藤十郎は思った。緒方は気が利かないだけかもしれない。身の回りはきれいだし、金子のような意地悪でも怠惰《たいだ》でもなさそうだ。

荷物を整理し終わった緒方は、今日は終《しま》いだとばかりにごろんと板間に横たわった。

「疲れたから少し眠る。何かあったら起こしてくれ」

「あ……ああ」

人見知りなのか一匹狼《いっぴきおおかみ》なのか――一匹狼といっても自分たちはペアなのに?

戸惑う藤十郎の横を、二人の兵隊が雑談しながら通りすぎる。

「厚谷、また急降下爆撃をさせられていたぞ。アイツ、もう何度目だ？　琴平に付き合わされて大変だな」

厚谷についてまったく知らないだろう緒方は、こちらに背を向けて動かなくなった。なぜか頭の上に帳面と鉛筆が置かれている。緊急出撃のときに持ち出すつもりなのだろうか。航法の研究などがびっしり書き綴《つづ》られていても鬱陶《うっとう》しいなと思いながら、藤十郎は板間から通路に降りた。

「ちょっと出かけてくる」

前の隊の誰かが暇にしていたら、そいつを誘って倶楽部に行こう。

緒方は背を向けたまま、ああ、と答えた。真面目なのはけっこうだが、これからも付き合いが悪いのが当たり前のようにされると気が滅入《めい》りそうだ。


さっそく翌日の午後一番から、彗星の試験飛行の予定があった。

すでに時計は大きく四時を過ぎている。整備に手間取り、予定はずいぶん押していた。搭乗予定時刻はもう十回近く変更されていて、藤十郎たちも搭乗準備をして機体の側で待っていたものの、一旦《いったん》戻って休んでいいと言われ、再度呼ばれてやってきたところだ。

再び搭乗前の整列が始まった。打ち合わせは済んでいるので短い確認だけだ。彗星が初飛行のため、監察役の陸上偵察機が共に飛ぶことになった。

お守りつきとは上等な身分だ。藤十郎は出撃準備が済んだ彗星を見た。

《道具の中に工芸品を突っ込んだような》

これが彗星という機体に対してしばしば使われる比喩《ひゆ》だ。日本軍の航空機は空技廠《くうぎしょう》というところが開発している。そこはエリートの集団で、全国から飛び抜けて頭のいいヤツばかりを集め、膨大な国費を投入して航空機を開発させているのだが、空技廠から生まれてくるものにはおおよそに分けて二種類あると藤十郎は思っている。

道具と工芸品だ。

道具と呼ばれるものは使い勝手がよく、量産に向き、改造しやすく、気に入らないところがあれば各自で微調整して手足のように使える。たとえて言うなら零戦で、造りが複雑ではなく余計なものがない。搭載されている栄《さかえ》エンジンは手入れがしやすく、部品が少なく単純で故障しにくい。健康優良エンジンと誉れも高い。九九艦爆、九七《きゅうなな》艦攻、いわゆる量産機と呼ばれる主力のほとんどがいい道具と呼ばれる飛行機だ。

そして、これまで何機か生まれた工芸品の最新作がこの彗星だ。金に糸目をつけず技術の粋《すい》を集めた新鋭機で、生産性を放棄した性能優先の設計らしかった。

空気抵抗を減らすためには機体の前面を細くしなければならない。細くするためにはエンジンが小さくなければならない。エンジンを小さくするには空冷よりも液冷のほうが効率がよく、各部の操作も油圧式より電気系統のほうが軽くなる。それらに対応するために機内には血管のように配線が這《は》いまくっていて、ひとつ切れれば全部が駄目になる。部品が多く、空力最優先の機体の複雑な形状を保つために、表面はやたらと継《つ》ぎ接《は》ぎだらけで精緻《せいち》な曲面を繋《つな》ぎ合わせる沈頭鋲《ちんとうびょう》は病的な数だ。給油の蓋《ふた》は装甲の下に隠すようにしまい込まれている。天蓋《てんがい》は遮風板に塡めこまれていて非常時になかなか開かない。

凝《こ》りに凝った造形は民間工場が生産を嫌がったという噂がある。埃が挟まればとたんに全部が動かなくなりそうな複雑さだ。

工芸品という揶揄《やゆ》はなるほど、確かに美しくはある。尾輪型の機体は背中から見れば羽を広げたハチドリのようで、流線型に特化した機体と小さめの羽は空力の限界を極めた感じだ。他の量産型とは違うのだと言いたげにツンと取り澄ました姿で、神経質な人の世話を欲しがるのもいかにもお宝の風情があった。ただし動けばとびきり速いということだ。錐《きり》を投げるようだという喩《たと》えが本当なのは機体の様子を見れば知れる。

藤十郎は航空眼鏡のレンズを拭《ふ》いている緒方に目をやった。緒方は相変わらずだ。呼べば返事をするし、話しかければ答えるのだが、まったく藤十郎と同調しそうな気配はない。仕事や飯、打ち合わせ以外、私的な誘いにはいっさい乗らない。用事がなければ話しかけてもこない。他に親しい人間がいるようでもなく、いつも一人だ。単独主義というか、必要以外は赤の他人だと言いたげな態度で、すべてに対してよそよそしい。付属品としてついてきたこの男は彗星にとてもよく似合っている。

「オガタ一飛！」

「はい」

緒方とほとんど同時に、その隣の男が返事をした。

「もとへ、小県幸介《おがたこうすけ》一飛」

「はい！」

男が返事をし直す。

「陸偵は、彗星の高度が安定したのを確認したのち、ただちに哨戒《しょうかい》任務へ移れ。範囲は確認しておるか」

「はい」

「緒方伊魚一飛」

「はい」

「以降、貴様は姓名で呼ぶ。以上」

「はい」

隊内にオガタが二人いた。階級は同じだが、小県のほうが着任が先だし年齢も上だ。こちらが譲るしかない。

緒方伊魚――。

不思議な名前だ。いろはの伊《い》に、魚《さかな》と書いて「お」だ。初めの魚。するっと蒼白く研ぎ澄まされた容貌《ようぼう》によく似合う。

――伊魚。

脳に染みこませるように彼の名前を噛《か》みしめる。これまで藤十郎の身の回りにはなかった目新しい名前だ。触れば冷たく濡れているような瑞々《みずみず》しい名だと思って、そういえば初めて彼と握手を交わしたとき、彼の手がひやりとしていたことを思い出した。

藤十郎は隣に立っている緒方を横目で窺う。背は自分と同じくらいか、もしかしたら彼のほうが少し高いかもしれない。立ち姿が美しいのはいいのだが、若干顔が整いすぎている気がして落ち着かない。短く刈った黒髪がいかにも軍人の手本のようだ。坊主にするといっそ船乗りのようだから緒方くらいの短髪が航空服に一番似合う気がする。どちらかといえば細身で、鍛えられているようだが厳《いか》つい感じではない。何より不思議なのは彼の瞳で、特別何でもないときでも、彼の黒い目に見つめられると落ち着かない気分になった。

美しい男を形にしたら緒方のようではないだろうか。そう思うと何となく自分が垢抜けないような気がして藤十郎は勝手に気まずくなった。無意識に肩のところに親指を入れようとして、あっと思った。ハーネスがない。といっても忘れたわけではなくて、今日からハーネスをつけずに済むことを忘れていただけだ。

彗星の落下傘《らっかさん》は背中にある。少しでも座高を落として機体を流線型に近づけるためだ。偵察員席の緒方の落下傘は今まで通り座布団のように尻の下にあるから、緒方はハーネスをつけている。藤十郎はハーネスに指を挟んで確かめるのが癖《くせ》になっていたらしい。間違えたと思われるのが恥ずかしかったので、肩を撫でたふりをして手を下ろした。

緒方は先ほどから一心に板に挟んだ記録紙を見ている。確認事項や覚え書きが、隙間なく書き記されている。見るからに大変そうだ。これが金子だったらどうなることだろうとほっとした。

整備員が何度も油温を確かめるのを眺めていると、機体の陰からこちらに向かって一人の男が歩いてきた。整備服の左腕に職種別特技章《マーク》がついている。

眼鏡をかけたずんぐりむっくりした坊主頭の男は、敬礼もせずにおもむろに藤十郎たちに話しかけてきた。

「担当主任の堀川《ほりかわ》だ。コイツと一緒にやってきた。確認項目が多い、気をつけてくれ。特に発動機。おかしいと思ったら無理をするな」

体型のせいで年齢がわかりにくいが、声からすると若そうだ。藤十郎は不安になって問いかけた。

「秋山《あきやま》じゃないのか」

自分たちの隊の整備は、解隊前と同じ、秋山が所属する整備班が担当すると聞いていた。日中整備していた男も秋山の班だ。秋山は若いが腕のいい整備員で、ラバウルにいる整備の神と呼ばれる三人の男の愛弟子《まなでし》だ。ラバウルには搭乗員の何倍もの整備員がいるが、秋山はその中でも指折りだった。同年代だから話しやすく、研究熱心で新しいこともよく知っている。搭乗員の希望にも柔軟に応えてくれて、整備場では絶大な人気と信頼を誇っている。柏手《かしわで》を打ってでも秋山に整備を頼みたい搭乗員は多い。堀川は口を尖らせた。

「秋山は中島《なかじま》専門だ。いくら腕がよくても片手間にアツタエンジンがこなせるか」

彗星の発動機は複雑だとは聞いていたが、藤十郎の想像よりかなり難しいらしい。内地から専属のお守りがついてきたということか。故障が多いと聞いているが彼がいれば大丈夫なのだろうか。

「液冷はどうなんだ」

整備員まで新たに一緒に寄越して運用するほど液冷は優れているのか。

胸を叩くとばかり思った堀川は難しい顔をした。

「何とも言えん。簡単に上手《うま》くいくはずがないだろう。新しい試みはなんだってそうだ」

引導か励ましかわからないことを堀川は言う。

「心細いな」

藤十郎は隠さずに苦情を言った。整備員が大丈夫だと言いきれないものに人を乗せるのか。無責任にもほどがある。堀川は何も言い返さなかった。反論するならすればいいのに煮えきらない態度も腹立たしい。

「時間だ、谷」

懐中時計《かいちゅう》を覗いて緒方が言う。もう何度変更されたかわからない搭乗時間になった。堀川は彗星の機体に上っている整備員に呼ばれて踵を返した。

初飛行にため息は厳禁だ。そう思ったが漏れる吐息は苦々しい。やはり不良機は不良機だ。これならまだ艦爆のほうがマシだ。堀川の言うこともっともだが、専門外でも秋山なら何とかしてくれたのではないか。やっぱりここでも二番目なのか。

発動機はすでに回っているのに、どこか故障が出たのではないかと思うほど整備員が慎重に油温を見ている。今度もダメかと眺めていると搭乗の号令がかかった。藤十郎が前、緒方は後ろだ。

操縦席に乗り込み、出撃の準備をしながら藤十郎は地上を見下ろした。

周囲に集まっているのは担当の整備員だけではなかった。彗星の物珍しさに、他隊の搭乗員や地上要員があちこちで人だまりになって見物している。

いい気なものだ。藤十郎は動力スイッチを上げた。暖気は十分、慎重にフラップの角度を見る。

「エンジン回転数二千三百。油および水フラップ全開」

方向舵《かじ》を僅《わず》かに当てて静かに駐機場《エプロン》から滑《すべ》り出す。操縦席からプロペラまでが長いので、前方の視界が悪いのが気になった。身体に感じる機体の動きはまったく知らない感覚だ。ずっと同じ速度で動く。弾みや勢いがない。

「風三、雲量一」

伝声管《でんせいかん》を伝わって緒方の声がする。特別大きい声ではないのだが、緒方の声ははっきりとしていて聞き取りやすい。

地上要員が「離陸良し」の手旗信号を出している。藤十郎は滑走路《かっそうろ》に入って手早く計器を確認し、そのまま加速した。エンジンが吹ける感じはないが異様に速い。まるで艦上機のようにすぐに離陸できそうだ。いやこれは元々艦上機だったか。それにしても――。

走るだけで機体が浮きそうだったからそのまま離陸することにした。

「離陸する」

宣言してスロットルと調速機《ガバナー》を全開にすると、とたんに上から押さえ込まれたようになる。地上で暮らす限り縁がない重力は、搭乗員たちには日常だ。人間の分際で空に上がってくるなとばかりに、空気が上から押さえつけてくる。重さに逆らい、伸び上がるように離陸した。すぐに足から伝わる地面の震動が消える。艦爆にあった、空気の壁に押し返される感覚が極端に少なかった。細い機首の効果は見た目以上らしい。

藤十郎はやや左に旋回しながら高度を上げた。すぐに足入れのスイッチを入れる。青灯から赤灯に切り替わるのを確認してフラップも収納した。ここまでは順調だ。ただ戸惑いはある。彗星は今まで乗った機体とぜんぜん感触が違った。これまで練習機から艦爆、艦攻、零戦や水上機には乗ったことがあるが、形や計器は違えど胴体や大まかな動きは同じだった。足が出る振動、離陸に備えて機体いっぱいに浮力を湛《たた》える感覚、フロートがつこうが単座だろうが航空機は航空機だと思っていたが彗星は違う。すべてが静かでゆっくりだ。勢いだとか手応えというやつがまったくなく、足は静かに折りたたまれる。フラップもそうだ。ういんういんとモーターの音を立てながら予定の位置に動いてゆく。これが電気制御の感触か。最新式だというがやや気味が悪い。好みで言えば藤十郎は油圧のほうが好きだった。あの、出た、畳んだ、というわかりやすい挙動のほうがいい。

出撃前の打ち合わせで「せっかく離陸するのだから、哨戒任務に就くべきか」と上官に尋ねたら、まずはラバウルのあるニューブリテン島上空を周回しろと言う。聞くところによると彗星の値段は艦爆《道具》に比べてそうとう高いらしい。《工芸品》なので安全に安全を期す構えだ。

有事であるのに悠長なことだ。姫様のように繊細で機嫌取りが難しい機体がそんなに大切なら、倉庫にしまっておけばいいのにと辛辣《しんらつ》な考えが藤十郎の頭を過《よ》ぎる。機銃で穴を開けられでもしたら大目玉だなと思いながら、せめて周回の輪を大きめに広げることにした。言いつけを破ることになるが、今、圧倒的な勝勢を保つラバウル上空に来られるような敵機はいない。それにずいぶん勝手が違うこの彗星という機体に、少しでも早く馴染みたい気持ちもあった。あれだけ整備をしてやっと飛んだのだ。せっかく離陸したのに勿体ない。

海から沸き立っているような積乱雲が前方に壁のように立ちはだかっている。上空一万メートルに及ぶ雲の城だ。藤十郎は城壁に沿うように操縦桿《そうじゅうかん》を右に倒した。

「……谷。航路を外《はず》れている」

さっそく緒方が咎《とが》めるが、「外れていない」と藤十郎は答えた。緒方はどうやらクソ真面目な男のようだ。藤十郎は、もうひとまわり大きな外周の軌道に乗る角度を取った。

「谷」

再び緒方が厳しい声を発するが、叱られたからといって子どものように従うのも面白くない。話を逸《そ》らそうとして空を見渡すと、おあつらえ向きのものがあった。

「見ろよ、緒方」

緒方に見えやすいよう、少し翼を傾けて方向を示す。

雲量の少ない空だから見つけられたのかもしれない。雲のひとひらが色彩を含んで光っている。

「彩雲《さいうん》だ」

虹《にじ》色をした雲だ。雲の中にはときどき色つきの雲が発生する。

彩雲というのは、雲の水分に、低めの太陽が反射して七色に光る現象だ。飛行機乗りは正体を知っているが、民間ではご来迎《らいごう》雲と呼ばれて信仰の対象になっている。よく掛け軸などにある、西方極楽浄土《さいほうごくらくじょうど》から、菩薩《ぼさつ》を従えた阿弥陀如来《あみだにょらい》が乗ってくる五色《ごしき》の雲はこれのことだ。

「果報《かほう》は寝て待てということか」

藤十郎は明るく伝声管に呼びかけた。自然の技《わざ》にしろ仏力《ぶつりき》にしろとりあえず瑞兆《ずいちょう》だ。彩雲が見られるのは、明け方か夕暮れ前の僅かな時間しかない。しかも入道雲や雲の密度など、限られた気象条件がなければ発生しなかった。整備でモタついたせいでちょうどこの時間に行き当たった。戦場と同じだ。一番乗りでなくとも結果がいいほうがいい。幸先《さいさき》がいいのかもしれない。

緒方からの返事はなかった。こういう話にも付き合わないのかと残念に感じていると、ようやく緒方から声が返ってきた。

「谷」

「何だ」

「燃圧計の針がかなり振れている。前はどうだ」

「なに？」

言われて藤十郎は計器を見る。その瞬間は何ともなかったがみるみる指針が振れはじめた。

「燃料コック切り替え」

緒方が指示を出す。計器を読むのは緒方の仕事だ。

「切り替え良し」

「発電機はどうだ」

「異常なし」

「手動ポンプ使用」

「手動ポンプ良し」

燃圧計が異常の場合は、燃料の翼内タンクと胴体内タンクを切り替えると安定することがある。だが今日は駄目のようだ。緒方に報告した。

「燃圧計が収まらない」

「水平維持。振れの一番収まったところで帰投《きとう》する」

あっさり言われて藤十郎は驚いた。

「もうか？」

「墜《お》ちるぞ？　いいのか」

脅《おど》すような緒方の言い方に藤十郎はムッとした。

「貴様はいいのか」

藤十郎のために帰投するような言いぐさだ。

「――ああ、特に」

冷たい声ですぐさま応えた緒方に、藤十郎の心臓がおかしな具合に跳ねた。強がりでも冗談でもない。緒方にとって命とはその程度なのだと藤十郎に伝えるのには一言で十分だった。藤十郎には信じがたい。南方まで来たからには命を落とす覚悟などとっくに済ませてきた。空に《絶対安全》という言葉などないのも知っている。だがこれはただの試験飛行で目的もない。そんなもので命を落として「特に」で済むものなのだろうか。

「もう一度、燃料コックを切り替えろ。発電機確認」

相変わらず緒方の声は冷静だ。

「燃料コック良し、発電機良し」

手を動かしながら応えるが、心は上の空だ。『ああ、特に』その一言が頭の中で谺《こだま》する。冷たい手で心臓に触れられたような一言だ。命に触れるのに、そんななおざりな返事などあり得るのか——？

「なあ、緒方」

「なんだ」

「貴様は南に命を捨てに来たのか」

理由はないがそんなふうに聞こえた。冗談や虚勢には思えない。緒方は黙った。

「緒が……」

言いかけたとき急に機体がガタッと音を立てた。気流にでも当たったかと思ったが、ガタガタという振動は続いている。

「燃圧計はどうだ」

「定まらない」

鏡越しに緒方が目に双眼鏡を当てるのが見える。

「雲量一、気流良し」

空の状態ではなく、機体のせいだと緒方は言っている。

「帰投しろ、谷」

「だから今飛んだばかりだろう。振動が出ただけで帰投できるわけがないだろう」

「帰投しろ。命令だ」

「……命令？」

藤十郎は剣呑《けんのん》な声で問い返した。操縦員のほうが階級が高い場合を除き、機長は基本的に後ろの偵察員だ。機の行動は機長の判断に委《ゆだ》ねるが、操縦桿を握っているのは藤十郎だ。たかが震動ごときで頭ごなしに命令と言われても納得できない。

「貴様、腰抜けか、緒方」

だったら緒方を自分のペアとして受け入れるのは承服できない。無謀な飛行がいいというのではなく、空で生きるからにはある程度の危険は覚悟するべきだ。基地近辺を周回しているだけだから着陸しようと思えばすぐに降りられる。燃圧計が定まらないくらいで着陸したら物笑いの種だ。他ならまだしもここは歴戦が集う神鷲《かみわし》の基地ラバウルだ。搭乗員まで工芸品かと嘲笑《あざわら》われるに決まっている。緒方が腰抜けと罵《ののし》られるのはいいが、自分までそう言われるのは耐えられない。

「いいように思え。帰投しろ、機長命令だ」

「緒方、貴様……」

臆病にもほどがある。一喝《いっかつ》怒鳴ってやろうと藤十郎が息を吸ったときだ、機首の辺りで突然ガガガガッと雷のような音がした。

続けてバリバリと異音が上がり、音はそのまま鳴りやまなくなった。発動機だ。

機の心臓部がガタつけば胴体全部が揺れる。目の前の硝子《ガラス》枠が震えて定まらない。彗星のプロペラは三枚羽で、順調に回転すると向こうがきれいに透けて見える。それが×印のように部分的に線が見えているのにぞっとした。

緒方が命令しなくても、帰投せざるを得ない状況だった。振動も続いている。快調に吹けていた発動機も、ときどきふっと息を止めるように力がなくなる。無呼吸に合わせて異音も途切れるが、よかったと思えるはずもなく、そのたび発動機が止まったのではないかと肝が冷える。

「……帰投する……！」

ほとんど負けと言うのに近い言葉を藤十郎は呻くように吐いた。

電気系統は生きていて、収納していた足はすんなりと出た。ラバウル基地には飛行場が三箇所あるので、足さえ出たらどこにでも降りられる。

島の北を中心に旋回しながら高度を下げ、滑走路に難なく着陸する。

離陸からほどなくして高度を下げた自分たちに異変を見取ったのだろう。飛行機を停めるとすぐに三輪自動車の荷台にぎゅうぎゅうに乗った整備員たちがやってきた。まるで待ち構えていたような彼らを面白くなく思いながら、藤十郎は航空手袋を抜いて操縦席を出た。

あんなに待たされて、飛んだのはたった二十分足らずだ。実働率が悪いとは聞いていたが試験飛行さえまともにできないとは酷すぎる。試験飛行だからまだいいが、これが敵艦隊上空だったらどうしてくれるつもりなのか。

緒方にも一言言っておきたかった。結果的に賢明な判断となったが、貴重な航空機を預かっているのだからもう少し堪えてみてはどうか。少し不安が出たくらいで引き返していては、いつまで経《た》っても戦場に出られない。

ちょうど緒方がこちらを振り返った。緒方の視線のきつさに反射的にぎくりとするが、緒方は自分ではなく自分の肩越しを見ている。藤十郎は視線を追って振り返った。

彗星のプロペラの付け根。カウルの継ぎ目から蒸気のような白煙が上がっている。

「おおい、離れろ！　燃焼異常だ。混合比が悪い！」

三輪自動車の上から堀川が叫んだ。爆発はしないだろうが電気抑制というのが怖《おそ》ろしい。主電源は落としてきたが火花が飛んだら引火する可能性がある。堀川が待ちきれないように三輪自動車の荷台から飛び降りた。

「谷一飛、緒方一飛、ご苦労！　そうか、やっぱり燃焼異常か！」

初めから見当がついていたように堀川は叫んで、彗星に向かって走っていった。発動機の中で上手く燃料が燃えていないということだ。燃料が燃えなかったら発動機が止まる。上空六千メートルでプロペラが回らなくなったら、かなりの高確率で墜落死だ。

難しいと聞いていたがこれほどとは思わなかった。

ただ、離陸するときのあのするっと風の合間に滑りこむような感覚は今もはっきりと覚えている。もう一度あの感覚を味わってみたい。

緒方は黙って、工具箱を抱えて彗星に走ってゆく整備員を眺めている。彼は機の不調を自分よりも早く察していた。緒方の判断がなかったら、こんな近海を飛んでいたくせに洋上不時着の憂《う》き目に遭っていたかもしれない。彗星をいきなり沈めたら大目玉どころの話ではなかった。

緒方の指示は的確だった。謝罪をすべきだろうかと思うが、改めて謝るきっかけがない。せめて緒方が藤十郎の間違いを指摘する一言をくれたら謝りやすいのだが、緒方は藤十郎に視線もくれやしない。

緒方は記録板に目を落としたまま歩き出す。その背と彗星を見比べて藤十郎はため息をついた。

前途多難だ。彗星の横を歩いていく緒方の背中を、藤十郎は見えなくなるまで見つめていた。

夕飯のあと兵舎では、巡検の時間まで皆好き勝手に過ごしている。のんびりと横たわっている者や数人まとまって話をしている者、ときどき人が立ち上がり、どこかへ出かけてゆく。人はまばらでわりと静かだ。

緒方は今、司令部に書類を提出に行っている。

緒方と一度話をしなければならないと藤十郎は決心した。人当たりがいい人間ではないのはもうわかった。だがペアにはペアの付き合い方がある。航空隊のしきたりで偵察員の緒方が機長とはいえ、今後も一方的に命令された

ら不愉快だ。自分は彼の運転手ではない。同じ航空機を命の器として過ごしてゆくのだから、礼儀は余計に重要だ。昔から、馬には乗ってみよ人には添うてみよと言う。彗星には乗ってみろ、緒方とは話してみろだ。懐が広いほうが妥協すべきだ。緒方が自分と上手くやっていく気があるかどうかだけでもはっきりさせたい。

どう切り出そうと考えていると、椰子の葉で作られた庇《ひさし》のある窓の前を横切り、緒方がこちらに戻ってくるのが見えた。司令部に行ったあとなので開襟シャツを着ている。隣にいるのは地上要員の持村《もちむら》という男だ。一応他人とも話すんだな、と当たり前のことに感心しながら眺めていると、緒方は入り口のところで持村と別れてこちらに歩いてきた。

「お……、緒方伊魚」

腹を括《くく》って声をかけると、緒方が藤十郎を見た。いつも潤《うる》んだような目の視線が強いから怯《ひる》みそうになるが、藤十郎は負けるものかと睨《にら》みかえした。緒方は藤十郎を見据えて静かに言った。

「作戦中以外は気遣い無用だ」

この男は藤十郎が何をしても気に食わないらしい。だがもう緒方の機嫌がどうあろうと、藤十郎が正しいと思うことをしようと決めていた。

「気に食わないなら俺も『藤十郎』でいい。搭乗中の指示のことで、貴様に話がある」

呼びかけると、緒方は怪訝な目で藤十郎を見た。そして抑えたため息をつき、目の前まで歩いてくる。

「命令だと言ったことか」

迷う様子もない。順を追って丁寧に訴えるつもりでいたから藤十郎のほうが虚を衝《つ》かれた。緒方は板間に膝で上がった。

「気に入らなかったならすまなかった。これでいいか」

茶化《ちゃか》した様子もなく緒方は真面目なのだが、藤十郎は面白くなかった。それは謝罪のつもりだろうか？　腹を立てている藤十郎のほうが悪いようにも聞こえる。まったく謝られているように感じないし、気も済まない。緒方本人に罪の意識はないが、自分が腹を立てているようだから謝っているのか。

緒方はこちらに向き直りもせず、やや気怠そうに続けた。

「あのときはゆっくり話し合う暇がなかった。次はもっとよく説明するよ」

緒方の言葉選びと不遜《ふそん》な態度に腹が立った。あのときは緊急だったとしても、今の態度に納得がいかない。なぜ緒方は自分に対してこんなすげない態度を取るのか、藤十郎には理由がわからない。

「緒方。俺は貴様に何かしたか？」

思い返しても緒方に嫌われる心当たりがない。

緒方はじっと藤十郎を見たあと、手元に視線を戻す。

「……別に。思い当たる節でもあるのか」

逆に問われて藤十郎はぎくりとする。やぶ蛇だ。緒方に失礼を働いた記憶はないが、自分のペアに厚谷を熱望していたことは緒方に対して少し後ろめたかった。藤十郎が厚谷を欲しいと言っていたことは周りの人間も知っているので、噂が緒方の耳に入ったのかもしれない。それとも今も厚谷に未練を残している気持ちが態度に滲《にじ》み出てしまっていたか。

藤十郎が黙っていると、緒方は目の前でシャツに着替え、背嚢の中から水筒を取り出し、外出の準備を始めた。水筒の紐を折りたたんで手のひらに纏め、物資の交換券を手にする。

「水を貰いに行ってくる。何か飛行についてあるなら聞くが？」

「何かって、貴様はな」

藤十郎は緒方の手首を摑んだ。皮膚がひやりとしている。思わず手を引きそうになったが、もう一度座れと言うように、藤十郎は緒方を強く板間のほうに引き寄せた。藤十郎がこういう行動に出ると思わなかったのか、緒方は軽く息を呑んで藤十郎を見ている。焦っているような緒方を初めて見た気がする。緒方がうろたえると思わなかったので藤十郎も少しびっくりしたが、気を取り直して不機嫌を隠さず言った。

「こういうときペアならば、一緒に機体の不良を嘆き、次はと励まし合って慰め合うのが務めじゃないか？　貴様の態度は『俺が謝ってやるから機嫌を直せ』と言わんばかりだ。何様のつもりだ？　機長様か！」

日中の嫌みも込めてまくし立てた。金子の件での鬱憤《うっぷん》も溜まっていた。ペアは主人と召使いではない。初めにはっきり言っておかなければ金子の二の舞だ。藤十郎はすごみを利かせて言い募った。

「俺が墜ちるときは、貴様も墜ちる。横須賀基地か何か知らないが、偉そうな態度もいい加減にしておけよ？」

藤十郎が唸《うな》ると、目を見張ったまま藤十郎を見つめていた緒方が、ふと、笑った。眉間《みけん》に皺を刻んで笑うが、笑顔にはほど遠い。

「そうならいいな」

歪んだ表情だった。皮肉のようにも怒りのようにも見える。

「……緒方……？」

そうならいいなも何も同じ航空機だ。墜ちそうになったら自分だけ脱出するつもりなのか、新型の背負い式落下傘に欠陥があるのを、緒方は知っていて黙っているのか。

「どういう意味だ」

逃がすか、と藤十郎は緒方の手首を握った指に力を込めた。不可解なことを言っては距離を取ろうとする緒方の態度はいつも腹立たしい。

「言いたいことがあるならはっきり言え！　ペアだろうが」

藤十郎が嫌いだとか、操縦の腕が悪いとか言われれば話のしようもあるが、緒方はいつも、一人で納得して我慢しているような奥歯に物を挟んだ言い方をする。確かに嫌なことを言わずに、互いに気遣い合って心を察しながら理解を深めてゆくに越したことはないが、緒方の対応はそれとは違う。緒方といると居心地の悪さと、馬鹿にされているような気分だけが募る。もし他の男に言われたら激怒するようなことでも、緒方が言うなら極力耐えるつもりだった。命令で押しつけられた始まりでも、緒方が認めていなくても自分たちはペアだ。意思の疎通ができなければ明日にも命を落とす。

睨みつけると緒方は目を逸らした。何か言うまでけっして離すものかと藤十郎が更に手に力を込めると、緒方は摑んでいないほうの手で口許を覆った。見てわかるほど指が震えている。手のひらの中に籠《こ》もった息が、指の間からふーふーと漏れている。吐き気を堪えているようだ。みるみる顔が蒼白《そうはく》になり、緒方は眉根を寄せて急に上半身を折った。

「緒方？」

「……さわ、る、……な」

苦しそうな呼吸の間から応える。藤十郎の手の中で、緒方の手首は冷や汗でなお冷たさを増してゆく。緒方は手を藤十郎の指から引き抜いて、口を押さえた手に重ねた。今にもうずくまりそうにしながら緒方はそのまま咳き込む。胸の辺りからはひゅうと音がして、咳をするたびにだんだん呼吸は速くなるようだった。

何かの発作のようだ。ひきつけか、心臓か。

「緒方」

藤十郎が板間に引き上げてやろうと緒方の腕を摑むと、緒方は藤十郎の手を激しく振り払った。地面に水筒が叩きつけられ、ガランと大きな音を立てる。緒方の力の強さに藤十郎がびっくりしていると、緒方は黙って顔を逸らし、逃げるように出口のほうへ向かった。

「緒方！」

咳き込む緒方を追って藤十郎は板間を降りた。

急いで兵舎を出るが、外はもう夜で真っ暗だ。

「緒方！」

辺りを見回してもすでに緒方の姿はない。

遠くを見ると月明かりで山の稜線《りょうせん》が微かに光っていた。裾に広がる湾は硯《すずり》のような闇《やみ》を湛えている。

——そうならいいな。

どういう意味なのか。藤十郎に一人で死ねということだろうか。考えたって答えは出そうにない。緒方を探して真意を問うべきだ。藤十郎は軍医がいる兵舎に向かって歩きはじめた。耐えがたいほど具合が悪いなら、軍医のところにゆくだろう。顔は蒼白で冷や汗も流れていた。少なくとも尋常な様子ではない。

軍医のところに行ってみたが、緒方は来ていなかった。他の兵舎や日用品を取り扱っている場所に行っても姿はない。緒方の知り合いを訪ねようにも、緒方は内地から来たばかりで親しい知り合いがいるのかどうかもわからない。相変わらず誰かと親しくしているところを見ていない。初対面からよそよそしかった緒方の思い通りにさせて甘やかしたツケが回ってきたらしい。こんなことなら無理やり酒場に誘い出して、飲めないというなら水でも与えて話を聞いておけばよかった。

どこへ行ったのか。ここは島だから脱走も何もないが、まだ基地に慣れないのに夜間一人で出歩くのは危険だ。具合が悪そうにしていたのも気がかりだ。どこかで倒れているのかもしれないし、大きな灯りを借りて探したほうがいいだろうか。誰かに助けを求めていてくれればいいのだが。

足をどこへ向けたらいいのか迷いながら歩いていると、遠く、浜辺のほうから歩いてくる人影が見えた。一人でゆっくりとこちらに向かってくるのは、緒方だ。

「伊魚！」

声をかけながら側まで行くと緒方は驚いたように立ち止まった。呼び方を変えたのに戸惑っているのだろうか。藤十郎も少々気恥ずかしかったが、慣れれば何ということはない。

「伊魚、どうしたんだ。貴様、どこか悪いのか」

「……いや」

すでに緒方はけろりとしている。夜闇で顔色ははっきり見えないが、普通に息をして普通に喋《しゃべ》る。

緒方は困ったように言った。

「探しに来てくれたのか」

「当たり前だ。ペアだろう」

藤十郎が答えると、緒方は居心地が悪そうに目を伏せた。少しも嬉しがったり安心するそぶりはない。治まっていた咳をまたふたつしたあと緒方は言った。

「迷惑をかけてすまなかった。だが航空機から降りたあとは、余計なことだと思ってくれ」

声音ばかりは素直だが、言っている内容がまたいただけない。

「余計とはどういうことだ」

剣呑な雰囲気を察したのか、緒方は神妙に返してきた。

「ペアなのは、仕事の間だけで十分ということだ。今夜のことは詫《わ》びと礼を言う」

そう言って緒方は藤十郎と擦れ違って歩き出した。

言っていることはわかるが、ペアの心配をするなという意味がわからない。

「伊魚！」

呼びかけたが緒方は足を止めず、暗闇の中に姿が消えるまで一度も藤十郎を振り返らなかった。

海風が潮を含んで重く肌に纏わりつく。言葉にできない不快さと不安を胸に抱えながら、藤十郎も、兵舎に向かって歩きはじめた。


藤十郎が兵舎に戻ると伊魚はすでに横になって休んでいた。消灯も済んだあとなので声をかけづらく、無視されたら今度こそ藤十郎の怒りは限界を超えてしまうかもしれない。何としたものかと考えているうちに藤十郎もそのまま眠ってしまった。

翌朝の伊魚はいつも通りだった。藤十郎に「おはよう」と言い、普通に隣で朝飯を食う。顔色はやや悪いが、藤十郎のほうが夢を見ていたような錯覚を覚えるくらい穏やかで、咳もしなかった。だが騙《だま》されない。伊魚は今朝から微妙に自分と距離を取っている。朝から迷い続けて訊きそびれた。何と問うか、このままでは本当に何もなかったことになってしまいそうだったから、朝の整列の直前に伊魚に声をかけた。小声で何かを訊くなら今が最後だ。

広場に二十人ほどばらばらに集まって隊長の訓示を待っている。藤十郎は伊魚と肩を並べながら、整った横顔に囁《ささや》いた。

「貴様、何か病《やまい》があるのか」

「ない」

藤十郎の想像通りに伊魚は答える。だがその素早さが不自然だ。人の病気の詮索《せんさく》をするのはよくないが、昨夜の伊魚は見ぬふりをしてやれる程度を超えていた。

「昨夜のあれはどう見ても病だ。あれが飛行中に起こったら墜ちる」

思いやりは大切だが自分の命はもっと大事だ。あんなに激しく、急に飛行中に伊魚が苦しみはじめたら自分たちは即墜落だ。敵は待ってくれない。もしも昨夜の発作が病なら、伊魚には悪いが司令部に届け出る。同情で死ぬことはできない。

伊魚は表情も動かさず、前を向いたまま答える。

「飛行中には起こらない」

「何でそんなことが言える」

病気になる時間が決まっているのか、それとも気圧などの関係で、空を飛んでいる間だけは確実に体調がいいとでも言うつもりか。

伊魚は黙った。無視する気なのかと思うくらい長い沈黙を挟んだあと、諦めたように小さな声で呟いた。

「……人が触れたらああなるんだ」

答えろと、手を摑むつもりで伸ばしかけた手を、藤十郎はとっさに引いた。

伊魚からそれ以上の説明はないが、触れられなければ何ともないなら、確かに飛行中は平気だろう。藤十郎は戸惑った。人に触れられたら苦しくなる。そんなことがあるのだろうか。

伊魚の身体は若々しく張りがある。こうして見ている限り病人には見えなかった。

「魚のようだな」

思わず藤十郎は零した。

人の手のひらに握られて喘《あえ》ぐ生きもの。すぐに彗星の姿を思い出した。伊魚があの機体に似つかわしいと感じたのは勘違いではなかったようだ。

三日間、伊魚の様子をじっくり観察した。咳やくしゃみはしないか、気分が悪そうな顔をしないだろうかと見張っていたが、羨《うらや》ましいほど健やかなものだ。

二人で整備場に向かって歩いていた。今朝、整備員が相変わらず彗星の発動機の調子が悪いと零すのを伊魚が聞いたらしい。様子を見ておかなければならない。

あれからも何とか伊魚に話しかけるが、会話が盛り上がったことがない。「無駄口」と言うが、伊魚といると会話の九割が無駄口なのではないかと思ってしまう。

「伊魚は、内地では九九艦爆に乗っていたと聞いた。他には何に乗ったことがあるんだ？」

「一式陸攻、九八《きゅうはち》陸偵だ」

「へえ。全部偵察員だろう？　どうだった？」

「普通だった」

「……そうか。俺は予科練《赤トンボ》で操縦員適正が出たあとしばらく零戦に乗っていたんだ。それから艦攻を志願して、内地ではずっと艦攻に乗っていた」

「——そうか」

伊魚の反応はそれっきりだ。なぜ今は艦爆に乗っているのかと訊かれてみたかったが無理らしい。

「よお、谷。新しい恋人とご出勤か？」

戦闘機の間を通り抜けるとき、昔世話になった年配の整備員に冷やかされて腕を叩かれたが、笑って誤魔化《ごまか》すしかない。婚約が解消になる前後によくこんな笑い方をしていた記憶が藤十郎にはある。ここに来てまで気まずい作り笑いをするはめになるとは思わなかった。

せっかくラバウルに来てのびのびした気がするのに、これで伊魚と上手くいっていないと噂が立つと、それはそれで気が詰まる。

厚谷とだったらどうだろう。今さら考えたって仕方がないと心の中で呪文のように繰り返し、すました顔で隣を歩く伊魚を見る。藤十郎にまったく興味を示さない、美しい顔だが寂しい男だ。

触るな逆らうな口を利くな、か。藤十郎は『伊魚』と名前で呼ぶが、伊魚は未《いま》だに藤十郎を『谷』としか呼ばない。藤十郎の好意は今のところ常に撥《は》ねつけられている状態だ。これでは一人より気分が悪いと思いながら歩いていると、藤十郎は、ふと前方の人だかりに気づいた。

中心にあるのは彗星だ。

「どうした」

整備員が人垣をつくっている。人数からしていつもの整備班だけではないようだ。手伝いか野次馬かわからない。人垣の隙間《すきま》から彗星の腹の下に堀川が潜っているのが見えた。彼に声をかける前にオイルで顔を黒くした整備員に止められた。

「爆弾倉が開かなくなった。多分中で歯車が割れたんだろうな」

「修理のために何度も動かそうとして蓄電器《バッテリー》も上がった。……これだから俺は電気制御に反対なんだ」

迷惑そうに整備員が言う。爆弾倉というのは航空機の下腹にある爆弾を収納する場所のことだ。ここが開かなければ爆弾を落とせない。爆弾を落とせない爆撃機など一体何の役に立つのだという話だ。

心配そうな表情の伊魚と人垣を進む。地面に広げた布の上に、たくさんの部品が並べてある。整備を見慣れている藤十郎でも息を呑むような数だ。これらが絡繰《からく》りのように動いているのかと思うと、昨日まで飛んでいたのが嘘のようだ。

彗星の担当整備員たちは黙々と修理をしている。野次馬など目に入らないようで、必死で整備をしているので搭乗員の自分たちが途中で口を挟むのがためらわれた。思わず佇《たたず》む藤十郎の耳にため息交じりの嘲笑が触れた。数人の搭乗員が伊魚を見ている。

「やはり彗星は駄目だ。美しいだけで前線では役に立たない。坊々《ボンボン》にふさわしく、内地で将校でも乗せて遊覧飛行でもやってりゃよかったんだ」

「貴様」

藤十郎は、気色ばむ伊魚の横から手を伸ばし、嫌みを言った搭乗員の胸ぐらを摑んだ。

「誰が役に立たないんだ。言ってみろ！」

「谷、やめろ」

男と藤十郎を分けようとした伊魚を振り払う。

「彗星は役立たずなんかじゃねえ！」

すると今度はそこに別の搭乗員も割って入る。

「仕事ができねえんじゃ役立たずだろう！　この忙しいのに整備員の数ばっかり食いやがって！」

「何だと貴様！」

その搭乗員の襟へ、藤十郎が手を移したときだ。

「谷、緒方。来てくれたのか」

一触即発の雰囲気など関係ないように無造作に声をかけてきたのは堀川だ。作業服が黒い油まみれだった。眼鏡も汚れている。

藤十郎は搭乗員を払い、堀川に向き直った。堀川は痺《しび》れたのか右足を引きながらこちらにやってくる。藤十郎が尋ねた。

「彗星はどうしたんだ」

整備というには大がかりすぎだ。野次馬の言うことは当てにならない。

「彗星の爆弾倉が開かなくなった。今のところ替えの部品がない」

「なんだと？　飛べないのか」

「いや、飛行はできる。ただ爆弾が落とせないだけだ」

呆然とする藤十郎に、ため息まじりに堀川は言った。

「しばらくは偵察機として働いてもらうことになるかもしれん。すまないが本部の判断を待ってくれ」

「偵察機……って、この彗星をか？」

さっそく本部があるほうへ足を向けようとした堀川を藤十郎は引き止めた。彗星は確かに偵察にもよく使われる。だが専用機と言われたらどうだろうか。偵察任務が楽ならば二つ返事で引き受けるところだが避けたい役目だ。偵察機はたった一機で敵地へ向かい、情報を摑んでくるのが仕事だ。どんな敵がいるのかわからないし味方もいない。暗闇の中を進み、敵の懐深くに斬《き》り込んで情報を得て逃げ帰ってくる。日本軍の目となり光となる尊い役目だが、元々爆撃機乗りの藤十郎が本懐とするのはそんな任務ではない。

「俺はかまわない」

水滴を落とすように伊魚が答える。

「ありがとう、緒方。谷は上官と相談してくれ」

堀川が言い残して去ってゆく。背中を見ながら藤十郎は大きく息をついた。今ここで何を言っても始まらない。

もしも本当に彗星が偵察機になるなら、艦攻にも艦爆にも乗れる藤十郎を彗星に乗せておくのは勿体ないと、上層部は考えるはずだ。

彗星を降りるかもしれない。

もしも上官から意思を問われたらどうするべきか、琴平がいるのを承知の上で、もう一度厚谷をくれと願えるものだろうか。厚谷さえいれば、今度こそ自分にも運が向いてくるのではないか——。

考えて藤十郎は伊魚をそっと横目で窺った。隣に佇《たたず》んでいる伊魚は、内臓のようにどんどん腹から部品を出される彗星を見たまま、身じろぎひとつしなかった。

夕方になって、司令部に藤十郎は搭乗割を確認に行った。わかっていたことだが自分たちの札はなかった。隣に別の部隊の搭乗割の板が並んでいる。その中に見つけた厚谷・琴平の札から藤十郎は目をそむけた。彼らは上手くいっているようだ。

彗星はさしあたり偵察任務を負いながら、爆弾倉の調整をすることになった。飛行には明後日にも復帰できると聞いている。

藤十郎は司令部を出て整備場へ向かった。伊魚は再び彗星を見に行くと言っていた。搭乗員が見に行ったところで眺めているしかないのだが、伊魚は彗星と共にラバウルにやってきたから気にかかるのだろう。

このままならペアは解除だ。自分は複座だからどうしたって偵察員は必要だが、伊魚とはまだ気心が知れたとは言いがたい。伊魚もけっして「谷でなければ」とは言ってくれないだろう。

真紫色の夕日の中、灌木の間を抜けて整備場へゆくと、偽装網をかけられた彗星の側に伊魚が立っていた。声をかけようとしてふと、藤十郎は開きかけた口を閉ざした。

プロペラの下にある吸気口の辺りを、伸ばした指で触れている。機体を見上げ、彗星に何かを話しかけているように見えた。

寂しそうな横顔だ。答えを返すはずのない彗星の返事を待っているように見えた。零戦のような数が多い人気戦闘機の周りには自然と人が集まるものだが、彗星はいつも一人だ。側に寄りつくのは整備員くらいなもので、そのうえ彼らは彗星の整備の難しさに、一様に病人の周りに集まるような深刻な顔をしている。

人が寄りつかない航空機。人を寄せつけない偵察員。

彼らは二人きりのように見えた。友人も、理解者もいない。だからといって不用意に手を伸ばせばひどく神経質な苦しみ方で人の手を拒む。

哀れに思うが藤十郎だってこれ以上どうやって伊魚に近づけばいいかわからない。人なつこさが自慢の藤十郎の手管で馴《な》れ馴れしく伊魚に近づこうとすれば、伊魚はとたんに息ができなくなってしまう。そんな伊魚と無理やり親しくしようとするのは暴力と同じだ。

声が届きそうな距離まで近づいたとき、伊魚の指先が、とんとんと彗星を叩いているのに気づいて藤十郎は立ち止まった。中指で何度も機体を叩いている。医者がするような触診《しょくしん》とは叩き方が違う。指はあまり上げず手首のほうを動かす。

人の身体にするように彗星の様子を診《み》ているのだろうか？　よくよく目を凝らしたが、叩き方に何か規則性があるようなないような。拍子《ひょうし》が取れているような取れていないような……。

微かな音を聞き取ろうと耳を澄ましていると、不意に伊魚がこちらを振り向いた。何となく気まずかったが藤十郎は何食わぬ顔で伊魚と彗星に歩み寄る。

伊魚は軽く目を伏せたあと藤十郎を見た。

「昼間はすまなかった」

「何がだ」

唐突に謝られても、藤十郎の搭乗遍歴を訊いてくれなかったことくらいしか思いつかない。

「彗星を庇《かば》ってくれた」

彗星が役立たずだと言われて、藤十郎が先に怒鳴ったことだ。

「俺は彗星を庇ったのであって、貴様を庇ったわけじゃない」

自分の愛機だし、伊魚のことを当てこすられたようにも感じた。あれで腹が立たなかったらペア失格だ。

伊魚は黙ったまま目を伏せている。あまり人の顔をじろじろ見るのは不躾だと思うが、伏せた睫毛が長いものだからどうしてもそこに目が行く。

「伊魚」

「何だ」

伊魚は呼びかけには不機嫌そうでもだいたい返事はする。躾《しつけ》がいいのか根は素直なヤツなのだろう。疎遠ではあるが、嫌いきれない。

「……病の原因は何だ」

嫌われついでだと思って藤十郎は尋ねた。病なら、できるものなら治してやりたい。もしもこのあと伊魚とペアを解除しても、どこかで特効薬があると耳にしたら、すぐに伊魚に知らせてやりたかった。

「病名は何というんだ？　原因は何だ」

伊魚は病ではないと言っていたが、人の中には栄養のある蕎麦や鯖《さば》を食べると毒のように苦しむ者があるとも聞いた。そういう何かだろうか。

夕日に照らされた横顔に伊魚は微苦笑を浮かべ、小さく首を振る。

「言っただろう。病じゃない」

彗星を見上げて呟いた。

「俺のことは気にするな。楽しかったよ」

伊魚はそう言い残して彗星から離れた。薄暗くなりはじめた藪《やぶ》のほうへ歩いてゆく。

藤十郎は呼び止めなかった。

別れの言葉なのだろうな、と、藤十郎は察した。このまま彗星が爆撃機として使えず、部品も届かなかったら、ペアを解いて別の機体に乗り換えるしかない。当の伊魚はすっかりペアを解除するつもりのようだ。自分が厚谷を望むように、伊魚にも他に意中の相手がいたのかもしれない。

枝の間を夕闇で満たした灌木の林に、溶けるように伊魚の後ろ姿が消えてゆく。俯いて歩く癖、その理由も訊いていない。

彗星と二人で取り残された。またお前は二番目だと言い渡されたような気分だった。伊魚も藤十郎を選んでくれなかった。自分の身勝手を棚に上げて、寂しい、と藤十郎は思う。


彗星が直ったのは翌々日のことだ。

これが正解なのではないか。彗星の飛行の成果に藤十郎は不本意ながらそんなことを考えた。

修理が可能か不可能かを判断する間、とりあえず急場づくりの偵察機として働くことになった。開かなくなった爆弾倉に増加燃料タンクを詰め、偵察用のカメラを仕込む。さっそく偵察隊に組み入れられ、彗星はラバウル基地を飛び立った。六機の編隊から扇形に広がって飛ぶ。こうすれば敵の見逃しも少ないし、確実に広い範囲を偵察できるというわけだ。

ニューブリテン島の、島影が見えてほっとする。藤十郎は空を仰いで大きくため息をついた。

出撃からちょうど四時間ほど飛んだところで、洋上に敵の軽空母と補給艦を見つけた。甲板に一機、見たことのない航空機が載っている。すかさず写真機で撮影だ。

今から対空砲を用意しても間に合わない。敵艦隊を煽《あお》るように低い場所で旋回した。

「偵察終わり」と伊魚が宣言して打電を始める。置き土産とばかりに藤十郎は機首の七・七ミリ機銃で敵艦隊の上を縦断するように掃射した。こちらは情報を得てあとは逃げるだけだ。

敵の戦闘機が動くのがわかったが、そのまま全速力で加速した。今さら空母を飛び立ったところで、爆弾を積んでいない彗星に追いつける航空機など米国にはない。

歓声を上げながら伊魚と逃げた。不調に喘いでいた彗星の、久しぶりの胸の空《す》くような活躍だ。

乗り換えの機体が見つかるまであと数回は出撃するだろうが、最後にいい思い出ができてよかった。

「有終の美というやつだな」

藤十郎は伝声管で伊魚に話しかけた。返事は返ってこないが、何となく伊魚も喜んでいるような気がした。

基地の上空で、着陸を告げる左旋回をしながら高度を下げる。

「高度二百二十まで落とせ」

「了解」

今日は伊魚の言うことまで素直に聞けるから不思議だ。いつも伊魚の指示は的確だが、今日は藤十郎のやりたいことがすべて彼に伝わっているかのように、速度も高度も燃料も方角も、すべて藤十郎が欲しいと思った情報が伊魚の口から先に伝わってきた。こうなると何となく伊魚が惜しくなってくる。いざ別れると覚悟したからだろうか。着陸したら伊魚をちゃんと褒めよう。いつも不平ばかり言っていたなと反省しながら藤十郎は最終の着陸態勢に入ろうとして、ふと彗星の右足が出ていないことに気づいた。スイッチを入れ直してみるが、それでも足が出た印のランプがつかない。

「右主足が出ない」

翼を見ると、主足が主翼に収まったままであることを示す目視用の棒も右側だけ赤く上がったままだ。操作盤の故障ではない。

「もう一度」

伊魚から指示が出る。何度も試してみたが動かないようだ。たぶん電力がどこかで切れている。沈んだ空気が機内に満ちた。

「……引き起こしで足を出す」

伝声管越しに言われて藤十郎は心底がっかりした。急降下して急上昇するときの重力を使って足を出そうというのだ。嫌だったがこのままでは降りられない。今日は偵察機だというのに結局やることは急降下爆撃だった。

伊魚が基地に打電し、基地の近くで急降下を試みることになった。残念だが、敵がいないのが幸いか。上がれるところまで上昇し、急降下する。主足を出す操作をしたまま水面近くで一気に高度を上げる。この弾みで足を出す。

一度で出たら万々歳だと思いながら試してみたが、三度繰り返しても足は出ない。

「谷、燃料が終わる」

憂鬱《ゆううつ》な伊魚の声が告げてくる。偵察帰りで燃料は減っている。そのうえ急上昇はただでさえ燃料を食う。

この上は胴体着陸しかないが、彗星の燃料タンクは腹にあるので他の航空機より格段に危険だった。海上に水《すい》着《ちゃく》するのが安全なのだが、一度海水に沈んだ機体はほぼ使えなくなってしまう。可能なら胴体着陸、機体を捨ててパラシュートで脱出するのは最後の手段だ。

「どうする。偵察員殿」

藤十郎は後ろに呼びかけた。どうするかは今こそ機長判断だ。命優先か機体優先か。こんなときばかりペアだな、と藤十郎は寂しい気持ちを覚えた。厚谷ならどんな判断を下すだろうとふと想像したが、無線も繋がっていないから意見は聞けない。

「谷一飛。貴様の技量に任せる」

「後悔しないか」

胴体着陸で身を地面ですり下ろされても、高額な機体を軽率に捨てたとして腰骨が折れるほど精神注入棒で叩かれても。

「ああ、別に」

ため息のような返事があった。命がかかった場所なのに投げやりだな、と思うと藤十郎も張り合いがない。そういえばコイツは墜落しても「特に」と言うような男だったなと思い出した。何か特別な信頼が寄せられるのではないかと期待した自分が馬鹿だった。そう思ったとき、緒方から注文が来た。

「――ただし、俺はあまり泳ぐのが得意ではない」

「了解。片輪で着陸を試みる」

目算はある。水平を保ったまま片足で着陸して、航空機が浮こうとする力の最後までを使って速度を殺すのだ。いきなり腹から着陸するよりは格段に成功する見込みは大きい。だが、機首が長く足元が見えにくい彗星は、元々圧倒的に着陸が難しい。

「……了解」

伊魚は一言の反論もなしだ。藤十郎の腕を信用してくれているのだろうか。それとも命を諦めているのだろうか。

「基地に胴体着陸を告げる」

打電したら降下開始だ。藤十郎は大きくひとつ、深呼吸をした。

神経を集中しなければならない。

片輪で着陸する機体は、暴風を受けるヤジロベエと同じだ。微かにでも水平を失えば一瞬でばらばらに吹き飛ぶ。着陸の理想は地上一寸で失速することだが、片輪着陸は地上零寸《ゼロ》を機体が停まるまで維持しなければならない。三寸が理想なら零寸は神業だ。

幸いラバウルの飛行場は前後が開いている。片輪を着いた具合で難しかったらそのままもう一度離陸しよう。残り燃料を見れば、タッチアンドゴーも少なくとも二度は試せそうだ。

「次の旋回を終えたら着陸態勢に入る。高度と風を読んでくれ」

「進入角度をギリギリまで低く取る。高度百八十、風力二。もう一度旋回、山際ギリギリまで寄って大きく回れ、谷」

「……了解した」

そんなことをすれば、試行回数が一回少なくなる。確かに進入角度はできるだけ地面と平行に近いほうがいい。だが回数を減らしてまでやることだろうか。だがもうここは伊魚を信用するしかない。

なるべく大きな円を描きながらもう一回、螺旋《らせん》階段を下りるような想像をしつつ、海面ギリギリまで高度を下げる。

藤十郎は深い呼吸を繰り返しながら滑走路を睨んだ。口で細い息を吐く。水平儀はほぼ横一線だ。あとは感覚勝負になる。

片方だけ足が出た機体はただでさえ不安定だ。機体が弱い横風を受けるのを修正する。左の車輪だけで走り、速度がゼロになったとき、尾輪を利用して右斜め後ろに体重をかける。

「失敗したらすまない」

藤十郎は先に詫びることにした。気に入らない相手と死ぬのは嫌だろうなと思いながら、石のひとつも見逃すまいと目を凝らしたとき、伊魚の声がした。

「今は、ペアだろう?」

この言葉を聞いたとき、藤十郎の胸に湧き上がるのは嬉しさか、悔しさか。「今は」とは何だ、「今は」とは。伊魚を叱りたかった。そしてあのよそよそしい伊魚が、本当に今だけでも自分を心底ペアだと思ってくれているのかと確かめたいが時間がない。藤十郎は襟元に押し込んでいた白い絹のマフラーを、鼻の上まで引き出した。

「着陸する!」

滑走路が機の下腹に滑りこむ。平面に均《なら》されたアスファルトが目の前にものすごい速さで流れていった。

全神経を目と操縦桿と両足で踏んだ方向舵に集中する。着陸は『航空機を置くように』と言われるが、不時着は『滑るように』と教えられている。少しでも角度があったら地面に激突する。

いよいよ目の前に地面が迫ってくる。じわりと降りると、藤十郎の想像どおりにタイヤが地面に触れる衝撃があった。とたんに機体がガタガタと激しく振動する。今のところは思い通りだ。できるだけ長い距離を走って速度を殺す。

滑走路はまだ長い。

突風は海のある右からしか吹かない。

タイヤが踏みしめる石粒を感じられるくらい感覚は冴《さ》えている。もう少しだ。行けると思った。完全に停止すれば、支えがない右足のほうに機体は倒れる。衝撃に備えなければ、と集中しながら気が遠くなるほど長い数百メートルを走っていたとき、ふっと、左側の翼が沈んだ。左足が折れた一瞬は無音で、ひどく長い時間のような気がした。

視界が右に振り回された。

「伊魚ッ！」

足が折れるとは藤十郎ですら予想していなかった。藤十郎は衝撃に構えられたが、前が見えない偵察員席はなすがままになるしかない。

目の前を布幕や土嚢《どのう》や砂埃がめったやたらに横切ってゆく。次々と何かが激突する。めしめしと翼が折れ、風防硝子が砕け散った。木の幹やドラム缶が全部こっちに向かって飛び込んでくるようだ。右から風防が押し寄せてくる。急に右の額を衝撃がガンと殴りつけたが、何がどうなったかもわからない。

「……」

目の前が暗くなった。

伊魚は防御姿勢が取れただろうか。無事か——。

そんなことを考えながら、藤十郎は気を失った。


「——じゅうろうっ……！　藤十郎ッ——！」

頭上から名を叫ばれて、藤十郎は目を開ける。

自分だけ井戸に落ちているようだった。上は明るく青空が見える。上から覗いているのは伊魚のようだ。

「藤十郎！　しっかりしろ、藤十郎！」

悲鳴に近い声なんて、貴様らしくもない。

ぼんやり目を開けて眺めていると、伊魚は身を乗り出すようにしてこちらに腕を伸ばしてきた。

「藤十郎!」

首筋をかき寄せ、藤十郎の脇の下に手を差し込んで、自分を引き上げようとしている。

「谷。わかるか、藤十郎!」

叫びながら咳き込んでいる。

ああまた息ができなくなっているのだろう。俺になど触れるからだ。

額に触れる伊魚の手は、水に浸《ひた》したようにひやっと冷たかった。その心地よさにまた気が遠のきそうになったとき、頬に何かが落ちてきて、藤十郎は引き止められた。

ぱたぱたと、雫《しずく》が落ちてくる。頬の辺りに落ち、汗と混じって首筋に流れていく。温かいのがひどく不思議だ。

「藤十郎……ッ!」

叫び声に笛のようなひゅうひゅうとした音と咳が交じっている。

やめろ、誰かに代わってもらえ。

そう言いたいのになぜか声にならない。記憶の中の伊魚の声が答えた。

——今は、ペアだろう?

そうだ、その意味も問い直さなければならない。そんなことを考えながら藤十郎は再び目を閉じる。

航空機とは面白いもので、歯車いっこで飛べなくなると思ったら、潰れた天蓋や折れたエルロンなどは簡単に直るのだそうだ。

整備員たちは脱いだシャツで汗を拭きながら修理の機体の間をせわしく走り回っている。青空に椰子がそよいでいる。裏返したチンケースに座って彗星の修理の様子を眺めている藤十郎の斜め前には、別の班の整備の男が座っていた。

「ああ、いるな。潔癖症ってヤツ」

休憩中らしい男が水を飲みながら応える。

「汚いものが触れない、人に触られるなんてまっぴらだ、ってヤツだ。俺の同期にもいたがな、油や土で汚れたものを見ると卒倒するもんだから、早々に機関学校をクビになったよ。頭はいいいし、坊ちゃんだったから普通の大学にでも入り直しただろう」

やや侮蔑《ぶべつ》と嘲笑が混じった男の口調からは、哀《あわ》れみは微塵《みじん》も窺えない。

そういえば藤十郎の同期にも潔癖症と言われる男がいた。二日同じ敷布に寝られないというのだ。そんなことでよく海軍の適性検査を通ったなと思ったが、そのときはよほど無理でもしたのだろう。すぐに名前を聞かなくなって、卒業のときにはいなかった。

「で？　誰が潔癖症だって？」

「あ……いや」

問い返されて藤十郎は口ごもった。藤十郎は伊魚の名前は伏せて、人に触れられたら息ができなくなるような病気を知らないかと訊いてみた。

「ああ、あの……何となく、昔、そういうやつがいたなと、ふと思い出してな」

「そうか。几帳面も度が過ぎると病気になるぞ。しかしそういうのはただの軟弱でいわゆる甘え病だから、陸軍《りくさん》の行軍にでも投げ込んどきゃ三日で治る」

男はチンケースから立ち上がって、ぱんぱん、と藤十郎の背を叩いた。

「谷には無縁のご病気だ。じゃあ、頑張れよ」

「あ……ああ」

褒められたのかけなされたのかわからないが、とりあえず考えるのは後回しだ。

やはり病だったのだと、藤十郎は思った。昔、潔癖症の噂話を聞いたときは藤十郎もただの我儘《わがまま》病だと思ったが、本当に呼吸ができず、あんなに苦しそうになるのが病気でないわけがない。度が過ぎた几帳面の男がなりやすいというのも頷ける。伊魚は明らかにきれい好きだ。

そうならそうと、早く言えばいいのに。

馴れ馴れしくして悪かっただろうか。病だと思えばいきなり手を摑んだことも、今さらとんでもない無礼だった気がしてくる。

だが半分ほっとした気もしていた。潔癖症は薬がいるような病ではない。不潔だからといって死んでしまうこともない。ペアとしてしてやれることは、伊魚に触らずできるだけきれいな環境を整えてやることだ。戦地できれいも何もないが、他の配属に比べれば自分たち搭乗員は優遇されている。伊魚の潔癖症は予科練の同期ほどは酷くないようで、今くらいに清潔であれば生活に支障はないようだ。

背後から草を踏む音がする。振り返ると伊魚が立っていた。

「……日陰に入れ、谷」

冷たい声だが心配してくれているのだ。伊魚が優しいのはもう知っている。

結局、彗星は左の翼を折り、滑走路を滑って椰子の林に突っ込んで止まった。藤十郎は脳しんとうを起こした。めり込んだ天蓋が額に当たり、たんこぶができて少し血が出ていた。目が覚めてからも二日間は頭痛が酷かったのだが、今朝からは落ち着いている。伊魚は顔に擦り傷、肩と腹、安全帯がかかっていた位置に赤紫の痣《あざ》ができていたがほぼ無傷だった。彗星は、折れた左足と天蓋はそっくり交換、主翼も付け根が何ともなかったので、根元から外して付け替えで済むらしい。最後まで主翼の中に大事にしまわれていた右足は無傷という皮肉な結果となった。搭乗機搭乗員共に、大破廃棄にならなかったのは不幸中の幸いだ。地面すれすれの高さで侵入できたから、左足が折れても、ほとんど水平に振り回されて自分たちは助かったのだ。あそこで伊魚が、もう一度旋回して高度を下げろという指示を出してくれなかったら、僅かな進入角度の差でつんのめって、今頃無事ではいられなかっただろう。

「いや、もう兵舎に帰る」

藤十郎はそう言って立ち上がった。艦爆なら掃除や部品磨きなどの手伝いができるが、彗星は手伝いをしようがない。それに額に膏薬《こうやく》を貼《は》った藤十郎が見張っていては、整備も気が散るだろう。

自分たちが洋上から打電した情報は後続の役に立ったらしく、功労が贈られた。羊羹とこの膏薬だ。持ち帰ったフィルムには敵新型機がはっきり写っていたらしい。彗星をからかった男が今どんな顔をしているか想像するのも愉快だ。

お陰で額の打撲はずいぶんいいのだが、まだ歩くと振動が頭にギンギン響く。伊魚も腫《は》れは引いて痛みはないと言うが、身体中に巻いた鬱血《うっけつ》が痛々しい。

伊魚が指先で短い前髪を撫でるように払った。右手だけが傷だらけだ。あとから整備員に聞いた話では、白煙を上げた彗星の操縦席から藤十郎を引っ張り出そうとして、裂けた鉄や割れた硝子にかまわず手を突っ込んだときにできた傷らしい。

「伊魚」

「何だ」

「今夜、酒を奢《おご》ってやろうか」

酒場が嫌だというなら兵舎でいい。伊魚は少しむっとした表情をしたあと目を伏せた。眉根に浅く皺が寄っている。

「断る。酒を飲む暇があるなら身体を休めてそのうっとうしい膏薬を早く剝がせ」

伊魚はこの膏薬が気に入らないらしい。いや「膏薬が」と言うと語弊《ごへい》がある。かぶれた気がして膏薬を剝ぐと「早く貼れ」と言う。曲がっていると顔を歪めて「貼り直せ」と言う。だが貼った状態の藤十郎を憎々しげに見る。つまりは藤十郎が怪我をしているのが気に食わないのだ。おかしな心配の仕方だった。

「……何がおかしい」

笑ったつもりはなかったのに、伊魚が言う。

「いや。俺のペアは厳しいなと思って」

そう言うと、伊魚が唇を結んで微かに俯いた。伊魚の感情表現は独特だ。嬉しいのが苦しいような、堪えているような、ひどく可愛い顔をする。

人寂しいのを堪えているのだろうか。病のせいだろうか。こうして話しているのも苦しいのだろうか。

伊魚には色々訊きたいことがあったが、今は訊かないほうがいいのだろうとも思っていた。ただひとつだけ頼みがあった。

「なあ、伊魚」

前を向いたまま、できるだけ何気ないふうを装って藤十郎は問いかけた。

「何だ」

「もう一度、名を呼んでくれないか」

ぐらぐらと暗い意識の中、自分を呼んだ必死の声が伊魚のものだと確信できたらしばらくはそれで十分だ。

伊魚は嫌そうな顔をした。

「誰のだ」

「俺だ」

だいたいそう来るだろうと藤十郎も予想していた。

「……谷」

断るのも狭量だと判断して妥協してくるのも、伊魚らしいと思った。

「そうじゃない」

「『谷藤十郎』」

「下の名前だ」

まだ粘るか、と思っていると、伊魚は藤十郎を視線の端でちらりと見てから不機嫌そうに呟いた。

「まだ練習中だ」

とっさに噴き出すのを我慢するのが精一杯だった。肺の中で膨れた空気でぐっと胸が痛む。

もしかして、自分が「俺も藤十郎でいい」と言った日から、心の中で練習していたのか。そうとでも思わなければ不時着直後、突然「藤十郎」と叫んだのにも納得がいかない。

それなのになぜ、と、藤十郎は思う。

人恋しいくせに、どうして。

藤十郎は兵舎で少し休んだら、司令部に行こうと思っていた。このあとも彗星が動くなら伊魚と乗りたい。そう伝えるつもりだった。

「彗星担当の緒方伊魚一飛はおるか」

頭上から尋ねてきた兵隊に、鑿を磨いていた藤十郎は顔を上げた。一人の兵が藤十郎を見下ろしている。

「兵舎の周りにいなかったか？」

伊魚なら兵舎の近くで過ごしているはずだ。緊急の搭乗がかかったときに困るから、遠出をするときはペアに一言断るのが常識だった。

「見当たらなかった。貴様が預かってくれると助かるのだが。ほらここが」

と言って兵隊は紙を差し出し、鉛筆で✓をつけた数字の横を指さした。

「こちらの数字と合わない。どちらの数字が正しいか、訂正して再提出せよと言ってくれ」

「わかった」

初めから熱心に探すつもりがなかったらしい。兵が去ったあと、藤十郎は鑿を袋にしまい、高床を降りて兵舎を出た。兵舎は高床のデッキで囲まれている。窓は南国の跳ね上げ式だ。

青一辺倒の空だ。今日もシンプソン湾は輝いている。

水平線から湧き出る雲は、蜜《みつ》をかける前のかき氷のようだ。避暑地と違うのは、島のあちこちから航空機の爆音が響いていることだった。栄、瑞星《ずいせい》、誉《ほまれ》、陸軍のハ号。ありとあらゆる航空機の発動機が唸りを上げて滑走路から空に上昇してゆく。

ごうごうと勇壮な咆哮《ほうこう》を上げながら雲間に消えてゆく飛行機を頼もしく思いながら、藤十郎は兵舎の前を見回し、建物をぐるりと囲むデッキ沿いに歩いてみた。

簾《すだれ》の代わりに下げた棕櫚《しゅろ》の葉がはためく。建物の陰になっている面に歩いてゆくと、思った通り伊魚が長椅子に座って涼んでいた。長椅子の上に片膝を立て、指でとんとん叩いている。この間と同じ拍子だ。何かの癖なのだろうかと思いながら「伊魚」と呼んで近づくと、伊魚が、はっとこっちを見た。慌てて椅子から足を下ろすところを見ると、行儀が悪いのを見られたとでも思っているのか。

「報告書に間違いがあると言って差し替えされてきた」

「間違い？」

「記録表と報告書の数字が合わないと言っている」

「……ああ」

伊魚は一瞬怪訝な顔をしたが、思い当たったように声を出して藤十郎を見た。

「すまない。見せてくれ」

「書類は中だ」

立ち上がった伊魚は帳面のようなものを持っている。文庫くらいの大きさの、学生が使うような飾り気のない帳面だ。

「日記でもつけているのか」

「ただの覚え書きだ」

几帳面なことだ。伊魚は答えて先を歩いた。

「今日提出しろと言ったか」

「いや、今日とは言わなかった」

藤十郎が見たところ単純な数字の書き間違いだ。訂正には五分とかからない。

そういえば伊魚は司令部に行きたがらない。別に嫌とは言わないのだが、搭乗割の確認も藤十郎に任せて、自分は別の仕事を請け負おうとする。司令部が嫌いなのか、高級将校の中に誰か会いたくない人物でもいるのだろうか。

明るい外から室内に入ると、一瞬目の前が真っ暗になるが、それすら涼しげだ。

書類は飛ばないように背嚢の下に敷いておいた。引っ張り出して、ほら、と伊魚に渡そうと振り返ると、伊魚の視線が違うところを見ているのに気づいた。

「……あれは、何に使うんだ？」

視線を追うと背嚢の後ろに立てかけてある板だった。畳半分ほどの正方形の板に、角の一箇所に斜めに角材が固定されている。

「ああ、それは仏像を彫るときに使うんだ」

「仏像？　貴様が作るのか」

伊魚に自分のことを訊かれたのは初めてだ。搭乗遍歴にすら興味を持たなかった伊魚が、藤十郎の趣味に興味があるのが意外だったが嬉しくなった。

「手慰み程度だがな。こうやって……」

藤十郎は書類を手元に置いて板を引き寄せ、膝のところに敷き込んだ。角材と対角に座り、背嚢から彫りかけの仏像を取り出す。仏像の足になる部分を角材に当てて、胡座に組んだ土踏まずの上に仏像の頭を乗せる。左手で鑿を持つ格好をしてみせた。

「角材のところに、木の反対を固定して鑿を叩くんだ。何もないところで打つと、打つたび木がどんどん向こうにズレてゆくから」

この止め木があるだけで楽さがぜんぜん違う。ちなみに木槌で鑿を打つときは左手に鑿、細かい細工を彫るときは右手に鑿を持つ。

ひどく感心したように見ていた伊魚は、彫りかけの仏像を凝視し、吐息のような声で言った。

「……それで米軍を呪《のろ》い殺すのか」

「えっ？」

言葉をすぐに理解できずに、藤十郎は伊魚を見た。確かに仏は自分たちを加護するが、だからといって米軍を呪い殺してくれるほどの親切さはない。何をどう勘違いしているのだろうと藤十郎が質問の言葉を選ぶ前に、伊魚は神妙な面持ちで何度も頷いた。

「遠回りだがいい案だな。我々に痛手がない」

「どういう意味だ」

「効いても効かなくても日本兵は誰も死なないし、もしも効くならすばらしいことだ。それに俺は神道などには詳しくないが、そいつはいかにも米軍を祟《たた》りそうだ。立派に禍禍《まがまが》しい。その笑みも夢に見そうなくらい気味が悪いし、藁《わら》人形が裸足で逃げ出すほどには強烈に何かを呪いそうだ。これなら確かに」

と言って、ほう、と聞こえるほどに感嘆の吐息をついた。

「心臓麻痺《まひ》か頭痛か、少なくとも腹痛くらいは起こすだろう」

「仏像だ！」

やっと何を言われているかわかって、藤十郎は怒った。

「これは仏像だ。藁人形とはなにごとだ！」

珍しく人を褒め、多めに口を利いたと思ったら、言うに事欠いて呪いの人形とはあんまりだ。からかっているなら貴様が彫ってみろと木片を投げつけるところだが、本当に感心しているようだからなお腹立たしい。伊魚は怒鳴った藤十郎を取り成すように急いで賞賛の声を重ねる。

「仏にも色々あるだろう。悪人を退治するものとか、天罰を下す鬼だとか」

「これは観音菩薩だ、馬鹿野郎！」

傷に塩どころかほとんど芥子《からし》だ。伊魚がさも焦って本心を打ち明けているようだから効き目は抜群だった。

よく見ろと突き出すと、伊魚は真剣な表情で仏像を見つめていた。藤十郎がいるのを忘れたような見入り方だ。

そんなにすばらしい出来だろうかと思いながら見ていると、伊魚が静かに藤十郎の手から木片を拾い上げた。左右に傾けながらよくよく眺めている。声をかけるのを戸惑うような真剣さだ。

「出来上がったら、ひとつくれないか」

「ど、どういうことだ。飾るのか」

「いや、人を呪うのに効きそうだと思って」

今度こそ、伊魚の手から本気で木片を奪い取った。

「馬鹿か、貴様。呪うとはけしからん！」

人の作品をけなすにもほどがある。自分に腕がないのが悪いとしても、そこまでけなされると菩薩にも失礼だ。

藤十郎の剣幕に急に我に返ったように伊魚は目を伏せた。そしてぽつりと零した。

「……そうだな」

自分で出したその言葉も気に入らなかったようだ。伊魚は困惑した表情のまま顔を背けた。

「報告書を出してくる」

まだ修正していない報告書を手に藤十郎の前を離れていった。

司令部が嫌いなら代わりに出しに行ってやろうか？　と声をかけ損ねたが仕方がない。

藤十郎は仏像を拾い上げて舌を鳴らした。

「こいつのどこが呪いの人形だ」

荒削りだが慈愛に溢れているつもりだ。京都《きょうと》の寺にあるような、技巧に優れ、神々しいまでの品格を湛えた国宝の仏像と一緒にされては困る。「なあ」と仏像に同意を求めて、ふと、藤十郎は伊魚の言葉を思い返した。

——人を呪うのに効きそうだと思って。

あの伊魚が、いったい誰を呪うというのだろう。

伊魚に関して知っていることはごく僅かだ。横須賀から来た元艦爆乗りで歳は二十二。鎌倉《かまくら》にある絹物問屋の坊ちゃんらしいという噂だが、確かに伊魚のマフラーは藤十郎が触ったことのないような極上品だ。たまたま拾い上げたときに触った感触がまるで天女の絹のようだった。藤十郎のマフラーなんかとは、薄さや表面の滑らかさからしてそもそもモノが違う。

優秀で几帳面。口は悪いし人を避けてはいるが、彼が本当は優しいことを知っている。そんな伊魚がいったい誰を呪う必要があるのか。

——左遷だ。

彼をラバウルに流した人事を呪いたいのか。

そんなことは知らん、と藤十郎はやはり受け流すことにした。南方行きが気に食わなかったのかもしれないが、もっと悲惨な隊や基地はいくらでもある。しかもここは日本帝国海軍でも最も名誉な基地、精鋭の島、天が据えた神鷲の空母、飛行機乗りなら誰でも憧《あこが》れる、華のラバウル基地だ。今や来たいと言っても簡単に来られる戦場ではない。兵站《へいたん》は内地より豊潤で航空機だって最優先で回されてくる。南の要《かなめ》として、大本営から名だたる指揮官がぞくぞくと送り込まれていた。とにかくこの有事に特別恵まれているには違いない。文句を言ったらそれこそ仏罰が当たる。

「我が儘なのかもしれんな」

仏像に話しかけて気を取り直すことにした。

予科練卒でもピンからキリまでいる。あの様子ではピンだったのだろうから、強く内地勤務を希望していたにもかかわらず南方に飛ばされて業腹《ごうはら》なのかもしれない。

近くに引き寄せていた背嚢を退けると、下から小さな帳面が出てきた。あっと思って戸口を見たが、伊魚の姿はとっくになかった。


なんと切り出そう、と考えている間に時間が過ぎた。

伊魚がちらちらこちらを見ていたから、気にしているのはわかっているが、「見せてもらった」と言えば勝手なことをと怒られそうだし、自分からわざわざ「見ていない」と言い出すのも変だった。それに自分の仏像はけなされたのに「なかなかよかった」と言ってやるのも何となく気に入らない。しかもお世辞にも「よかった」とは言いがたい内容で、首を傾げながら数頁《ページ》も読んでみて、初めて「これは句集ではないだろうか」と思い到る程度の短歌帳だ。帳面は伊魚の背嚢の横に戻しておいた。

感想を言いにくいときは「見ていない」と言ってやるのが人道的な気遣いだろうか。伊魚も伊魚だ。帳面をしまった背嚢と藤十郎を、物言いたげにちらちらと見比べるくらいなら「見たのか」と訊けばいいのにいつまでも知らん顔で黙っている。人の帳面を勝手に見たなど、こちらからは切り出せないのがわからないのだろうか。

とうとう消灯が来て、兵舎が暗くなってしまった。

訊かれないならこのまま知らんふりをしてやるべきだろう、と藤十郎は目を閉じた。何も見るものがなくなると、勝手に帳面の内容が思い出されてくる。

柿《かき》とスイカが並んだ句があった。柿の季節は秋だ。スイカは言うまでもなく夏だ。しかもスイカと柿には見た目、何の共通点もない。なぜそのふたつを同じ句に並べたのだろう。そして紫陽花《あじさい》とワタリガニだ。突拍子もない組み合わせだが、これがどこかで繫がっているなら「うまい」と唸るところで、それこそが俳句の醍醐味《だいごみ》だ。しかしあれからすでに四時間半考え続けているが何の接点も見つからない。他の句もほとんど同様で、何とか繫がりや味わいを見出《みいだ》そうと考えていたら脳がギシギシ軋《きし》んできそうだ。

俳句は藤十郎の祖父が詠《よ》んでいたし、寺の住職も好きだった。男子たる者句のひとつも詠まいでは人前で恥をかくとして、小学校でも予科練でも一通り教えられた。予科練を出る頃には誰だって自分の辞世の句を捻《ひね》りはじめるはずだ。正直言ってあの帳面にある句では死ぬに死ねない。

几帳面できれいな字だが、まだ数式が書いてあったほうが理解できそうな伊魚の句だ。

さてどうしたものか、と、藤十郎はふと目を開けた。なぜか今日に限ってこちらを向いている伊魚と目が合った。深刻な顔でずっと藤十郎を見ているのだ。藤十郎が帳面を見たかどうか考えているのかもしれない。伊魚は瞳が黒く潤んでいる上に視線が強いから、逡巡《しゅんじゅん》して堪えている心の内が丸見えだった。じっと見返していると伊魚の尖った顎先がどんどん俯いていく。しばらくそうしていると堪えかねたように目を逸らす。

我慢比べのようになってきて、だんだん疲れてきた。藤十郎がもう目をつぶろうとしたとき、蚊《か》の羽音よりも小さな声で伊魚が唸った。

「……見たのか」

「見ていない」

用意した答えをすかさず出した。

「見たんじゃないのか」

「見ていない」

忘れてやろうと思えば思うほど、脳裏に鯉《こい》と七輪《しちりん》が思い出される。せっかく秋なのになぜ秋刀魚《さんま》でなく鯉と七輪なのだろうか。うなぎや穴子《あなご》では駄目だったのだろうかと思うと、それだけでも頭の中の歯車が噛み合わなくなってきそうだ。

七輪は四文字で、そのうえ句頭だ。しかも鯉は跳ねるだけだから「七輪の」でも「七輪や」でも「七輪に」でもない。どうしようもない。

「……伊魚」

「なんだ」

「数は七まで数えられるか」

思わず心配になって零してしまった。かの空技廠が誇る精密機・彗星の複雑怪奇な航法を読む男が、どうして句頭に四文字を詠むのかわからない。

「あ、あれは下書きだ。五、七、五くらい数えられる。それに字余りというのもあるんだ」

七という数字にぴんときたらしく、怒った顔で伊魚は言う。やはり気にしていたようだ。しかし残念ながら句頭では字余りにならない。

「案外いいと思ったぞ」

あまりに慌てる伊魚がかわいそうで慰めの言葉を出してみたが、我ながらやや白々しかったか。

「やっぱり見たんじゃないか」

「見ていない」

「嘘をつけ！」

「大声を出すな」

激しく肩を起こそうとするから、慌てて伊魚の首に腕をかけて床に引き倒した。同時にしまった、と気づいてすぐに腕を外した。咳はまだ出ていないようだ。呼吸は速いが、病気からではなく怒りからのようだった。

「すまん、大丈夫か」

小声で藤十郎は謝った。堪えているのか、伊魚はこちらを向いて倒れたままじっとしている。手を離したのに呼吸が荒れてくる。

離れてやりたいが、今日に限って隣の男がこちらに寄って眠っているのでこれ以上は離れられない。伊魚は引き寄せた位置で倒れているのでかなり至近距離にいる。触れていなくても伊魚の身体の熱が伝わってきそうな近さだった。

「伊魚」

伊魚は咳を抑えながら苦しそうに目を閉じている。本当に人に近寄られるのが苦手らしい。

この際だ。俳句のこともだが、訊いておかなければならないことがある。

「貴様、呪いたい相手がいるのか」

帳面に書きつけられた言葉はぎくしゃくとしていて奇妙だが、素直で一生懸命で、言葉を紡ぐのが好きなことは強く伝わってきた。それは伊魚自身が美しいことの表れだ。だからよけい「人を呪えそうだ」という言葉がはっきりと違和感を伴って浮き上がってくる。

無意識に胸の傷から零れたような言葉だった。あれは間違いなく伊魚の本心だ。

伊魚は数秒黙ったあと、諦めたような小さな声で囁いた。

「……いないと言えば、嘘になるな」

声には、悲しさと自嘲《じちょう》、失望、絶望や、寂しさ、色んな感情が混じっている。藤十郎にも覚えのある濁《にご》りだ。

「そうか。俺もだ」

伊魚にだけ吐かせておいて、自分が隠しておくのも卑怯だ。男気が半分と、伊魚を慰めたい気持ちが半分。

「……貴様が？」

意外そうな声が返ってきた。伊魚の目が闇の中でまたたき、微かな光に反応して黒く光る。伊魚は更に深刻な表情をして黙ったあと呟いた。

「だから呪いの人形なんか彫っていたのか」

「あれは仏像だ」

「嘘だ。身体の芯から湧き出るような恨みがなければあんな呪いの人形は彫れない」

「貴様はな」

闇の中、小声で返すが伊魚はまだ疑わしい顔つきだ。

伊魚は藤十郎の身体の側で触れない距離で、大人しく横たわっていた。触っていないのに呼吸はふーふーと速く、それでも離れようとしないのに藤十郎は戸惑う。伊魚が何かを堪えているのがわかる。何もせずに眺めていると伊魚はどんどん苦しそうになってゆく。伊魚が口に含んで隠そうとしていることが喉奥に押し込まれて、それが胸に詰まっていくようだった。

「何があった」

問いかけると伊魚はしばらく黙り込んだあと口を開いた。

「終わったことだ」

まだ苦しくしているのに終わったと言えるのか。だが無理に訊き出したところで、もうしばらくすればペアでなくなってしまうかもしれない自分に責任は持ってやれない。

せめてこれから少しでも伊魚に楽しいことがあればいいと願う。さしあたっては、好きな俳句をもっと上手に詠めるようになることだろうか。

「伊魚」

少しぼんやりとした大きな目が藤十郎を見た。呼吸は落ち着いてきたようだ。

「青雲の枕詞《ことば》は『白』にかかる」

「そんなこと知っている！」

教えてやると伊魚は弾かれたように起き上がって怒鳴った。同時に部屋のまん中辺りで怒鳴り声がした。

「緒方貴様、夜が明けたら飛行場二十周！　ペアの谷も一緒だ！　早く寝ろ！」

そのあと、限界まで声を出さずに夜ふけまで二人で罵り合った。


友人をつくるのはどうするのだっただろう。兵舎の壁沿いにある木の長椅子に寝そべりながら藤十郎は空を見ていた。

大きな入道雲に次々と小さな雲がぶつかって、だんだん大きな雲になる。そうだ、ああいうものだったと幼なじみたちの顔を思い浮かべながら藤十郎は記憶の深い場所を探った。何となく流れて他愛なくたやすくどんどんくっつく。いつの間にか友人が増えている。気まぐれに離れていく奴もいる。藤十郎が知る限り、人とはそういうものだ。帝国海軍軍人として同じ釜《かま》の飯を食い、ペアとして命を委ね合うのだから、もっと簡単でいいはずなのに伊魚はそうではないようだ。一人でぽつんと浮いていて、風が吹こうが雨になろうがこちらに寄ってこようとしない。手を伸ばすと短い雷の火花を弾かせてふっとどこかに流れてしまう。

明け方になって、伊魚は酷い発作を起こした。咳き込みはじめて止まらなくなった。見かねて軍医を呼びに行こうとしたら年季の入った一飛が、おもむろに自分の背嚢から汚れた下着を引っ張り出して、それを伊魚の口と鼻に押しつけた。さんざん汗を吸って背嚢の中で蒸れた他人の下着だ。そんなことをしたらさすがにただの潔癖症だとしても死んでしまうと、止めてくれるように頼んだが、みるみるうちに伊魚は落ち着いた。「過呼吸だ」と一飛は言った。その症状は藤十郎も聞いたことがあった。息をしすぎて苦しくなる。口鼻を覆ってわざと息苦しくしてやると落ち着くというのだ。これまでの発作は、潔癖症から来る過呼吸だと思えば納得がいく。

気を使っているつもりなのに伊魚の発作はだんだん酷くなっているような気がした。確かに昨日は伊魚に触れてしまったが、そのときは何ともなかったし、眠る頃には呼吸も整っていた。藤十郎も夢うつつの中、伊魚がまた指でそっと床を叩く音を聞きながら、彼に触れないよう、狭いながらに最大の距離を取ったつもりだった。

側にいるのも嫌なのか――。伊魚だって具合が悪くなりたくてなるわけではないだろうから、身体が藤十郎を受けつけないと思うしかない。

以前に比べればだいぶん懐いたと思うが、病のこともあるし、これ以上親しくなるのは無理かもしれない。ペアがずっと続くなら何とか対策を考えるが、彗星にあとどれくらい乗れるのかもわからない。

伊魚は今、堀川に会いに行っている。爆弾倉を諦めて戦線に復帰したあとも、彗星は発動機の不調が続いている。計器の記録を整備に届けに行ったついでに打ち合わせもしてくるということだ。伊魚は細やかで、彗星の状態を整備員より把握しているときがある。いつも整備員から頼りにされて呼び出されるのは藤十郎ではなく伊魚のほうだ。

真昼の日陰から見上げる椰子の葉が眩しい。太陽の白銀を受けて、風に揺れるたび、割れた鏡のようにギラギラと無差別に空に光を振りまいている。

藤十郎は長椅子の上に身体を起こしてため息をついた。

このまま伊魚と別れるのだろうか。

諦めじみた確信が「そうなるだろう」とすぐに答える。藤十郎は艦爆乗りで艦攻乗りで戦闘機にも乗れる。伊魚も将校の後ろで仕事をしても十分すぎる技量のようだ。そんな自分たちが、この有事に、用途のうすらぼんやりした彗星に呑気《のんき》に乗っている場合ではない。

このままでは自分たちが強く希望でもしない限り、機体が空き次第ペアが解除になる可能性が高い。

自分の何が気に入らないのだろう。

顔とか性格だとか言われたら藤十郎にはどうにもできない。あのとき無断で帳面を見たせいかと思ったが、伊魚の態度があんなのは初めて会ったときからだ。帳面のことで多少怒らせたかもしれないが、根本的な問題ではないはずだった。

伊魚のことを考えていると、いつもたいていこのあたりで考えが止まる。これ以上は本人が喋ってくれないと想像にしかならない。伊魚の病の治し方もわからない。

藤十郎のほうは何だかんだと伊魚にずいぶん馴染んできた気がする。知らない奴を乗せるくらいなら、伊魚がいいとも思う。

——藤十郎ッ……！

彼の必死な声や冷たい指先を思い出すたび、藤十郎にとって伊魚の存在が特別な気がするが、そう感じるのも自分だけなのだろうか。他人の口から傷だらけの右手の理由を聞いたとき、伊魚を抱きしめたいと思うくらい胸が痛くなった。だが伊魚は自分と長くやっていくつもりがないようだ。初めに言われたとおり、ペアを命じられる間だけ、航空機に乗っている間だけ軍人として当たり前の仕事をこなすだけで、明日から他の誰かとペアを組めと言われれば、伊魚は世話になったと一言残して去ってゆくのもわかっている。

行き詰まった感じがして何となくそこにいたくなくなり、ぎし、と音を立てて藤十郎は長椅子を立ち上がった。

白いペンキが塗られた手すりに囲まれたデッキをぐるりと歩いて、木の階段を下りた。

日に焼かれた地面が白い。空を見上げると今まさに編隊を組もうとしている航空機の群れが見えた。

藤十郎は背中を焼くような日に炙《あぶ》られながら、踏み出すたびに埃が立つ土の上を歩いた。

伊魚と別れたら、厚谷を欲しがっていた頃の自分に戻って、もう一度やり直すのがいいかもしれない。伊魚との関係がスッキリしないのは本当だ。努力はした。だが生まれつき馬が合わないこともあるだろうと思う。これから先も藤十郎が一生懸命手を伸ばし続けなければ伊魚の手を摑めそうにないことにもやや疲れていた。

厚谷でなくとも、もっと愛想のいい相手を見つけて、兄弟のように、仲良く明るく心を預け合ってペアとして共に飛行に励みたい。伊魚も藤十郎から離れれば気分がよくなるかもしれない。

適当に散歩に出たが特にゆく当てもなかった。むやみに歩くと頭がぼうっとして汗が流れる。

どこか日陰をと思って辺りを見回すと、遠くに配給の列を発見した。近づいてみると立て看板に白墨で《甘納豆》と書いてある。藤十郎はシャツの胸元を探った。ポケットに配給の紙を入れていたはずだ。

藤十郎は甘いものは特に好きではなかったが、甘納豆は珍しい。

ラバウルは小麦や米、海苔やひじきの海産物に缶詰と、内地以上に輸送物資で溢れている。給糧艦が来れば、こんにゃくや羊羹や野菜などの日本特有の食材も手に入った。ただ気温が高いので、チョコレートやバターなど溶けやすい品物はその場限りだ。甘納豆も砂糖をかけた端から溶けてくっつくから、今朝の補給艦で届いたか、ここの烹炊所《ほうすいじょ》で作ったかだろう。

配給の交換券を取り出して列の最後尾につく。列が数歩進んだとき、前に並んでいる男の顔が見えた。見下ろすほど小柄な男で黒髪の癖毛は少し長めだ。少年のような体軀《たいく》だが、いかにも搭乗員といった風体《ふうてい》の男の顔を藤十郎は知っていた。

「……琴平も並んでいたのか」

藤十郎のほうから話しかけた。整備場で何度か口を利いたことはあったが、顔見知りという程度だ。

琴平はいかにもよく見えそうな大きな目で、きろりと藤十郎を見上げ「ああ」と応えた。頬にはまだ新しい青痣がある。隣に並んでみると記憶よりも更に小柄に感じた。こんな身体でよくあんなにしょっちゅう喧嘩をするものだ。

この男こそが、藤十郎がペアを希望した厚谷を見事射止めた男だ。

悔しいとか、琴平から厚谷を取り返そうという気持ちは薄れていたが、厚谷とペアを組んでいる男と話をしてみたかった。

愛想を言う気がないらしい琴平に、藤十郎は更に話しかけた。

「《月光《げっこう》》に乗り換えたそうだな。厚谷はどうだ」

「……でかいな」

琴平は不服そうに応える。琴平はあまり厚谷のことが気に入っていないのだろうか。藤十郎は何となく残念な気持ちになった。

「もっと厚谷を大事に思ったらどうだ」

自分から厚谷を取り上げたくせに、琴平の厚谷の評価が「でかい」だけでは藤十郎も気に食わない。もっと厚谷を気に入って喜ぶべきだ。彼のいいところを、せめて三つくらいは並べてみせるのがペアというものではないか。

琴平は怪訝そうに藤十郎を見たまま黙っている。それも何だか癇《かん》に障った。

「厚谷は通信の成績総甲というじゃないか。性格も穏やかだし、付き合いもいい」

予科練時代の厚谷の記憶は、いつも穏やかに笑っている姿だ。芯はしっかりしていて責任感が強く、粘り強くて信頼も厚い。少なくとも伊魚のように、ペアだというのに相手に冷たく、疎遠な態度を取るような奴ではなかった。

「そういえば琴平たちは何日か前も表彰されていたな」

《月光》などと呼ばれているが、斜銃《ななめじゅう》を積んだだけのいわゆる《二式陸偵》が成績を上げているのに、最新鋭で高額の彗星が成果はおろか、ろくに飛べもしないのでは情けないと、ことあるごとにみんなに当てこすられる。それも藤十郎が思うより心の負担になっていたようだ。

これほど成績が上がらないのも伊魚と合わない証明のようだった。機体の不調を助け合い補ってゆくのがペアというものだ。そうすれば劣った機体でもよく飛ぶのは琴平たちが何よりの証拠だ。

伊魚がもっと計器の情報などの雑談に応じてくれる相手だったらどうだろう。もっと愛嬌《あいきょう》のある男とペアになって、二人で真剣に願ったら彗星だって臍《へそ》を曲げずに飛んでくれるのではないかとまで思ってしまう。

「俺も後ろが厚谷だったら、もう少しよく飛べていたかもしれないんだが」

「――貴様のペアの名前を言え」

突然琴平が低い声で唸った。誤魔化すように藤十郎は笑った。

「俺は別に、厚谷を褒めただけ――」

「それが唯一だろうが」

イライラとしたような琴平に、言葉の途中で被せられて藤十郎は黙った。琴平は大きな目で、じっと藤十郎を見据えた。

「貴様が死ぬときはそいつと一緒だ。他の機体に乗ってるヤツが貴様を助けるとでも思っているのか」

「琴平」

もしも後ろの相手が違っていたら、などと想像しても意味がないのはわかっている。自分の後ろは必ず伊魚だ。

だが厚谷と上手くいっている琴平にはわからない。いくら伊魚が偵察がうまくとも藤十郎は一人なのだ。複座の航空機の中で孤独の辛さが琴平にわかるだろうか。伊魚は今も藤十郎を受け入れてくれない。厚谷のように、たやすく明るく藤十郎をペアと認めてくれはしないのだ。

琴平は大きな黒目を動かして藤十郎を睨んだ。

「他の誰かに預けられる命なぞ、米兵だっていらん」

そう言って琴平は藤十郎に背中を向けた。

話しかけられる雰囲気ではなくなってしまった。気まずくなって列を離れようかどうしようかと自分の後ろに伸びている列に視線をやると、遠くに伊魚の姿を見つけた。

藤十郎は思わず口許を手のひらで覆いながら、先ほどの会話を後悔した。聞こえているとかいないとかの話ではない。軽率すぎた。藤十郎が何を想像しても今、ペアは伊魚なのだ。だが伊魚は藤十郎を疎遠にする。どれほど自分が伊魚に好意を差し出しても伊魚が自分の手を撥ねつけるから——。

そう思ったとき不意に、伊魚の手のひやりとした冷たさを思い出した。

——藤十郎ッ！

必死の声が鼓膜の内側に谺して藤十郎は一瞬呆然とする。

藤十郎に気づいた伊魚が顔を逸らすのが見えた。その背を目で追いながら藤十郎はふと、以前彗星の側に立っていた伊魚の姿を思い出す。

寂しそうに指先で彗星を叩いていた伊魚。膝を叩いているのを見られたときの慌てた顔、夜ふけまで床で微かに音を立てていた指。

あれは——モールス信号だ。

・・ー・・《ト》　・・ー《ウ》　ーー・ー・《シ》　・・《゛》　・・ー《ウ》　・ー・ー《ロ》　・ーー・ー《ー》

——練習中だ。

怒りと恥ずかしさが混じったような顔で答えた伊魚の横顔が目に蘇る。

馬鹿だと思った。そんなのがわかるかと腹立たしかった。一言呼べばいいだけなのに——呼べずに、あんな心細い様子で、藤十郎を呼ぶ練習をしていたなどと。

——それが唯一だろうが。

その通りだ。耳の中に響く琴平の声を噛みしめて、藤十郎は列から離れた。伊魚の背を追い、やがて必死で走りだした。

——日陰に入れ、谷。

本当はわかっていた。伊魚が飛行にひたむきなこと、自分に勿体ないくらい優秀な偵察員であること。——わかりにくいだけで優しいこと。愚かな自分は、伊魚が自分を隔てるのが苦痛だったから人当たりのいい男——何度か話したことがあるだけの厚谷に安易に夢を見てしまった。伊魚の微かな声を聞き取れず、先に手を離そうとしたのは藤十郎のほうだ。

——今は、ペアだろう?

何故あのとき、自分は「ずっとそうだ」と言ってやれなかったのだろう。伊魚の心細さを感じてやれなかったのだろう。

答えはじわりと湧き上がるように見えてきて、藤十郎はなお己の失態を恥じた。伊魚は、自分が厚谷を欲しがっていたことを知っていたのだろうか。だから自分と距離を置こうとしたのか。はじめから自分のせいだったのか。

だとしたら謝って訂正しなければならない。

今すぐ伊魚を捕まえて、どうか今度こそ本当のペアになってほしいと心から願わなければならない。

遠くに見えた伊魚を追ったが、伊魚は歩くのが速い。追いついたときにはすっかり息が切れていた。

「伊魚」

手を伸ばそうとしてとっさに思いとどまる。厚谷のことを知っているのかいないのか、伊魚がこちらを振り返らないのが答えだ。慌てて藤十郎は追いすがった。

「お前が俺のペアだと思っている」

「今さら何だ」

「聞いたままの話だ。いいか」

「いいも何も、そうするしかないだろう」

藤十郎が伸ばした心の手を、伊魚は簡単に払い、立ち止まって藤十郎を振り返った。

距離を取ろうとしている冷たい目つきだ。

「厚谷のことは知っている。残念だったな」

やはり琴平と並んでいるところを見られていたようだ。いきなり伊魚はそう切り出した。

「今はそんなふうに思っていない」

「別に気にしていない。気に入らないのはお互い様だ」

伊魚の言葉に藤十郎は伊魚を凝視した。

伊魚ははっとしたあと、ばつが悪そうに目を逸らしながら小さな声で言った。

「ペアが解除になるまで、藤十郎が今まで通り真面目に働いてくれるなら、俺に異存はない。以上だ」

「待てよ。お互い様とはどういうことだ」

伊魚も、藤十郎ではない男がよかったということなら聞くべき話だ。伊魚は顔を歪めて向こうを向いた。

「忘れてくれ。飛行には関係ない」

「伊魚」

「もうどうにもならない」

眉根にきつく皺を寄せ、苦しそうに呟く伊魚を見て藤十郎は何となくわかってしまった。呼吸が速くなっている。歩いているだけなのに発作寸前のようだ。

「伊魚」

「離してくれ。触るなと言っただろう」

「無理だ」

藤十郎は思い切って伊魚の手首に手を伸ばした。確信があった。伊魚は潔癖症などではない。ただ寂しいだけだ。寂しさと人を拒む心との間で苦しんでいるだけだと直感した。

——そうならいいな。

あの言葉は伊魚が藤十郎と離れたいという意味ではなかったのだろうか。ペアならばもっと近しくあるべきだと藤十郎は言った。墜ちるときは一緒だと怒鳴った。伊魚は藤十郎がいずれ厚谷を選ぶと思っているのか。藤十郎が伊魚から離れていくと思っていたのだろうか。

だとしたらそれこそまったくの間違いだ。申し訳ないことをした。伊魚にこんな態度を取らせたのは自分かもしれない。

伊魚は誰よりもしっかりして見えた。若々しい獣のように美しい容貌をしていた。賢く、気位が高く、それに添う強靭《きょうじん》な精神をしていると思い込んでいた。だから余計に心の中に隠された寂しい伊魚の危なっかしさに震えが来そうだ。

今も自分を拒む冷たい指から、寂しいという伊魚の心が聞こえそうだった。伊魚の右手に残った治りきれない小さな傷跡が藤十郎に訴えてくるのだ。

――藤十郎！

でなければ知らないところで名前を呼ぶ練習をしたり、手が傷つくのにもかまわず、あんな必死な声を出して割れた硝子の間に手を伸ばしてきたりはしない。

理由は何だろう。人に触れるのが、触れられるのが怖い。訳は知らないが、伊魚が藤十郎に触れても何も怖いことは起こらないと教えてやりたかった。他の誰かのことは知らない。だが藤十郎だけは彼を傷つけない。なぜなら自分たちはペアだからだ。

「藤十郎……」

馬鹿だと思った。必死のときとっさに名前が出てくるくらい、伊魚がずっと名前を呼ぶ練習をしていたのかもしれないと思うと、哀れさとかわいそうさが急に込みあげて、伊魚の身体のどこかを、無性に力いっぱい摑みたくなった。歯がゆさの混じった熱い気持ちを藤十郎は身体の中に収めておくことができない。

伊魚は内地で何かを失ったのだろう。左遷とはそういうことだったのか。

「だったらやっぱり俺の話を聞け」

「断る」

短い言葉で返される伊魚の拒絶は強い。藤十郎の手を払い、逃げるように先を歩く伊魚の背中に藤十郎は呼びかけた。

「あのな、伊魚」

伊魚が自分のことをどう思っていようがかまわない。

藤十郎は今、選んだ。後悔はなかった。

「俺は、お前と死ぬと決めたから」

そのときの伊魚がどんな表情をしていたか、藤十郎には見えなかった。


夕飯のあと、海図に定規を当てて何かを考えていた伊魚を置いて、藤十郎は仏像彫りの道具を持って工作室に出かけた。

この間の失敗作の次に彫りはじめたものは、彫ってゆくうちに、隠れた節に行き当たってダメだった。木の中に黒い塊が埋まっていることがある。それは石のように硬かったり、土のように脆《もろ》かったりして上手く彫れないし、何より首のところが黒いというのは仏像として見栄えが悪い。京人形のように表面に胡粉《ごふん》を塗らないので木目が命だ。黒い節の部分をあえて利用して彫る技法もあるが、彫りはじめてから気づいた節だったからどうしようもなかった。次の木はまああなものに行き当たり、年輪がなだらかな波を描いて斜めに入っている。これに合わせて仏の衣《ころも》のひだを彫り出してみてはどうだろうか。

ランタンの明かりを手元に向けながら慎重に鑿を打っていると、人が蚊帳を掻き上げる気配があった。伊魚だ。

藤十郎は思わず軽く身構えた。昼間の夜だ。愚かだった心の内を伊魚に打ち明けようと思っていたが、何と切り出したものか。

伊魚はゆっくりとこちらに近寄ってきて、手にしていた小さな紙包みをおもむろに差し出した。

「ほら」

戸惑いながら受け取って開けてみると、白っぽく粉を吹いた粒が入っていた。甘納豆だ。藤十郎は甘納豆と伊魚を見比べた。

「どうしたんだ」

「列を抜けてきたんだろう？」

琴平と話していたところも、配給の列に並んでいたところも、伊魚にしっかり見られていたようだ。

そういえば甘納豆の列だったなと思い出すくらいで、甘納豆自体は大して欲しくもなかったが、誰かに頼んで譲ってもらってきてくれたに違いない伊魚の優しさが嬉しい。

「ありがとう」

「厚谷の話なら知っている」

穏やかに伊魚は続けた。

「そうなのか」

詳しく打ち明ける覚悟を決めようとしていたところだったから、藤十郎は目を丸くして伊魚を見た。伊魚は軽く目を伏せて、藤十郎の周りに散った木くずを眺めている。

「地上要員の持村が教えてくれた。兵舎中を厚谷厚谷と探し回ったそうだな」

「……持村め」

だとしたらその理由も顚末《てんまつ》も伊魚は知っているのだろう。持村は気のいい人間で、常にひょうきんなことばかり言って航空隊の雰囲気を朗らかにしてくれる男だが、喋りすぎるのが玉に瑕《きず》だ。

「あれは諦めるべきだろう」

流石《さすが》伊魚だと何だか感心する気持ちだった。月光ペアの様子を見て、厚谷は無理だからさっさと諦めろと容赦なく忠告してくる。確かに琴平に唯一とまで言わせるのだ。惜しくはあるが、今さら藤十郎があそこに割り込んでどうこうできるとは思えない。

「貴様が甘党とは意外だった」

「そうか？」

藤十郎は特別甘党というわけではなく、塩のおかきや醤油煎餅《しょうゆせんべい》も好きだし酒は塩で飲むほうだ。甘納豆の列に並んでいたのは本当に行きがかり上、気まぐれのたまたまだ。

伊魚は近くにあった、四本脚の丸椅子に座った。

「俺が塩派だから問題ないだろう」

これで塩気もイケると言えなくなってしまったがそういうことにしておこう。何となく嬉しくなりつつ再び鑿を取る。

伊魚は、藤十郎から畳一枚分くらい離れた場所に腰かけて、藤十郎が仏像を彫る様子を眺めていた。しばらく黙って見ていた伊魚がぽつんと呟く。

「昼間の話な」

思い当たる節がたくさんあるのでどれだろうと考えていると伊魚が喋った。

「内地で、慕っていた人と別れた。それだけだ」

「……そうか」

心の中を整理して話しに来てくれたのだなと藤十郎は思った。

「なかなか『次』とは思えなくて、貴様と一緒にいるのに慣れないだけだ」

大した説明ではないがそれで十分だ。懐いていた誰かと離れる。その寂しさだけでも新しい誰かを受け入れられない理由になるのを藤十郎は知っている。頑《かたく》なそうな伊魚の性格ならなおさらわかる気がした。

「過呼吸はそれからか」

「……そうだ。どうせいつか離れるのにと思うと誰とも近づけなくなる。人と近しくなるのが怖ろしいんだ」

「ペアなのに、か」

「ペアだから、だ」

確かに、と藤十郎は思う。親しくない人間と別れても大したことはないが、命を預け合うほど信頼し合う相手は別だ。心を預ける人間ほど離れるのは辛い。

それなら話は早いと藤十郎は思った。

「俺は伊魚にすると決めた。伊魚が内地で別れたヤツともうペアを組む望みがないなら、俺にしないか」

伊魚はゆっくりと藤十郎を見た。黒い瞳が揺れている。

微かに眉根に皺を寄せ、小さな声で応えた。

「断る」

「伊――……」

「ただし」

理由を尋ねる前に、伊魚は口を挟んだ。

「貴様とペアである間は、最大の努力をする」

口では想う相手はいないと言いながら、まだ望みを捨てずにいるのだろうか。それならそれで、そのときが来るまで藤十郎でいいと嘘をついてくれればいいのだが、それが伊魚の真面目なところなのかもしれない。言葉の内容は悲しいことだが、伊魚の精一杯の誠意が伝わってくる。

「わかった」

寂しいが、藤十郎にはこう答えるしかないのだろう。伊魚が自分をどう思っていようと、ペアが解除になるまでは自分の唯一は伊魚だ。そう腹を括ると、何となくすっきりした。

沈黙の間を虫の音がそろそろと満たす。伊魚の話はそれで終わりのようだ。何となく興が乗って、鑿を打ちながら藤十郎のほうから切り出してみた。心の中を掃除する機があるとするなら多分今だ。

「俺の話を聞くか?」

「……厚谷のことか」

「いや、厚谷は、成績がいいから欲しかっただけだ。とっくにきっぱり諦めている」

具体的には今日の話だが、今は真実だ。昔は厚谷がよかった。だが今は伊魚がいい。憑《つ》きものが落ちたように厚谷に対する未練がなくなっていた。今はもう厚谷を後ろに乗せる想像が不思議なくらいできなくなっている。

「婚約者に逃げられたときの話だ」

ざっくりと斬り込んでみた。この話はこの一言がすべてだ。初めに結果を喋ってしまえば、あとは状況を説明するくらいしかない。

「見合いで話が進んだんだが、祝言間際に、やっぱり幼なじみがいいと言って駆け落ちしやがった。それで破談だ」

言葉にしてみるとあっけないものだ。あのときは南方に飛び出すくらい傷ついたつもりだったのだが存外に大したことがない。もしかしたら自分はその女《ひと》をそんなに好きだったわけではなくて、周りの目や自尊心が傷つくことが耐えがたかったのかもしれない。

伊魚は大きなため息をついた。

「それでその呪いの人形か」

「そこから離れろ馬鹿野郎」

本当に気の毒そうな顔で言うから憎々しい。そう思いながら自分を眺めている伊魚を見ると、あの女より伊魚がいいなとも思えて、余計藤十郎は落ち着いた気分になった。藤十郎は仏像に視線を戻してまた木槌を振り上げた。

「まあ、俺に魅力がなかったのだろうということだ」

「そうでもないと思う」

伊魚は本心か慰めかわからない言葉を、真面目に言った。

「じゃあ何で仏像なんか彫っているんだ？」

至極当然な質問だ。理由というのではないが、原因はあった。

「ある日、夢に菩薩様が出てきて、俺に仏像を彫れと言ったんだ」

伊魚はやはりその菩薩に似ている気がして藤十郎は視線を逸らした。伊魚は藤十郎の身の上話を聞いたときよりも更に深刻な顔をした。

「仏にして人選を誤ったか」

「鎌倉には歯に着せる布が売ってねえのか」

散らばった木のくずを、藤十郎はひとつ伊魚に投げつけた。

そのとき初めて伊魚が笑うのを見た。ほんの一瞬だったが、笑顔で開いた唇に微かに白い歯が覗いた。

笑えば不思議なくらい印象がやわらかくなる。もっと見ていたいと思ったのに、伊魚が笑ったのは一瞬だけだった。伊魚が足元に落ちた木くずを拾い上げ、藤十郎の周りに散った木くずの側に戻す。目を伏せてまた寂しそうな微笑を浮かべる伊魚の手に、藤十郎は手を伸ばした。

「どうだ。まだ怖いか」

死ぬときは一緒だと誓った。藤十郎の秘密も話した。それでもまだ藤十郎と離れる日を怖れるというのだろうか。

藤十郎は言い聞かせるように囁いた。

「離れるもなにも、死ぬまで一緒だろう？」

自分はもう伊魚に決めたのだ。根気よく深まっていきたいと思う。伊魚とも、彗星とも。

伊魚は摑まれた手を引きたそうに、そっと身体を硬くしながら微かに笑った。そしてその笑顔がみるみるうちに歪むのを藤十郎は見た。

「——そうならいいな」

まただ。

伊魚は握られていた手首を藤十郎から取り戻し、手のひらで口を覆って二度咳をした。

「伊魚」

呼び止めたが、伊魚は逃げるように工作室を出ていった。

揺れる蚊帳の幕を見ながら藤十郎はため息をついた。

これでも駄目か。

伊魚が貰ってきてくれた甘納豆を口に放り込む。青い豆の風味がする。餡子《あんこ》に崩れる直前の、ほどよい硬さがいい塩梅《あんばい》だが砂糖がかかりすぎだ。甘すぎて喉が苦しい。

†　†　†

今となってはずいぶん昔のような気がするが、指を折って数えればたかだか四ヶ月前のことだ。

藤十郎にはかつて婚約者がいた。予科練を出たばかりの頃持ち上がった話だ。親が決めた縁談だったが藤十郎は相手の女性を気に入っていて、暇ができれば実家に帰り、結婚に合わせて改装されてゆく離れの様子を楽しみにしていた。両親もそれはそれは喜んで、和子《かずこ》というその女性が来るたび、わざとあちこちから出前を取っては「藤十郎の嫁に来る人です」と運んできた人に紹介していた。

和子は大人しく明るい人で、何を言ってもはにかんで俯くような内気な面も持っていた。そこがますます藤十郎は気に入った。そんな和子と所帯を持てると思うと布団を転げまわるくらい嬉しくなったし、航空隊の仕事にもいっそう力が入った。振り袖《そで》の写真を貰い、いつも手帖《てちょう》に挟んでいた。ときには基地での歓談の際、無理やり女の話題に持っていって、和子の写真を見せびらかしたこともある。

それが結婚間近になって和子が失踪《しっそう》した。幼なじみの男と逃げると書き置きを残して、花嫁の打ちかけがかかった自室から、明け方いなくなったという。旅館で見つけた二人と彼女の両親が大立ち回りを見せる醜態を披露した挙げ句に、結局和子たちを逃がしてしまった。

和子の親は平謝りだ。彼らが元々恋仲なのは知っていたが、親の説得に応じて藤十郎のところに嫁に行くものとばかり思っていたと、呆然とする藤十郎に何度も言い訳をした。

だが妻になるべく何度も家にやってきていた女に、昔の男を諦めさせられなかったのは自分の力不足だ。藤十郎が彼より魅力的ならば、和子だって結婚を機に想いを改めて藤十郎に連れ添ってくれたに違いない。畳に額を擦《こす》りつけて謝る和子の親に怒りは湧かなかった。不思議なことだが藤十郎は和子自身にも大した怒りを覚えなかった。ただ恥ずかしかった。仲人を立てて婚約までしておきながら女に逃げられた自分が。両親に対しての申し訳なさや情けなさは筆舌に尽くしがたかった。恥ずかしくて買い物に行けないと言って泣く母を障子の向こうに垣間《かいま》見てしまった。慰められると余計気まずさは増す。婚約に浮かれて自慢しまくった同僚にどんな顔をすればいいのかわからない。実際しばらくは、婚約解消になったことを誰にも言えなかった。基地で、結婚の休暇はどうするとか、祝儀をやろうかと言われても凍った笑いを返すのが精一杯だった。

そこに転属募集の張り紙を見たのは藤十郎には天啓のように感じられた。

飛行時間六百五十時間を超えた者の中から若干名、南方基地転属を募集する。

藤十郎はすぐさま応募に向かった。藤十郎が南方に行けば、南方行きのせいで結婚を諦めたと周りは思ってくれるだろう。一人で転属すれば基地の同僚とも会わずに済む、外洋に行けば万が一にも和子に会うこともないだろうし、和子の親は、破談で失意に陥った藤十郎が、出家のように南方で国に身を捧げる覚悟をしたと悟ってますます申し訳なく思ってくれるだろう。

藤十郎の願いは叶い、挨拶をする間もないくらいすぐさま南方に送られた。

今思うとせんないことだが、その頃は本当に身の置き場がないほど情けなく恥ずかしかった。今でも恥ずかしいには違いないが、よくよく思い返してみても藤十郎には後ろ暗いところが少しもない。

遠い昔のことのように思えた。

伊魚の苦しそうな横顔の記憶ばかりがどんどん手前に溜まってゆくからだ。

†
†
†

ここのところ彗星は快調だった。偵察機として運用していると、エンジンや足の不調が収まってきた。不時着のとき、藤十郎が椰子の木に機体を激しく打ちつけた拍子に、中の歯車が噛みあったのではないかと笑われるくらい調子がよく、前回、今回と、爆撃機として腹に爆弾を収めて出撃した。

だから余計に、と思いながら藤十郎は発動機の回転数を目一杯まで上げた。

操縦席の脇ギリギリを曳光弾《えいこうだん》の光の点線がすり抜けてゆく。肋骨《ろっこつ》の内側に冷や汗が流れるような心地で藤十郎はスロットルをあけ続けていた。

敵の戦闘機に詰め寄られている。追われているのはわかっていたが、発見したときは粟粒《あわつぶ》くらいだった戦闘機が、今はグラマンだとはっきりわかるくらい近い。

「爆弾の大きさを積み間違えたんじゃねえのか?!」

「五十番爆弾以上のものが爆弾倉《はら》に入るわけがないだろう」

喚《わめ》く藤十郎に、相変わらずにべもない伊魚の返答がある。

「だったら何でこんなに遅いんだ!」

機体が重い。そして遅い。離陸してからずっと彗星の調子はよく、雲の上から急降下爆撃のような角度で艦隊の上に飛び込んでからの引き起こしも思い通りだった。敵の邀撃《ようげき》が激しく爆弾投下には到らなかったが、初めて爆撃機としての彗星の手応えを感じられた気がする。

もう一度敵の隙を突いて急降下爆撃の態勢に入れたら。そう思いながら旋回を続けていると、敵戦闘機に追われて直掩機《ちょくえんき》が自分たちから離れた。戻ってくるかと思っていたが、直掩機は複数の敵機に追い回されている。こうなると、とりあえず自分たちは空戦から離れるしかない。

機会があればもう一度、敵艦隊の上に戻らなければならなかった。幸い今日の彗星は快調だ。だがそれも束《つか》の間、背後に敵機を発見するまでのことだった。戦闘機に守られていない状態で敵機に遭遇したら、追いつかれる前に逃げなければならない。

彗星は偵察機である二式艦上偵察機の改良型だ。整備効率を捨てて速度と軽さを追求した高速爆撃機だった。距離はある。不調のときならいざ知らず、今日のように調子がいい彗星が敵機に追いつかれるはずがない。

敵戦闘機に彗星より速く飛ぶ航空機が交じっているのか――？　まさかと思うが藤十郎にはにわかには信じられなかった。

伝声管越しに伊魚の指示が飛んできた。

「藤十郎。一旦高度を下げる。雲の下をくぐって右側に機体を捻って出ろ」

「了解」

艦爆の彗星は降下が得意だ。降下の勢いで速度を上げ、その後に引き起こしから太陽に向かって直進して、敵の視界から外れる。

機首を下げ、制限速度ぎりぎりまで急降下する。大理石を彫り込んだような硬い雲の間を、激突しそうになりながらすり抜ける。それでも自分たちを追ってくる機銃はやまない。

「どうなってるんだ！」

「堪《こら》えろ、藤十郎」

ぎしぎしと軋む機体の中で、厳しく伊魚が叫ぶ。そうは言ってもここまで急降下しても振り切れなければ、上から撃たれるのと同じことだ。このまま高度を上げはじめるとほとんど静止的《まと》になる。かといって急降下を続けたら海面に激突してしまう。相手が諦めるか自分たちが堪えきれなくなるか、二つにひとつだ。

急旋回を続けながらの降下で、身体中の血が頭に上る。脳が沸騰しそうだ。視界が赤く歪んでくるのを堪えながら旋回を続けていると、ふと機銃の音が途切れた。——振り切った！

「機体起こせ……！」

辛そうな伊魚の声に藤十郎は思い切り操縦桿を引き起こした。座席に背を投げ、口を開けて天井に喘ぐ。今度は上から押さえ込んでくる空の壁との戦いだ。数秒の解放感の間に、水に潜る前のような大きな呼吸を無意識に全身で繰り返している。血が下がっている間は何も見えない。目の前がチカチカと暗いのを目を眇《すが》めてやり過ごしていたとき、また機銃の音が聞こえはじめた。

「ちくしょう、しつこいな……！」

「敵機、左下だ。右旋回で振り切る」

せめて腹の爆弾を捨てられれば逃げきれるのにと思うが、これを捨てたら何のために出撃してきたかわからない。藤十郎は肩で息をしながら必死で機体を右に捻った。

追ってくるのは二機のようだ。下から突き上げるように猛追してくる。やはり速い。背後から撃たれるのは怖い。水平飛行なら機銃で応戦できるが、上昇中ではそれもできず、まったくの無抵抗のまま追われるしかない。

「藤十郎、焦るな！　起こしすぎだ！」

伊魚の声と同時に、機体が横滑りする感触がした。まずいと感じたときには機体が傾いていた。何をしても水平舵がすっぽ抜ける感じがする。錐揉《きりも》みだ。

「水平維持！」

伊魚の指示に藤十郎は奥歯を噛みしめた。錐揉みの処理など慣れている。垂直尾翼に神経を集中し、高度よりまず水平をとる。回復するまでの我慢が肝だ。あとは浮力が回復するのを待って、回転が落ち着いたら高度を上げるだけだ。高いところならそれで十分対応できるが、急降下を終えたばかりで高度が低いのが怖ろしい。水平を持ち直すまで墜落せずに済むかどうかと風防を睨んだとき、藤十郎は全身の毛を逆立てた。

青空と雲が視界を斜めに区切っている。

どちらが上かわからない。一面の空で何も見えない。旋回と錐揉みで上下感覚が失われていた。空間識失調、操縦員に起こる症状だ。自分に感覚がないので計器に頼るしかない。

「——伊魚！」

「百五十度！」

とっさに助けを求めて伊魚を呼ぶと、すかさず答えが返ってきた。垂直以上に縦に傾いているということだ。垂直のときに墜落せずに済んだのは錐揉みからの復帰のタイミングがよかっただけで、これより少しでも傾いたら墜ちる。伊魚が重ねた。

「機首を二十度倒してゆっくり右に捻れ」

「右?!」

左ではなく、右なのか。

「右だ」

左右の勘違いではなく、本当に右だろうか。このままでは裏返しになってしまう。伊魚の指示どおりにしているが、未だに何も見えない。雲が機体を掠《かす》ってゆくが、これも上から突っ込んだのか下から突っ込んだかもわからない。

「右だ」

伊魚の指示に藤十郎は従うことにした。彼の計測技術を信じている。

藤十郎は更に機体を右に捻った。

航空機の下に雲がある。これも雲の上か、雲の下を飛行機の腹で擦っているのかわからない。

「そのままだ、俺を信じて待て」

伝声管越しに、落ち着いた声で言い聞かせられて、藤十郎は身体中の力を均一に均した。このままという指示が出たからには、操縦桿を少しも上げ下げしてはならない。操縦桿を握る手が手袋の中でじっとりと汗ばんでいる。つま先は緊張と重力に振り回されて氷のように冷えて痺れていた。数秒も経たず、機体がゆっくりと分厚い雲の中に沈んでゆく。藤十郎は水に入るときのように息を止めた。機体は完全に雲の中だ。

彗星はどの方向を向いているのだろう。この雲を抜けたとき、現れるのはなんだろう。

上か、下か。

空か、海か。

ガタガタと機体を揺らしながら、冥府《めいふ》への道のような真っ白なトンネルをくぐる。

再び視界が青くなった。

海か空か一瞬判別できない青さが目の前に広がる。

状況は変わっていないと焦りかけた藤十郎は頭上に七色の光を見た。

今にも破裂しそうに鮮やかな、一面の虹。

——彩雲だ。

「地上は頭上だ、藤十郎！」

伊魚が叫んだ。雲の上を裏返しになって飛んでいるのだと、一瞬で理解した。そうなれば話は簡単だ。

背面飛行のまま、虹の中に転落する。もう何も怖くはなかった。

七色の視界を切り裂きながら機体を右へ右へと捻る。雲を出たときには、両翼は雲と水平の位置にあった。遠くに島影が見える。完全に感覚を取り戻した。

どっと疲れと安堵が押し寄せてくる。藤十郎は目を閉じて大きなため息をついた。その息を吸わないうちに、背後からパラパラと機銃の音が聞こえてくる。さっそく見つかったらしい。

「藤十郎、行けるか」

伊魚の声は憎らしいほど冷ややかだ。

「ああ」

腹に抱えたこの爆弾を、敵艦に落とさないことには帰れない。

「もう一回雲の中で撒《ま》く、計器をよく見てくれよ？　偵察員殿！」

あの状態で冷静に計器を読む伊魚の技量は身に染みた。誰より信頼できる自分のペアだ。

燃料はまだ十分だ。エンジンの調子もいい。藤十郎は反転の進路を取った。さっき敵機から逃げている最中に、主力艦隊から離れた位置に、駆逐艦に守られた輸送鑑がいたのを覚えていた。あれらのどれかに爆弾を落とせたら万々歳だ。

敵機にいよいよ近寄られる前に雲の中に入ろう。本来は雲の中に入るのは極力避けるべきだった。視界がゼロだし、雲から出たときいきなり敵編隊のド真ん前かもしれない。だが今は、敵機を完全に振り切ることが先決だ。慎重に雲の割れ目を探そうとしたとき、伝声管から声がした。

「藤十郎、何か……」

そう言って伊魚は双眼鏡で周りを見回している。対空砲でも見つけたかと藤十郎が思ったとき、バシン、と音がして、ガクガクと機体が揺れた。続けて聞き慣れたバリバリという音が続く。被弾した。

「！」

手近な雲に突っ込んだ。どうやら敵機に添われていたらしい。藤十郎たちが錐揉みから抜けて態勢を立てなおそうとしているあいだに、そっと平行に添われ、彗星の死角に入ってそろそろと近づいて、いきなり機銃を撃ってきたのだ。

「どこに当たった、伊魚！」

伝声管に呼びかけながら、藤十郎は慌てて計器を確認した。操縦席で確認する限り燃料計には変化がない。電気系統も飛行に関するところには影響がなさそうだ。先ほどの衝撃からすると、どこか胴体に近いところに当たったには違いないが、雲の側では煙が上がっていても見えない。

こうなると長く飛びたくない。明らかな故障が出ないうちに早く爆弾を落として帰らなければ。考えながらせわしく計器を確認していた藤十郎はふと、伊魚の返事がないのに気づき、右上に貼ってある小さな鏡で偵察員席を見た。

伊魚が右腕を抱えて俯いている。肩から下が真っ赤だ。

「伊魚ッ⁉　当たったのか！」

「……大丈夫だ。掠っただけだ。弾丸は天蓋の左から右に抜けている。機体に影響はない」

隠しても無駄だと思ったのか、淡々と伊魚は怪我を認めた。

「馬鹿野郎大丈夫じゃねえ！　どこをやられたんだ！」

今すぐ風防を開けて偵察員席に乗り込みたいが飛行中だ。

「腕……かな。飛行には差し支えない」

「そんなわけあるか！」

地上なら、少々の怪我《けが》くらい男なら我慢しろと怒鳴りつけるが上空は別だ。気圧の影響で、傷があると血が噴き出す。乾いた傷からすら怪我したときより激しく出血しはじめるのだ。機銃で受けた生傷が無事でいられるはずがない。

「帰投する。方向を読め！」

「いい、まだ飛べる」

「伊魚！」

叱りつけたら今度は返答がない。

「爆弾を捨てる。洋上確認」

藤十郎は下腹にある爆弾倉を開く操作をした。伊魚の焦った声が聞こえてきた。

「やめろ。藤十郎だけでも艦隊の上に差しかかれば……爆弾を落とせるだろう」

「命にかかわる。知らないのか横須賀基地出身のボンボンは！」

上空では、傷口を見て判断したら終わりだ。この高さなら出血はかなり酷いだろう。伊魚が運良くこれまで上空で傷を負ったことがないとしても予科練で習ってきたはずだ。忘れているのか、強がりか、侮っているのか。

そのとき伝声管から、気怠そうな声がした。

「……そのときは、誰か、他に……」

——ああ、特に。

伊魚がそういう男だったと、今になって藤十郎は思い出した。死んでもかまわないと思っている、自分がいなくなったら誰かがその席に座ると思っている。とんでもない間違いだ。生き方がそもそも間違っている。今すぐ帰らなければ伊魚が死んでしまう。

「貴様に替えが利くか！」

怒鳴って藤十郎は爆弾の投下スイッチを握り込んだ。

「藤十郎！」

海のど真ん中に爆弾を落とした。重い爆弾を手放したせいで、ふわっと機体が浮き上がる。遅れてどおん！　と落雷のような爆音がして、海から白い水柱が上がった。

空を逃げ回る時間もないし、もう一度投下に挑む余裕もない。落とせない爆弾を抱えて撃墜されるくらいなら、爆弾を捨てて力の限りで逃げ帰ったほうがいい。けっして伊魚を説得するのが面倒くさかったという理由ではない。――と帰ったら伊魚には言うだろう。

伊魚は何も言わなかった。今さら爆弾を拾えるはずもないから諦めたらしい。

藤十郎は操縦パネルに嵌《は》め込んだ懐中時計を睨んだ。

帰投まで、約一時間。

初めのうちは頻繁に「どうだ」と尋ねていたが、伊魚を疲れさせるだけのようだったからやめた。死にそうでも伊魚は「大丈夫だ」と言うに決まっているし、痛いと言われてもさすってやることもできない。藤十郎にできることは火急速やかになるべく高度を落として帰投することだけだ。しかしやはり堪らなくなって「どうだ」と話しかけてしまう。伊魚の返答がだんだん遅れがちになってくるのが不安だった。

傷はどれくらいなのだろう。伊魚はかすり傷だと言うが、伊魚の言葉ほど当てにならないものはない。計器はあれほど神経質に読むのになぜ自分の身体を大事にしないのか。なぜ部品のように代わりが利くなどと言うのか。

――内地で慕っていた人と別れた。それだけの話だ。

そういうことかと、伊魚の言葉を思い出した。相手にとって伊魚の代わりはいたのだろうか。だがもしソイツとペアを解除されたとしても、たったそれだけで簡単に命を取り替えるようなことを言うものだろうか。

藤十郎一人で詮索しても答えは出ない。操縦桿を握りながら、次々と過ぎる考えを深く探らずに藤十郎は流れるがままにした。

もしも誰かが、伊魚と誰かを取り替えると言っても自分はけっして承諾しない。

伊魚を乗せて空を飛びながら、藤十郎は寂しく感じていた。

伊魚は気づかなかったのだろうか。彩雲の中に身を投げた一瞬に、伊魚とは同じ雲の中に生きる人間だと知らされた気がするのは——。


「誰か来てくれ、早く！」

藤十郎は駐機するなり、操縦席の天蓋を滑らせ人を呼んだ。そうしなくても怪我人があると無線を入れたし、到着すれば整備と医療班と記録係が駆け寄ってくる決まりになっているが、今はそれさえももどかしい。

伊魚は途中から呼びかけに応じなくなっていた。

「怪我人か！　後ろか！」

「そうだ、機銃で撃たれた！」

衛生兵が駆け寄ってくるのを待ちきれず、外に出た藤十郎は後部座席の天蓋を引き開ける。熱せられた狭い座席の中から、むっとするような血のにおいが溢れた。伊魚は座席で右腕を抱えたまま気を失っている。

「伊魚！　伊魚！」

大声で伊魚の左肩を揺するが、左手が下に落ちるだけで伊魚は目を開けない。

機銃は左側の天蓋窓を破壊して、ほとんどまっすぐ右に抜けたようだ。右の窓に開いた弾痕を見ると七ミリ機銃だ。肩の下から血で真っ赤だが、体幹は服に滲んでいるだけのように見えた。右腕に血に染まったマフラーを巻きつけている。止血しようとして縛る前に気を失ったようだ。

「伊魚！」

片膝を乗り込み口にかけて大声で伊魚を呼ぶと、伊魚が微かに薄く目を開いた。安全帯まで真っ赤に染まっている。急いでそれを解いてやった。

「伊魚」

呼びかけると血に染まった左手をそろそろと藤十郎に伸ばしてくる。ほとんど無意識のようだ。手を肩にかけてこようとするから藤十郎のほうから抱きにいった。

ぐっと背中を抱いた腕に力を込めたことで意識が戻ったのか、伊魚はとたんに息を切らせて咳をする。発作かと思わず力を緩めようとすると、伊魚が掠れた声で呟いた。

「……離れるな」

「伊魚」

「離れないでくれ、頼む」

「離すか」

はっきりと答えると、うつろに目を開けている伊魚がほっと息をついた。本当は怖かったに違いない。この強がりめと思いながら藤十郎は伊魚の身体を支えてやった。

目が見えていなさそうだから代わりに抱きしめて応えてやりたい。だが怪我を締めつけでもしたら大事だ。

整備員と二人がかりで伊魚を偵察席から引きずり出した。傷はそんなに大怪我には見えなかったが、座席は血で汚れ、足元には血だまりがある。

伊魚を担架に渡し、遅れて藤十郎も足掛けから飛び降りる。

「伊魚は……緒方はどうですか！」

診察している軍医と、担架に横たわっている伊魚を見比べながら尋ねると、白髪交じりの軍医は「心配いらん」とすぐに応えた。

「腕の内側に当たっとる。大きめの血管が切れたんだろう。止血をして水でも与えれば治る」

軍医は隣の若い衛生兵に言った。

「止血をして病院に連れていけ。被弾の処置《ヤツ》を一揃《ひとそろ》えな」

心配ないと言ったばかりなのに、病院には連れていくのかと驚いたが、病院に行ってくれればとりあえず安心だ。

伊魚は三輪自動車に乗せられて、すぐに病院に運ばれていった。ちょうど自動車が見えなくなる頃、別の自動車で堀川がやってきた。

「彗星はどうだった！」

藤十郎を見つけるなり襟首を摑むような勢いで堀川は尋ねてくる。堀川はそうしたあと藤十郎の血だらけの衣服に息を呑んで飛び退《しざ》った。

藤十郎は穏やかに堀川に応えた。彼らの努力を賞賛して礼を言いたかった。

「よかった。彗星はよく飛んだ」

魚のように青空を泳ぎ、七色の雲の中に落ちても彗星は不思議なほどによく飛んだ。

「よく飛んだよ。堀川」

無茶な旋回に堪え、伊魚を生きてここに送り届けるまで、気まぐれな彗星は鮎《あゆ》のように音もなく涼やかに大空を泳ぎきった。

伊魚の傷は機銃が掠って十針ほど縫った。傷自体は大したことはないのだが、出血が激しかったせいで貧血を起こしたらしい。一晩、病院のベッドで過ごし、翌朝には退院した。

腕の骨にひびが入っているかもしれないということで、念のために三角巾で吊るとずいぶん楽になったと言っていた。指先も全部動く。腱《けん》も無事なようだ。大事にしておけばそのうち治るだろうという診断だ。血が滲むとすぐに蠅《はえ》が来るから、包帯だけはマメに取り替えろと言われていた。

藤十郎が司令部にかけ合うと、伊魚が搭乗できない間はペアの組み替えをせず、地上で働くことを許してくれた。それと前後して、整備からも彗星の手入れに時間がかかると報告があったらしい。機体がないのでは司令部もお手上げだ。堀川と整備班には改めて礼を言いに行った。

藤十郎は朝から畑にゆき、隊の飛行前の打ち合わせにだけ参加して地上要員や整備員の手伝いをする。

伊魚の傷はとりあえず順調に回復しているらしい。病院から帰ってきた日は青い顔でフラフラしていて、腕を抱えてうずくまったきり動けないようだったが、翌日には腕を庇いながら日常生活をこなしていた。

利き手が使えず不便そうにしていたから、藤十郎は伊魚のために烹炊所からフォークを一本分けてもらってきた。「ありがとう」と伊魚は素直に礼を言った。こういう素直な感謝の言葉を初めて伊魚から受けた気がする。伊魚はほとんど笑わないが、笑いたそうなときはふわっと雰囲気がやわらかくなった。

過呼吸の発作はよくなる様子はなく、それどころかどんどん酷くなる一方だった。ここ数日は藤十郎が視界に入るだけでも咳をする。

入院した夜も、伊魚の側に付き添ってとりとめのない話を語り続けていたとき呼吸が苦しくなった。何か言いたげな表情をするが言えない。過呼吸の発作はだいたいそんな表情をした直後に起こることに藤十郎は気づいた。

そのときはさすがに病院だったから清潔な布を借りることができた。伊魚を落ち着かせるのを手伝ってくれた夜回りの衛生兵に「神経を病んで入院ですか？」と問われた。そうではないと答えて日中機上で撃たれた話をすると、彼は「怖ろしい目に遭ったのなら仕方がありませんね。落ち着くまでお大事に」と言って特に薬もくれなかった。

伊魚の過呼吸は元々からだとは伝えなかった。

詳しい原因を訊いても伊魚は相変わらず大丈夫だと言って首を振るばかりだ。伊魚が寂しいのはわかったが、それだけでこんなになるだろうか。離れないと約束したのに、少しもよくならないものだろうか。少しずつだが伊魚と馬が合ってきたような気もするのに伊魚の具合は悪くなる一方だ。

死ぬのを怖がらないくせに人に触れられると死にそうになる。絶対に何か原因があるはずだが、今のところ藤十郎には察せられない。

何故、こんなに伊魚のことがわからないのだろう。最近他のペアから取り残されているような気がする。伊魚を大切に思っているつもりなのに、伊魚との距離が縮まらない。複座に乗りはじめて上官からしつこく言われることは、ペアはツーカーであるべきで、いっそ夫婦のようであれというこ とだ。朝から晩まで何事も共に行い、夜は毎日同衾《どうきん》しろと言う。ともかく意思の疎通をよくしろということなのだろうが、これまで藤十郎は男と寝ることなど考えたことがない。

伊魚と寝ること。想像できなくはないが、そんなことくらいで伊魚と添えるならとっくに仲良くなっているはずだ。

長く一緒に乗っていれば打ち解けるものだろうか。それとも一度、彗星で共に海に落ちてしまえば同じ魂として生まれ変われるものだろうか――いや死んでしまったらペアどころではないのか。その前に寝るもなにも、手を繋いだだけで息ができなくなる伊魚は、生娘以上の純潔なのか。

伊魚をなるべく日向に出さないよう、藤十郎は伊魚の分まで働いた。

傷の痛みは三日もあれば落ち着くものだが、心配は傷が固まるまで続く。伊魚の怪我は機銃で負った銃創だ。消毒して大事にしていても膿《う》むかどうかはほとんど運だ。傷を風に晒《さら》して化膿《かのう》させてもいけないし、包帯を巻きつけすぎたら蒸れて化膿する。足に大怪我をした経験がある先任搭乗員から「長々と分厚く巻きつけるより、傷が隠れるほど薄めに巻いて、包帯を替える回数を増やし、血が出る間はその包帯をどんどん替えろ」と助言を貰った。伊魚には徹底してそれを守らせた。汚れた包帯も、つい自分たちで洗ってしまいがちだが、溜め水で洗うと細菌がしっかり落ちないと聞いたから病院で交換してもらうことにした。病院に返せば消毒薬が入った石けんで洗われる。面倒だったがそのほうがいい。

それともうひとつ地上での作業が忙しくなる事情があった。空襲で兵舎が破壊されたのだ。建て直しかけるとまた爆撃されるので、もう大きな兵舎を建てないことになり、数人ずつで固まって、各自簡単な小屋を建てることになった。

建てるのは簡単だ。常夏《とこなつ》の島なので枠組みを作って椰子の葉を屋根に葺いておけばとりあえず家になる。柱に蚊帳を吊って薄い壁板《パネル》を張る。空の木箱や椰子の木で高床を作ればあっという間に一軒が完成だ。

本当は隊のみんなと同じ小屋に住みたかったが、実際建てようとしたとき、柱の関係でどうしても二人、別棟にならなければならなくなった。当然ペアが追い出される。とはいえそのような事情だったたから、隊のみんなが手伝ってくれて、灌木に埋まるようなちょうどよい位置に小屋を建てられた。

藤十郎には木を切り倒すのなどお手のものだ。普段から木に触れ慣れていて、鑿や鋸《のこ》などの道具も揃っていたから、本当の家のように柱と軒の合う部分を彫り合わせ、きれいに嵌め込むよう細工をしてみた。これが案外上手くいって、「母屋」こと他の隊員の小屋を建てたときも絶賛してもらった。「藤十郎は仏像をやめて家を建てればいいと思う」と呟いた伊魚の言葉は無視だ。だから出撃できない間、空を睨んで歯がみをしつつ、それなりの働きはしたことになる。

一方伊魚は、地上要員の仕事は少なくしてもらったが、指揮所にはたびたび呼び出されていた。伊魚の採る推測航法の様式が他と違うらしい。予科練を出てしばらく経っているはずなのだが、なぜか伊魚は内地の最新航法技術を知っているらしかった。内地有数の航空基地、横須賀上がりは伊達《だて》ではないということだ。功労として羊羹を一本賜ってきていた。

誇っていいことのはずなのに、呼び出しを受けるたび伊魚の顔は強ばった。咳をすることもあった。よほど司令部が嫌なのだろうと思うが、専門分野なので代わってやれない。何かあるのかと伊魚に訊いたが、案の定、何でもないと言うばかりだ。

藤十郎が甘いものを好きだと思い込んだままの伊魚は、羊羹をまるごと藤十郎に寄越してきたので、伊魚に半分食べさせた。伊魚はいらないと首を振ったが、軍医から傷のために滋養を摂れと言われている。説得したら端っこから囓《かじ》るように食べていた。普段、食べ方がきれいな伊魚がそんなことをするのは珍しい。本当に塩気のほうが好きなんだな、と少し面白かった。

小屋の端で、ランタンの灯りが揺れている。藤十郎は鑿を握っていた。工作小屋は兵舎と一緒に燃えてしまった。二人暮らしになると、兵舎のように音がうるさいと言う者もいない。

腰のすぐ斜め後ろに伊魚が横たわっている。鑿の音が好きなのだそうだ。今のように背中を向けて鑿の音だけを聞いていたり、少し離れた場所から眺めていたりする。

伊魚は最近ずいぶん大人しくなった。慣れない猫がようやく触れさせるのを許すくらいに、藤十郎が側に寄るのを許す。そして気まぐれに床を指先で叩くのだ。

—・—・・《キ》　——《ヨ》　・・—《ウ》　—・・・《ハ》　—・・—《マ》　—・《タ》　・・《゛》　・・—《ウ》　・——・《ツ》　・・——《ノ》　・—・・《カ》

「ああ、もう少し」

藤十郎は鑿を打ちながら答える。モールス信号だ。藤十郎も平文のモールス信号はわかるが、偵察員の速度で打たれたら到底何を言われているか聞き取れない。だから速度を緩めて床を叩く伊魚が可愛らしかった。
・－《イ》　・・－－《ノ》　・－・・《カ》　・・《゛》　－・・《彫》　－－－《レ》　－－－・《ソ》　・・－《ウ》　・－・・《カ》
「俺が彫るのはいつもいい」

と言うと伊魚が笑うのがわかった。腹立たしいが怒ることではない。

「傷はまだ痛むか」

聞くとすぐに返事が返ってくる。

－－－・－《ス》　－－－－《コ》　－－・－・《シ》

信号での伊魚は素直だ。

多分、喉で心が曲がって声になるのだろうと最近は思っている。心で生まれた声が喉の辺りで押しつぶされて歪んで出てくる。発作だってそうだ。寂しいと言えば他愛ないものを、喉を通れず伊魚を苦しめる。

寝返りを打った伊魚と目が合ったから、藤十郎は彫りかけの仏像を床に置いて、手を伸ばして伊魚の髪を撫でてやった。伊魚は自分の髪について、後ろに撫でつけようとしても落ちてきてしまうと不服を言っていたが、少しも指が引っかからないまっすぐないい髪をしていると、藤十郎は気に入っていた。

伊魚は髪に触れても何も言わなかった。代わりにまた少し咳をしながら何かを考え込んでいた。

初めは、内地にいるとき哲学でも学んでいたのかと伊魚の考えグセについて想像していたのだが、どうやら伊魚の心の中には彼だけの、中味の見えない箱がありそうだ。

捨て猫のようだな、と藤十郎は思った。人の手や愛情に飢えて、気まぐれに近寄ってきては甘えるのだが、いざ抱き上げようとすると怖がって逃げ出してしまう。

誰に捨てられたのだろう。虚《うつ》ろに闇を見ている伊魚の髪を指で梳いた。伊魚に捨てられる痛みを刻みつけ、新しい誰かを受け入れられないくらい苦しくさせるのはどんな人なのだろう。

ランタンの灯りに伊魚の瞳が揺れる。

引かれるように鑿を床に置いた。

伊魚の頭の横に左手をつき、肩を屈《かが》める。

右手で伊魚の髪を梳いた。とくとくと胸の中が脈打ちはじめる。口を吸いたい。ため息が零れそうになる唇を、そのまま伊魚の唇に重ねてみようかと迷っていると、目を伏せて伊魚が顔を逸らした。またたきをする間に、伊魚の指が押しやるように藤十郎の頬に触れる。

「……汚い」

震えるくらい顔を歪めてそう言われれば藤十郎は引くしかない。最近、ときおり感じるこの気持ちが、藤十郎にとってどれほど優しく温かなものでも、世間からは劣情と呼ばれるに違いないものだからだ。


それは唐突に始まった。

「おい、谷。今彫っているのが出来上がったら俺に譲ってくれ！」

ある日声をかけられたのがきっかけだった。

初めはこの男も仏像が好きなのかと思って、特に代金はいらないが鑿の刃を維持するために、手間賃として配給の券を一枚くれと言った。男は快諾し、最近ではまあまあの出来となった仏像を一体譲り渡した。

譲るにあたって仏像の足裏に記名をするかどうか藤十郎はずいぶん悩んだ。趣味で彫っている仏像だし、一端《いっぱし》の仏師のように記名までするのは身の程知らずなのではないか。しかし、いずれ時が経って藤十郎が軍で名の知れた仏師になったら、初期作に大きな値がつくかもしれない。そのときに作者がわからないではせっかく無名の藤十郎の作品を買ってくれた男に恩を仇《あだ》で返すことになるのではないか。そう思って藤十郎は恥ずかしいのを堪えて、わざわざ筆を借りに行ってまで仏像の底に《藤幸《とうこう》》と書きつけた。藤幸というのは雅号だ。藤は藤十郎の藤、幸は、藤十郎が一番初めに手本とした菩薩を置いてある寺の名前、貫幸《かんこう》寺から一文字取ったものだ。いかにも急に書きつけたように少し崩して書いたらなかなかそれらしくなった。男は喜んで持ち帰った。

仏像は、褒められたり人に求められたりするために彫っているものではないが、ああも嬉しがられるとこちらも嬉しいものだ。気分よく次の仏像を彫っていると、別の男から「おい谷、今、彫っている仏像はあるか」と尋ねられた。あるにはあるがまだできない、と藤十郎が応えると、「待っているから急いで彫ってくれ」と男は言う。このあいだ仏像を渡した男が持っているのを見でもして自分も欲しくなったのだろうか。藤十郎は申し出に浮かれて応じ、夜、鑿を打っても咎める者がないのをいいことに夜更かしをして仏像を彫った。すると出来上がる前にまた別の男から声をかけられた。「おい谷。仏像を今彫っているか」――。彫っているには彫っているが、今彫っているのはすでに行く先が決まっている、そのあとでもかまわないかと藤十郎が尋ねると、男は待つと言う。いよいよ自分の実力が認められはじめたのかと気をよくしていると今度はまた別の男が「谷、仏像を彫っているか」と言う。彫っているには彫っているが、今二人待たせている。そのあとになるがいいか、と藤十郎が応えると、「それでは謝礼をはずむから、一人順番を繰り上げてくれないか」と男は言った。

藤十郎はこの時点でもまだ、にわかに自分の仏像に人気が出はじめたのだと思っていて、男に「仏のことだから不正は認められない」と真面目ぶって応えたのだった。

ときを同じくして、伊魚が司令部の俳句大会で末席に入った。

――彗星飛び込む水の音
　藤十郎にはわかるのだが、他の人間には意味が通じないし、どこかで聞いたことがあるような句だ。伊魚が俳句大会に参加していたことが何にも勝る驚きだったし、句の内容は置いておいて、五等の肝油《かんゆ》ドロップを一袋貰えたのがめでたかった。

　最近いいことが続くな、と伊魚と笑い合った。伊魚が居心地悪そうに打ち明けるところによると、実はもうこれで二回目の提出なのだという。二回目で五等なら上等だと伊魚を励ましたら、十五首ほど詠んだから当たり前だと、気まずそうに目を逸らした。確かにそれは選者側も末席を与えずにいられなかったかもしれない、数のゴリ押しというか、十五首も出して一番よかったのがアレなのかと思うと、他の十四首がひどく気になったが、まずはいいとすることにした。何首出そうが五等は五等だ。縁起のいい肝油ドロップを少し分けてもらい、一緒に祝った。

　仏像彫りも絶好調を極める頃、伊魚にも依頼が来はじめた。男が小屋にやってきて、「何か句を書いてくれ」と言う。伊魚は案外人見知りだし、そういう不躾な願いごとに簡単に応じる質ではない。案の定警戒心を滲ませながら断っていたが、男があんまり頼むから、藤十郎のほうがかわいそうになって、「何でもいいからひとつ書きつけてやったらどうだ」と仲介した。伊魚は渋々――というにはやや嬉しそうに陰に入って帳面から何かを紙面に書き写して男に渡していた。謝礼は伊魚の句に対しても交換券一枚だ。手間暇を考えると伊魚のほうが断然いいが、文化や芸術というものは、かけた時間や手間ではないことくらい藤十郎にもわかっている。

　そうして伊魚も藤十郎も、にわか雨のような忙しさを味わった。照れくさくも喜ばしい日々だった。殺伐とした戦場だ。死と隣り合わせの毎日の中で、気を強く保つ手段は何でもありがたかった。藤十郎は夜更かしをし、伊魚もいつまでも帳面を広げて句を捻っていた。明日への力を振り絞る些細《ささい》な手段に明るさを見出していた。人を使って藤十郎が大佐に呼び出され「呪いの人形をひとつ、わしにも彫ってくれないか」と言われるまでは――。

今朝も整列前の早朝から、藤十郎たちの小屋の戸を叩いた男に、沈んだ声で藤十郎は応えた。

「すまない。今は人に渡す予定はないんだ」

他人が仏像に何を願おうが他人の自由だ。

「まあそう言うな、谷。交換券を五枚やろう。いや、六枚ではどうだ」

藤十郎の仏像の相場は跳ね上がっていた。

「いや、いい」

「そう言わずにどうか譲ってくれないか。貴様の彫った呪いの像を持っていると、米軍の爆弾が怖がって避けるというじゃないか」

そういうことだ。

ちなみに伊魚の俳句にも、胸に入れて出撃すると、もし撃墜されたら相手を呪う、という噂が立っていたらしい。呪いの人形と呪いの札ペアという触れ込みだ。それは繁盛するはずだ。藤十郎は今までの賑《にぎ》やかさを虚《むな》しく感じたが、それを知った日、伊魚はかなり傷ついたようで丸一日食事を摂らなかった。

「人を呪わば穴二つ掘れ、だ」

男の前で呟いて、藤十郎は戸を閉めた。背後では伊魚が俯いたままじっと床に座っている。

伊魚は以前から藤十郎の創作物を笑っていたが、こういう痛みもあるということがよく身に染みただろう。しかし幸いペアなのだから、周りから呪いのペアと呼ばれていようとも、伊魚と藤十郎だけは互いを理解し合っているからまったくマシだと思うべきだ。

更に聞き及ぶところでは、自分たちの名を知らない者たちは「呪いペアの人形のほう、札のほう」と自分たちを呼び分けているそうだ。操縦員と偵察員ですらない。

初めのうちは、これは趣味の仏像と俳句で、呪いなどというおどろおどろしい意図も実績もないと弁明していたのだが、ラバウル基地は狭いようで広い。伝播《でんぱ》する間にさも真実がごとく言われていて、体験談のような話まで混じりはじめ、今頃になって噂が届いた見知らぬ兵が先ほどのように飛び込んでくる始末だ。ここまで噂が広まってしまうと一朝一夕では収まりそうにない。

ため息をついて藤十郎が振り返ると、板間に倒れた伊魚が椰子の葉の天井に向かって呟いた。

「人を呪わば穴二つ掘れ、か……」

そうだ、と応えてやりたかったが、それでは伊魚にとって泣きっ面に蜂だろうから、藤十郎は聞こえないふりをしてやることにした。


「おおい。谷！　手は空いたか！」

離れた場所から藤十郎に声がかかる。隣を歩いている伊魚が立ち止まろうとしたので、藤十郎は暗い声で呟いた。

「無視していい」

藤十郎は離れた場所にいる彼に向かって拝むように立てた片手を横に振った。藤十郎の仏像はあれから更に複雑なことになっていた。噂を聞きつけ藤十郎から仏像を仕入れて売ろうとする男、毘沙門天《びしゃもんてん》のような悪鬼退治の仏と心底信じ「この鬼のお陰で俺は敵機を撃墜した」と触れ回る男、脱腸と水虫にご利益があると言い、仏像を拝ませて小金を集めようとする男まで発生してしまい収拾がつかなくなっていた。

そんなくだらない騒ぎで、藤十郎たちは伊魚の療養を兼ねた、貴重な地上勤務期間を落ち着かずに過ごしてしまった。しかし伊魚との距離は近づき、絆《きずな》は少しだけ強くなったかもしれない。伊魚は一昨日抜糸し、五日間傷が開かなければ搭乗を開始していいと言われた。ただし傷は必ず縛っていけという指示付きだ。

藤十郎がため息をつくと、労《いたわ》るように伊魚が言った。

「あまり気に病むな、藤十郎。勘違いしたのは向こうだ」

よほど落ち込んで見えるのだろうか、伊魚までが似合わないことを言う。

「ああ」

緩やかな下り坂を港に向かって歩いていた。港から帰ってきた兵が、近くの島の現地住民が漁船で布や果物を売りに来ていると言っていたから冷やかしに行こうかということになった。平地に生えた短い雑草が火山灰と爆撃でいつもよりかさかさと乾いている。乾燥した草の上を歩いていると、靴の周りでパチパチと泡が爆《は》ぜるような音がした。藤十郎は足元を見ながら隣を歩く伊魚に話しかけた。

「そういやスコールがないのももう何日目だ」

小さく弾けているのは雑草の種だ。ラバウルは常夏だから雑草はいつだって生えている。雨が降らず、こうして乾燥が酷くなってくると種が乾いて実を弾かせる。

生気がない暑そうな顔で伊魚が答えた。

「まだ四日ぐらいだろう」

「そうか。まだ余裕はあるか」

タンクのため水はまだ数日は保《も》つはずだ。このまま雨が降らなかったら、実際のところ何日くらい保つのだろう。

「とりあえず人間はな」

伊魚は相変わらず歩く自分の足元を眺めている。

「『人間は』？」

「ああ。植物は危機を感じると種や花粉を飛ばして生き残ろうとするそうだ」

「……なるほど。乾燥すると自分が枯れる前に種を飛ばすってことか」

つま先で蹴《け》るように歩くと余計パチパチと音が鳴る。乾いたさやが弾けて反り返り、ごま粒より小さな点が空中に飛び散るのが、視力のいい藤十郎の目にはよく見える。

「ああ。山火事のときは土に落ちた種なら助かるかもしれない。熱風で乾燥して揺らされると花粉も飛ぶ」

「よくできているものだな。偵察員はそういう勉強もするのか？」

「いや、これは寺の住職の受け売りだ」

「それでは昆虫や動物は？」

尋ねると伊魚は妙な顔をした。植物には急な危機に陥っても子孫を残す方法がある。飛ぶことも埋まることもできない動物は、乾いたり焼け死にそうになったらそのまま死ぬしかないのだろうか。

「……交尾をするそうだ」

「――ああ……」

疑問は解けたがやや気まずくなった。伊魚に劣情を抱くことがあるせいか、藤十郎には更に後ろめたさも上乗せされる。

僅かにでも生き残る望みをかけて、命を残す行為をする。自分たちの遺伝子が絶えないように――。

儚《はかな》いのか強いのか。生きものの本能をどう判じていいものかわからないまま歩いていると、伊魚が道ができていない方角を視線で指した。

「藤十郎、こっちだ」

爆撃されて、普段使う道の位置が変わってきている。そういえば港へ続く道は、倒木と爆撃穴で通れなくなっていると誰かが言っていた。まだようやく人の靴跡で凹《へこ》んだだけの道を、伊魚の後ろについて歩き出した。

ふっと椰子の間に視界が開けた。

紺碧の青空に、沸き立つ雲が真正面に見える。

「今日の雲は特別すごいな」

思わず藤十郎が呟くと、伊魚が顔を上げる。

塗り込めたような青い海に、凍りついたようなただただ青い壁面がある。その境目から湧き出す雲は、空の圧力に逆らって伸び上がろうとする屈強な意志を持っているようだ。南の雲は触ればもこもことした手ざわりがありそうなものばかりだが、雨を貯めすぎているのだろうか、今日の雲は拳《こぶし》で殴れば跳ね返しそうなほど弾力がありそうだった。

「家のような形だな」

藤十郎が話しかけると、伊魚は咳を堪えるようにひとつ、空に喘いで呟いた。

「そうだな」

そして「俺は」と続けて、弱った魚が吐く泡のような息をする。

「俺は……ずっと家が欲しかった。俺が住む家だ」

「鎌倉の家はどうした」

「鎌倉は養子の先だ。小さい頃から転々と落ち着いたことはない。だがどの家でも可愛がられていた。居場所がなかっただけで」

一年前の藤十郎なら、満足な家族があるのに贅沢だと思ったかもしれないが、今なら何となく想像がつく。屋根があって布団があるだけの場所を家とは呼べない。藤十郎が内地を出る前の家がそうだった。

どれほど仲がいい家族でも、他愛ないきっかけで見栄や余計な気遣いが発生する。どんな問題が起こったって大概のことは暮らしているうちに薄れてゆくのが家族というものだが、例えば婚約者に逃げられるような、許容を超えたできごとが起こったとき、回復できないいたたまれなさで家は質を変えてしまうのだ。

伊魚は何があったのだろう。そう思ったが自分などに想像しきれないだろうとすぐに藤十郎は考えた。幼いのに知らない家に、一人で投げ込まれてそこで生きろと言われる。しかも何度もだ。居場所を見失っても不思議ではない。

「——藤十郎と住みたい」

不意に心が溢れたように、雲を見上げていた伊魚が言った。

息を呑むような希求だった。表情は僅かに動いただけなのに、声が、空を見る瞳が、痛切に飢えているのだと明らかにした。

伊魚の必死さを垣間見た気がした。堪えて喉に詰めていた小さな欠片《かけら》をようやく吐きだせたような声だ。

苦しそうな顔をしてそれきり黙った伊魚に、藤十郎は笑いかけた。伊魚は頑なに前を向いたままだ。

「伊魚がいいならそうするか」

そう言って伊魚の肩に軽く触れてすぐに離すと、伊魚が目を見張って藤十郎を見た。

「冗談ではないぞ？　雲の家でもいいが、伊魚と一緒なら俺はどこでもいい」

当面戦争は終わりそうにないし、内地にも帰れそうにない。内地に帰っても実家には戻れそうにない。そもそも内地を飛び出してきてから故郷《くに》に帰ることなど考えていなかった。どうせ行く先の当てはないのだ。伊魚とならどこでもいい。生きて戦争さえ終われば南方でも、内地の田舎でも。

だが伊魚の願いは、他愛ない憧れや夢というには追い詰められているようだった。

「伊魚……？」

呼びかけると伊魚は、はっとしたような顔をした。言ってはならないことだったように口許を覆った指が震えている。また発作だろうか。息を詰めて伊魚の様子を見ていると、伊魚は口許を隠していた手を引き剝がすように外した。何かを決意したように指を握りしめ、切迫した目で藤十郎を見る。

伊魚は、藤十郎を見据えたまま絞り出すように口を開いた。

「藤十郎。……藤十郎、俺は、内地で──」

決死の伊魚の告白を、藤十郎が息を止めながら受け止めようとしたとき、遠くで高らかに笑う人の声が伊魚の小さな声を潰した。

向こうの灌木の間に誰かが立ち止まっている。隣に供を二人連れている。身なりからすると上級将校のようだ。自分たちの進行方向の横からこちらを見ているのだから、敬礼は必要ないが、目が合ってしまったので一応礼をしておくほうが無難だろうか。

見知らぬ男だ。あんなに声高に歩く様子を見れば、最近内地から転任してきたばかりの将校だろうか。

伊魚もそちらに顔を向けた。すっかり息が上がっている。今は続きは無理のようだ。あとで落ち着いたら改めて話を聞こうと思いながら、伊魚も並んで敬礼のために離れている将校に向き直った。

「緒方……？　貴様、緒方か」

身を乗り出すようにしながら将校は大声でこちらに問いかけたあと、灌木の間を縫いながらどんどん歩いてくる。お供たちが慌てて後ろを追いかけてきた。

「──ああ、やはり緒方だ。久しぶりだな」

知り合いだろうかと伊魚を見ると、彼は呆然と男を見ている。そのあと、はっきりと息を吞むのがわかった。

「わしだ。多田《ただ》だ。南方に行ったと聞いていたが、ラバウルにおったのか」

親しい口調だが、伊魚の表情がみるみる凍りつくのがわかった。明らかに動揺して立ち尽くしている伊魚に、男は無遠慮に近づいてくる。坊主頭で中肉中背。鼻の下には髭《ひげ》を生やしている。階級章を見れば少佐だった。

「相変わらずの顔立ちだな。貴様だけ日に焼けていないようだ。ちゃんと働いておるのか」

よく知っていそうな口ぶりだが、伊魚の横顔からは少しも親しさが読み取れない。彼と伊魚とを見比べるしかない藤十郎の隣で、伊魚が息を詰め、拳を握りしめたのに気づいた。肩が震えている。伊魚はらしからぬ早口の掠れた声で返した。

「……ご無沙汰《ぶさた》しております。また改めてご挨拶に上がります」

「伊魚？」

上官の許しも得ずに勝手に話を切るのは無礼だ。行儀のいい伊魚は普段整備員にだってこんな態度は取らない。どうしたのかと思っていると伊魚が礼を取ろうとする。強引に逃げ出すつもりなのか。

引き止めるべきか伊魚に従うべきか。一瞬判じかねる間に、少佐が自分を見ているのに藤十郎は気づいた。つま先から上へ、舐《な》め上げるように姿と顔を見る。そんなふうに他人を見るのは、上官といえども非礼だ。少佐は藤十郎を見ながら伊魚に尋ねた。

「……これは？　新しい念弟《ねんてい》か。もう可愛がってもらったのか？　それとも貴様が施してやるほうか」

「いえ、そういうのではありません。この男は自分のペアで、これから搭乗割の報告へ行くところです」

搭乗割など嘘だ。いよいよおかしいと伊魚を見た。呼吸が乱れはじめている。顔色も青ざめていた。

少佐は大げさなくらい驚いた表情をしたあと、手の甲でぱん、と藤十郎の胸を叩いた。

「なに。貴様、まさか独り身なのか。おい」

そんなことを問われても藤十郎も困る。確かに適齢期は適齢期だが結婚し損ねた理由がある。

「あ、あの、過去に婚約者はおりましたが、その……」

「藤十郎」

何と説明したものかと言葉を詰まらせていると、伊魚がうんざりした声で藤十郎を止めた。確かに初対面の将校にする話ではないかもしれない。

少佐は呆《あき》れたように藤十郎の顔を眺めた。

「貴様には情けというものがないのか。嗜《たしな》まんのか。勿体ない」

「やめてください。存分に働いております。――谷」

行け、と言うように指先を払われてもまだ戸惑う。伊魚の知り合いの上官に失礼を働けば、たとえ相手が非礼にしても伊魚が叱られるのではないか。

するとたまりかねたように、伊魚は強引に礼をして、行こう、と目で合図をしてきた。まだ自分を見つめている少佐に動けずにいると、彼は藤十郎に視線を据えたまま伊魚に聞かせるように大きな声で言った。

「ずいぶん取り澄ましたことを言う。貴様も変わったものだ」

少佐はにやにやした視線を伊魚に移し、こっちに一歩踏み込みながら手を伸ばして伊魚の腕を軽く撫でた。

「寂しくなったら可愛がってやる。いつでも寝所《しんじょ》に来い。いいな？　今夜迎えをやろうか？」

「いりません」

棘を出すように一言答えて伊魚は身を翻《ひるがえ》した。さすがに藤十郎も気づいて不快になった。冗談にしても侮辱が過ぎる。一発殴って逃げるべきかと思ったが、伊魚を追うほうが先だ。

「結婚なんぞ男の甲斐《かい》性だ。ヤキモチはいいが、そろそろ内地に帰ってやったらどうだ。篠沢《しのざわ》も寂しがっていると思うぞ？　奥方と男は別だ。なあ、緒方」

少佐は追い打ちをかけるように、伊魚の背中に声をかけた。

逃げ出すように歩く伊魚が敗走なのがわかった。気位の高い伊魚がこれほど侮辱されて一言も言い返せない。理由が階級差でないのは藤十郎にもわかっていた。

「伊魚」

「すまない」

死にそうな声で俯いたまま歩き続ける伊魚は呟いた。息が切れている。

「話すつもりだったんだ――」

直前に打ち明けようとしたのはこのことだったと、伊魚は言い訳のように悲しい声で言った。

人の脳とは、いざとなると何とも回転が遅いものだ。上空で、重力の影響で血流がおかしくなって頭が働かなくなることがある。それを《四割頭》と呼んで普段の半分以下しか思考力がなくなることを自覚し、用心を喚起するのだが、今は多分それ以下だ。目の前で吐かれた言葉が意味することを理解するのにひどく時間がかかる。得た情報がとっちらかって、ひとつの場所にまとめるのに苦労する。

男の言葉を遡《さかのぼ》って意味を咀嚼《そしゃく》しようとすると、いくつも信じがたいことばかりが浮かんでそのたびに思考が止まった。

種を乱暴に爆ぜさせながら枯れた草原を踏んで坂を上り、小屋から少し離れたところで立ち尽くす頃、ようやくだいたいの会話の意味を把握できた気がする。藤十郎には数秒のように思えたが、あそこから小屋までずいぶん距離がある。伊魚は小屋の戸口の前に立ってこちらを見ている。藤十郎が何かを言い出すのを待っているようだ。

つまりはそういうことか。

そんな世界のことは、酒の肴《さかな》の下劣な噂話でしか聞いたことがなかった。衆道《しゅうどう》というならもっと儀式めいて崇高であるべきだが、想像する限りそれとは違うようだ。

伊魚は黙っている。自分から切り出してやらねばと思うが、改めて尋ねるのもひどくばつが悪い。

「そ……その……お前を捨てた相手というのは……だん、男で」

多分、横須賀にいた頃の上官で。

「そいつと……そういう関係だったのか」

「ああ」

用意していたように、伊魚は藤十郎の目を見ながらはっきりと答えた。

男と淫《みだ》らな肉体関係に及ぶ。そしてそれを誰もが知っている状況にある。小姓とか念弟という言葉は藤十郎も知っていた。より武士道を強く貫こうとする軍人は、妻を財産としながらも男と契《ちぎ》るというのだ。だがあの男の言いぐさでは、そんなふうにも聞こえなかった。愛玩《あいがん》物のような言い方だ。寵愛《ちょうあい》を得るために侍《はべ》る生きものに対してのような見下げた目で伊魚を見ていた。推察するに、多分その男はすでに結婚していて、伊魚は愛情を得る戦いに敗れて逃げ出した、ということのようだ。そしてこの地で伊魚の身体を慰める者はいないのかと。

伊魚は少佐から逃げ出したときは息も乱れていたが、すでにいつもの冷静な態度に戻っていた。記録を読み上げるように淡々とした声で打ち明ける。

「内地にいた頃、上官の愛人だった。結婚を機に捨てられた」

伊魚の返答は、藤十郎の想像を易々《やすやす》と満たすものだった。つまりは藤十郎の想像は悉《ことごと》く当たりだ。上官と恋愛関係にあり、邪魔になったから捨てられた。

――左遷だ。

昔、伊魚は答えたけれど、結婚のせいで伊魚が邪魔になり、口封じにラバウルに飛ばされたとすれば左遷どころの話ではない。もしも自分がそれほど侮辱されたら生きていられるものだろうか。怒りでおかしくなりはしないか。伊魚を慰める上手い言葉をと思うがすぐには思いつかない。とりあえず理解を示す言葉を吐こうと思ったら、声が裏返った。

「き……気の毒だったな」

懐の広いところを見せたかったが失敗のようだ。

伊魚は気に入らない顔をしたが、いきなり怒ることはなかった。嚙みしめるように言う。

「かまうものか。もう忘れた」

藤十郎を睨んでいた視線を疲れたように濁した。強がる声が震える。怒りや羞恥《しゅうち》で頰を染め、目じりが微かに赤くて余計美しく見えた。打ちひしがれる姿もなまめかしい。思わず本音が漏れた。

「何というか……意外だ」

皮肉な顔で伊魚が再びこちらを見る。

「お高くとまっているくせに、内地では淫乱《いんらん》なことをしていたことか、それとも真面目に見えた俺がそんな淫らな人間だとは思わなかったか？　笑わせるな。藤十郎が軽蔑するようなもので汚れたことがある。貴様の想像のつかないようなものでだ。ペアなのが嫌になっただろう？　誰だってそうだ。こんなことを聞かされたら……！」

――そうならいいな。

ようやく藤十郎は、あのときの伊魚の呟きの意味に辿り着いた。伊魚は、藤十郎が自分の過去を知ってもまだペアだと、一緒にいると誓ってくれると思えなかったのだ。

あれは伊魚自身に対する盛大な皮肉だ。初めからずっと、伊魚は藤十郎に過去が知られるのを怖れ、一方でそのときが来るのを待っていた。捨てられるときを待ちながら覚悟して、しきれずに一人で苦しくなる。喉に詰めていたのは伊魚の過去だ。暴露される前に、藤十郎を信じて打ち明けようとした。

「違う」

「だったら何だ！」

噛みつくように怒鳴られても気が抜けるだけだった。なんだ、そんなことを伊魚は怖がっていたのか。伊魚が過去に男と関係を持っていたと知ったら、藤十郎があの男のように、伊魚を蔑《さげす》み、いやらしい目で見ると思ったのだろうか。

「伊魚はぜんぜんなよなよしくない」

「貴様が女っぽいのを抱きたければ、女を抱けばいい。俺は……」

泣き出しそうになるのを堪えるように、伊魚は絞り出すように続けた。

「軍人の誓いとはそうではないと思っていた。だから二重に裏切られた。堕落した生活だった。だが俺はそれこそが軍人という選ばれた人間の絆だと思っていた」

それが本当なら、この手で篠沢という男を殴ってやりたい。予科練を出たばかりの初心《うぶ》な伊魚に、彼らに都合のいい、間違った価値観を刷り込んだのだろう。

「それがこの通りだ。泥水で泳いでいるだけだった。気がつかずに、俺はずっと、捨てられるまで」

「伊魚」

呼吸が限界まで深くなっている。今はもう話さなくていいと、伊魚の手首を掴もうとすると伊魚に振り払われた。

「触る、な」

伊魚は自分の手首を胸の前に握りこみながら、ひどく苦しそうに泣き笑いのような顔をした。

「貴様は、俺と違ってきれいなのだけが取り柄だ」

以前、汚いと言ったのは藤十郎に対してではなかったのだ。上官に弄《もてあそ》ばれて、飽きた人形のように南方に放り込まれた自分をそう思って――そのくせ寂しいと言うこともできずに息を苦しくしていたのか。なぜ打ち明けてくれなかったのだろうと寂しくなったが、取り返しのつかないことではないのに安心した。

「伊魚は汚くない。俺もそんなにきれいじゃない」

伊魚を側に置くとときどき身体の底に熾《おこ》る熱が、劣情であるのを察していた。口を吸いたいと思ったあの瞬間にはっきりわかった。そして今、下腹に鈍い重さで湧き上がる溶岩のような衝動も間違いなくそうだ。伊魚に過呼吸の発作があるかぎり、叶わないと思っていたが、伊魚の言うことが本当ならば触れてもいいのか。

「俺でどうだ」

「同情か」

伊魚は皮肉そうに笑った。伊魚に優しく伝えてやる色んな言葉を考えたが、多分もう正直に話したほうがいい。

「いや、……実はな。お前をもっとよく手に入れる方法がないかと常々考えていたところでな。弥勒菩薩を彫って裏に二人の名前を彫り込んでみたらどうだろうとか」

「やめろ」

言葉の途中で、本気で嫌そうな声で言うからムッとしたが、その相談は後回しだ。

「いいから聞け。機銃で撃たれて、伊魚を失うかもしれないと思ったときから、何とかする方法はないかと考え続けていた。彗星で一緒に海に落ちてしまったらどうだろうとも考えたが、どうにもいい案ではないようでな」

「藤十郎……」

さすがに伊魚は不安そうな顔をした。そこで藤十郎はやっと手応えのある慰めの言葉を見つけ出した。

「捨てられたことは気にするな。俺も同じだ」

それで伊魚が汚れているなら藤十郎だって汚れている。和子と身体の関係こそなかったが、すっかり結婚した気分になって、我ながらみっともないくらい舞い上がった。挙げ句に芝居のような大騒ぎで逃げられたのだ。

「……そうだったな」

伊魚は苦々しい笑いを浮かべて、藤十郎に笑いかけた。

「同病相憐《あわ》れむというところか」

「俺の病はもう治った」

和子のことでもう胸は痛まない。伊魚が治してくれたのだと思っている。伊魚のつれなさに、焦《じ》れて振り回される日々に、人を拒もうとして拒みきれない伊魚の寂しさに、内地で食らった惨めさは遠く押しやられて、文字通り波の彼方だ。

伊魚が苦笑いで藤十郎を見た。強がりが混じった、それでも辛うじて笑顔だ。

「そうか。奇遇だな。俺も今、治ったところのようだ」

伊魚の意地を信じて、そっと頬に触れてみる。呼吸は少し荒れていたが、藤十郎をまっすぐ見つめてくる。今まで伊魚に拒まれると思って必死で堪えていたことが、急に許されると歯止めがなくなりそうだ。

「なあ、伊魚」

「……なんだ」

伊魚の伏せた濃い睫毛が震えているのが見えた。今なら何でも答えてくれそうで、藤十郎は正直に口にした。

「そうすると、気持ちいいのか」

単純な疑問だ。寝て済むものなら寝てしまえと思ったが、藤十郎が知っているのは噂ばかりで、それを本当に伊魚に望んでいいかどうかわからない。可能なことは知っている。だが伊魚に苦痛しかないことはしたくなかった。

今まではにかむようにしながら目を潤ませていた伊魚は、ゆっくり目を見開いてこちらを見た。

答えを待つ一瞬に、思い切り真横からものすごい衝撃があった。目の前が真っ黒になり、本当にチカチカと星が飛ぶ。戸口のところに積んであった木材まで飛ばされ、がたがたとよろめくように倒れかかって、初めて藤十郎は自分が殴られたと理解した。いきなり不躾だったかと反省している間に、伊魚が股《また》ぐらを踏みつけそうな勢いで脚の間に踏み込み、藤十郎の襟首を摑み上げる。

「待ってくれ！」

藤十郎は悲鳴のような声を上げた。侮辱する気はなかった。ただ伊魚の身体が心配なだけだ。伊魚を軽んじているわけではない、身体が目当てでもない。だが近づける手段があるなら伊魚に頭を下げてでもそうしたい。伊魚が二発目の拳を握って耐えてくれている間に、藤十郎は問いかけとも懇願ともつかない声で願った。

「さ、させてくれるか」

「き……さま……ッ！」

「待て！　待ってくれ、伊魚！」

こんなに必死なのになぜ伝わらないのだろうと焦りながら、振り上げられる伊魚の拳から這って逃げる。殺されそうになっても何とかして、伊魚が恋しく、労りたい気持ちを伝えなければならないと思うが頭の中がめちゃくちゃだ。

「いや……そういうんじゃなくて……いや、そういう気持ちも、なきにしもあらずというか……」

説明しかけたが言葉にならない。伊魚が欲しい。伊魚と何よりも近しくなりたい。誓う手立てがあるなら何でもする。その気持ちは目映《まばゆ》く美しいばかりなのに、手段となると並一通りの男のようなことしか浮かんでこない。

伊魚に襟を摑み上げられたまま、藤十郎は途方に暮れた。

「男というのは面倒くさいな」

恋情と愛情と恋しさと劣情が同時進行だ。

「お前を何とか口説きたいと思うが、肉欲が邪魔をしてちっとも純粋にならない」

藤十郎の言葉を呆然と聞いていた伊魚は、怒りで猛《たけ》った呼吸を、潰《つい》える風船のようにひゅう、と抜いた。呆れたような脱力したような、情けなさそうな息をつく。伊魚も何と言っていいかわからないようだ。挙げ句、やっとの小さな声を絞り出した。

「……馬鹿か、貴様」

心底途方に暮れたような声で伊魚はため息のような声を漏らした。本当に力が砕けたように伊魚は、藤十郎の襟から手を落として地面にしゃがみ込んだ。

「藤十郎は、馬鹿みたいに……、きれいなことばかり言う」


小屋に入ったが非常に気まずい。男女の恋仲ではないのだ。想いが通じて気恥ずかしいというほど浮かれていないが、平常心かといえばまったくそうではない。

こっちから切り出すべきかとか、夜になるのを待って、それなりの言葉を吐いてことに到るかなどと考えてみたが、藤十郎の知識はそこで終わりだ。具体的にどのように到るのかなど想像しようもない。大勢で兵舎に暮らしていた頃は男同士の下ネタ話などあちこちに転がっていたが、まったく耳を寄せたことがなかった。女ばかりにうつつを抜かしていないで概要だけでも聞いておけばよかったと後悔してもあとの祭りだ。

「――するか」

背嚢を漁《あさ》りながら伊魚が言った。

「な……何をだ」

問い返すと黙って睨まれた。この場合性交と思うしかないだろう。腕立て伏せかと答えたら、間違いなく戸のつっかえにしている丈夫な木の棒で叩き回される。

「し、したいのはやまやまだがあの……本当に伊魚は痛くないのか、苦しくないのか。その……ち、ち契るのは尊いことだが、えっと……伊魚に苦痛しかないなら、約束の方法は他にも……」

「したいのかしたくないのか」

唸るように問われて、藤十郎は伊魚を見た。

「……したい」

目を泳がせたまま、小さな早口になった。どれほど優しい本心を並べ立てたって、二択を迫られると揺るがない。

「いや、しかしあのな、伊魚」

交換券を持って小屋を出ていこうとする伊魚を呼び止めると、無言で睨まれた。そんな伊魚の表情は初めて見る。そこには恥ずかしさとか、何かしらの強い決心が滲んでいて、藤十郎は気圧《けお》されたように黙ってしまった。

伊魚が出ていくと小屋がしんとする。奇怪な鳴き声の鳥が椰子の屋根の上を過ぎってゆく。

手のひらで口を塞ぎ、目を閉じて落ち着こうとしたが難しい。心臓が蒸気機関のようだ。胸の中がばくばくと荒れ、鼓膜までばふばふと凹凸を繰り返している。この心臓をこのまま彗星に嵌め込めばものすごくよく飛びそうだ。ただし回転数の制御の利かない、暴走発動機に違いなかったが。

どのくらい経ったのか、しばらくして伊魚が小屋に戻ってくる。

靴を脱ぎ、離れた場所に膝をついて服の前を開ける。膝立ちになり、握って帰ってきたらしいブリキの容《い》れものの中に入っていた軟膏《なんこう》を脚の間に塗り込めはじめた。床に置いた蓋を見ると馬の脂だ。火傷《やけど》や傷の薬として流通している。

厳しい表情で床に目を伏せながら、何度も塗り足している伊魚をぼうっと見ていたら、伊魚がおもむろに立ち上がった。緩んだズボンを摑みながらこちらに歩いてくる。

「そこに転がれ」

伊魚は立ったまま、視線で床を指し示した。

「転がって、何を……」

「したいようにしていろ」

厳しい表情で冷ややかに命じて、伊魚は立ったまま、横になった藤十郎の膝を跨《また》いだ。

「だ、だから俺は何を、その」

脂肪のない伊魚の下腹から思わず目を伏せながら訊くと、伊魚は面倒くさそうに応える。

「口を吸うなりまさぐるなり、撫でるなり扱《しご》くなり、貴様の性欲の向くがままにして、大人しく床に転がっておけということだ」

そう言って静かに藤十郎の腿《もも》の上に腰を下ろす。伊魚の視線が藤十郎の股間《こかん》を直撃する。命じられるままに藤十郎はズボンを緩めた。中には焦りと興奮で混乱ぎみに膨れかかった肉が詰まっている。伊魚は嫌そうにそれを眺め下ろしながら自分のズボンから片足を抜いた。

「作法は知っているか」

「知らない。そ、その、予科練の飛行科ではそういうのは、特に」

衆道の精神というのは聞いた気がするが、授業ではなく私的なこぼれ話のようなもので、具体的な方法は何も聞いた記憶がない。伊魚は、藤十郎のズボンから覗くものを厳しい表情で見下ろしながら、再び自分の脚の間に軟膏を足した。

「念仏を唱えろ」と伊魚が言った。

「何宗のだ」

「貴様が得意なヤツだ」

「三帰戒文《さんきかいもん》と般若心経《はんにゃしんきょう》くらいしか……」

「それでいい」

本当に何でもよさそうだ。

伊魚に肩を押されて仰向《あおむ》けに横たわる。

南無帰依仏・南無帰依法・南無帰依僧。仏と法と僧侶に従うと誓って仏の加護を願う言葉だ。小さい頃隣の坊主に聞かせられた。藤十郎が彫りかけた菩薩の顔を見ながら、哀れみを込めた顔で教えてくれたのを覚えている。

目を閉じ、口で呼吸をしながら一心に繰り返していると、上から伊魚の声がした。

「いいか、そのままだ。俺と――唯一無二の絆を交わすことを誓いながら終わるまで繰り返していろ」

要領はわかったが、ふと思いついて藤十郎は目を開けた。

「伊魚」

「何だ」

上から眺め下ろしている伊魚に、言っておかなければならないことがある。

「俺は、女を抱くようにはお前のことを思わない。ただし、念弟というのともどこか違うと思っている」

情欲だけではない、所有物でも庇護《ひご》すべきものでも装飾でもない。だからといって崇高すぎもしない。精神など、飛行のときのことしかわからない。ただ血の通った身体で伊魚と繋がりたいと欲しているのははっきりとわかる。支配欲でもなく、しかし冷たすぎもしない絆を、伊魚とあたためたい。

伊魚はがっかりしたようなため息をついた。

「今さら何なんだ？　念弟でないならなんだと言うんだ」

「……わからん。強いて言うなら……ペアだ」

「ペアだと？」

「唯一無二ということだ」

説明しようと思うが適切な言葉が見つからない。藤十郎は正直に心のままを口にした。

「上でも下でもない。伊魚と彗星で飛びたい気持ちをこれ以上何と言い表せばいいか俺にはわからんが、根は同じものだろうと思っている」

同じ翼で一心に羽ばたいて空を飛ぶ。以前よりもっと熱く強い気持ちだが、それで間違いないだろう。

何度もまたたきながら藤十郎を見ていた伊魚は、ぽつりと言った。

「呪いの人形を彫る男の言うことはひと味違う」

と言って、はだけた藤十郎の胸に手をついた。

「気に入った」

そう言うなりいきなり藤十郎の股間を摑んでくる。すぐに先端に温かいものが触れて、ぐうっと押しつけられたと思ったら先のほうが中に呑み込まれる。

「わ」

思わず藤十郎は声を上げた。体験したことがない濃密な圧迫感だ。真上にはうなだれた伊魚が目を閉じていて、始まったのだなと思った。

「す……すまん」

藤十郎は反射的に謝った。なぜ謝罪の言葉が口をつくのかはわからなかった。どういうことだと思いながら、藤十郎はなすがままになっていた。見えないが、徐々に呑み込まれてゆくのがわかる。伊魚が長い息をつくたび、窒息しそうな苦しさが藤十郎をじわじわと包んでゆく。口で呼吸をする伊魚は苦しそうだ。みるみるうちに汗が流れ、腹の上にぽたぽたと雫が落ちた。伊魚は息を短くして、懸命に藤十郎を収めようとしている。

「伊魚」

やはり痛いのだろうかと心配になった。体勢が辛いのか、伊魚の内股が引き攣《つ》っている。

「おい、い」

「……念仏はどうした」

目許を前髪の下に隠したまま唸る伊魚に、慌てて念仏を再開した。そして、まだシャツを纏いつかせたままの伊魚の腕をそっと撫でた。

「う……」

伊魚が前傾姿勢を起こし、藤十郎の骨盤の上に体重をかけてきた。根元まで呑み込まれて、重なり合う部分のあまりの鮮烈さに震えそうだ。伊魚の体温、密度の高い粘膜の粘り。繋がる場所から余すところなく伊魚の内壁の蠢《うごめ》きが伝わってくる。

伊魚は目を閉じ、軽く天井を仰いで辛そうな息をしている。苦しそうだ。だが発作が起きるときの呼吸とはぜんぜん違っていた。健やかでよく動く肺の呼吸だ。苦しさを乗り越え、均そうとしている。伊魚はまた俯き、腰を上げようとした。

少し抜き出されて沈められる。擦られているというには摩擦が高く、伊魚の身体の中は、熟れすぎた南国の果物のようだった。ねっとりとした肉に気泡も入らないほど苦しく包まれている。

伊魚が腰を上下する。引っかかりはなく、合わさるたび伊魚の中を開いてゆくのがひどく苦しい。同時に快楽もあった。温かい窒息感に目が眩む。奥まで重なると咀嚼のように蠢くのがわかる。伊魚の内臓は苦しそうに引き攣りながらも、意思を持って藤十郎から精を搾り取ろうとしていた。

「伊魚……」

下からぐっと突いてやると、伊魚が跳ねるような息を吐いた。そっとしなる喉が見たくて様子を窺いながらもう一度突き上げる。

「あ」と声が上がって、伊魚の身体が揺れた。そのあと到底情を交わしている相手とは思えないくらい、ぎり、と強く睨まれた。だが憎まれているのではないのがなぜかわかって、伊魚の腰を抱き、労るように撫でた。

腰を浮かせた伊魚を突き上げる。伊魚も何度も沈んでくる。

繰り返していると僅かに伊魚の中が自由になった。馴染んだのだろうか、突き破ってしまいそうな怖さが薄らぐ。

軽く腰を上げた伊魚の中を奥まで穿《うが》って揺らしてみる。伊魚はそのたび藤十郎の胸の上に手を握りしめ、堪らなそうな切ない顔をした。

伊魚を抱きたくなって起き上がると、伊魚は言い聞かせるように囁いた。

「……念仏は途切れさせるな。いいか」

「ああ」

これでいいのかと言葉にはできない理解が湧いて、伊魚を膝の上に抱いて中を穿った。短く息を切らせる唇が赤い。果実を欲しがるように藤十郎は口を開き、伊魚の唇を吸った。

「ん……っ。ん……う」

伊魚の唇は今まで食べたどの果実よりやわらかく、あの山吹色の熱帯の実より甘く滑らかだった。粘膜の音を立てて唇を吸い合う。中にある舌のやわらかさにも藤十郎は息を呑んだ。何かの毒薬のように一瞬で藤十郎を魅了する。この舌から発せられる声。嘘。伊魚の真実に触れたくて、無防備な粘膜を吸い、甘噛みのように歯を立てた。そのたびにビクビクと震える伊魚の腰を支え、奥まで出し入れする動きを繰り返す。あるところを擦ると伊魚がしがみついてくるから、可愛らしくてそこばかりを擦ってやった。

「藤十郎。そこ……は、ダメ……。……駄目だ」

逃げようとする腰を腕で引き寄せる。よけい擦り上げる形になって、伊魚は何度も呻きを漏らした。痛いのかと思うが伊魚の身体の温度が急に上がる。苦鳴《くめい》を堪えるように藤十郎の肩口に唇を押し当てていた伊魚が、堪えかねたように服の上から歯を立てた。伊魚に釣られるように藤十郎の身体も熱くなった。これほど密着し合って汗が惜しげもなく流れているが少しも不快に感じない。

手のひらで撫でた胸元に、小さな突起が触れる。指先で抓《つね》ると、伊魚が砕けたような声を漏らした。今まで苦痛かそうでないのかわからないような呻きばかりを漏らしていた伊魚だ。さっきのようなはっきりと甘い、湿った小さな声をもう一度聞きたくて、藤十郎は小さな突起を弄《いじ》り続けた。

「藤……っ。や。っ、あ」

指の腹で擦り、粒を押し込むと、切れ切れの声の間隔がだんだん短くなってくる。伊魚の顰《ひそ》められた眉に、今まで体験したことのない熱の絡んだ欲求が湧く。色づきはじめた粒を爪で引っ張り出して捻る。そのたび伊魚は短い声を上げながら腰を振った。乱れてゆく姿に煽られるように藤十郎も腰の動きを強くした。

汗で濡れた伊魚の耳の後ろ辺りに唇を押し当てて強く吸うと赤い痕《あと》が浮き上がる。しつこくそこを舌で舐め、伊魚の首筋を唇で辿りながら、飢えたように身体に触れる。

身体中を撫で合っても口を吸っても抱きあっても、伊魚の呼吸は苦しくならず、咳も出なかった。切羽詰まってゆく吐息は発作のときの息とは違う。ときどき危うい感じはあったが、藤十郎が口を吸って誘導してやれば、伊魚はそれに任せて自分の呼吸を取り戻した。

伊魚を床に倒して汗ばむ胸元を獣のように舐めた。張りのある身体はどこも滑らかで、舌先でつるつると滑るくせに、不思議な弾力がある。中の油と馴染むと、余計伊魚はやわらかく蕩けた。伊魚の中を擦る自分の肉棒はピストンのようだ。一度抜いて沈むたび、脳裏に波打ち際のような小さな泡が弾け、下腹に熱が溜まってゆく。

「伊魚」

「待……藤十郎。待――――！」

ずっと同じ調子で擦っていると、伊魚が不意に逃れようとした。伊魚の身体の中がびりびりと震えている。

「まだ。あ――――う……！」

藤十郎を止めようとしながら、伊魚は下腹に白い粘液をまき散らした。一瞬あっと思ったものの、本能のような衝動が藤十郎を動かした。絞りきられる心地よさがある。魚を握っているようにびくびくと震える伊魚の中を藤十郎は夢中で突いた。伊魚の射精は藤十郎と違い、すぐに終わらなかった。とろとろと糸を引きながら精液を垂らす、伊魚の性器をそっと擦ってやると、すぐに硬さが戻ってきた。

乳首を弄ってやると伊魚は悶えた。そんなに気持ちがいいのだろうかと不思議になって自分のものに触ってみたいと思うくらい、伊魚の粒を捻ると中がびくびくと締まる。

「と……じゅ……！　う……！」

口を吸いながら伊魚の身体の中を突いていると、藤十郎を呑みこんでいる場所が強くうねって、いきなり身体の奥から射精の衝動が湧きそうだ。

堪えるのに念仏は役に立ったが、快楽は深くなった。伊魚の肌は不思議で、日に焼けているのにほんのりとでも血潮が差すとすぐにわかる。皮膚に少しのざらつきもなく、薄く滑らかだからだ。さざ波のように さっと鳥肌を立ててはまた消えてゆくのも見事だった。

藤十郎が突くのに合わせて、伊魚が自分の手で肉を扱く。伊魚が好きなようだったから、藤十郎は夢中で乳首に舌を這わせた。伊魚が好きなことは、不思議なくらい身体が知っていた。擦り上げ、舐める。皮膚に歯を立て、唇と舌をたっぷりと吸う。絶え間なくやわらかい伊魚の中心を突く。

「藤十……ろ、もう……っ……！」

困りきったような伊魚がそう呟いたあと、伊魚はとろとろとまた蜜《みつ》を吐きはじめ、やがてゆるやかにしぶいた。

それに安堵し、伊魚を抱きしめ、深い場所を必死で擦って誓いを果たした。


終わったあとの伊魚は不機嫌だった。

伊魚は多分熟練者の余裕を見せつけたかったのだろうが、経験があるのが裏目に出たらしい。自ら快感に翻弄《ほんろう》され、最後まで思うように手綱を引けなかったのが悔しいようだ。

伊魚のシャツの裾《すそ》から白い腿が覗いている。彼の体毛が極少ないことに藤十郎は驚いた。伊魚は恥ずかしがったが、なんだかいいような気がしてまじまじと眺めてしまった。腕や脚はもちろん、性器の周りも幼いくらいやわらかい毛に覆われているだけだ。最中に何度も撫でた伊魚の腿の滑らかさも手のひらに蘇る。あの脚の間の奥には伊魚のやわらかい部分が隠れていると思うと何となく直視できなかった。

——蟬《せみ》の鳴き声が聞こえている。

疲れたように横たわっている伊魚の頬に、藤十郎は手で触れてみた。火照りは収まって今は少し汗でひやりとしている。

輪郭がくっきりしている伊魚の唇を見るが、呼吸は穏やかだった。

身を整えたあと、少し伊魚の身の上話を聞いた。

藪に遮られた日光が、小屋の中で黒い蜻蛉《かげろう》のようにちらついている。

仰向けに寝ていた伊魚は独り言のようにぽつぽつと呟いた。

「——……篠沢は、俺にも妻《めと》を娶れと言った。別れ話の途中であるというのに、口先ばかりで俺の顔を褒め称《たた》え、『貴様はまだ若いから、早く妻を娶って一人でも多く男子を生《な》せ』と」

伊魚は床に倒れたまま大人しく藤十郎に髪を撫でられている。

「なぜ殴ってやらなかった。糞《くそ》にもほどがある」

適当に衣服を纏って伊魚の隣に胡座をかいた藤十郎は、静かに問いかけた。

伊魚を捨てた男は、篠沢という大尉だそうだ。銀行屋の四男。配属されてすぐに関係を結び、彼の側に宝飾品のように侍って、軍にいながら貴族さながらに怠惰な暮らしをしたという。

伊魚は藤十郎の返答をぼんやりとした表情で聞き流し、そのままの調子で続ける。

「俺はわかったと答えた」

「……『わかった』？」

藤十郎は訝しく伊魚を見た。なぜそんな屈辱に素直に返事をしたのか理解できない。伊魚は藤十郎の反応をちらと見たあと、顔を歪めて笑った。

「『互いの妻を隠れ蓑にして、これからもずっと、もっと親密に過ごしていこうということだな？』と問い返したときの篠沢の顔といったら」

失笑する伊魚の悲しそうな声を藤十郎は聞く。どう頑張っても捨てられるのがわかっていたのだ。最後に爪のひとつでも立てなければ伊魚の気も晴れまい。

「死にそうに焦った顔をしていたな……。そのときに愛想が尽きた。本当に無様な顔だったから」

篠沢の結婚が決まって一生日陰の身に徹する覚悟をした伊魚に、篠沢は一方的に関係の終了を告げたということだ。伊魚は悲しみと屈辱に打ち据えられ、それでも別れ話のあと、健気にも篠沢の幸せを願って堪えようとしたと言った。そんな伊魚を篠沢は即日、紙切れ一枚でラバウルに飛ばしたのだ。外道と呼ばれて然《しか》るべき卑劣な男だ。土産が彗星だった。

「……よく、生きてここまで来てくれたな」

そのときの伊魚の屈辱は藤十郎にも察するにあまりある。伊魚ほど潔く、誇りを持った男がよく腹を切らずに軍の言うことに従ったと思うと、意外なくらいだ。

「その頃は、まだ、篠沢に迷惑がかかると思っていた。それに内地に家族がいるから、内地では死ねなかった」

苦しかっただろうと、目眩《めまい》を覚えるくらい伊魚の心中を察した。居場所のない家。それでも伊魚が守るに足る優良な家だ。むやみに腹を切ったら家族の恥になる。伊魚を養子に出した家々にも配慮したかもしれない。

篠沢にも見栄を張りたかったのだろう。家族に対しても同様だ、惨めな真実を隠し、息子はお国のために死んだのだと思ってほしかったのだ。伊魚ほど悲痛ではないが、藤十郎も同じ思考を抱えて内地を飛び出してきた身だ、心中は忖度《そんたく》する。

「行くところがないんだ。帰る家もない」

血の繋がりのない、優しい家族。本当の居場所を求める伊魚は純粋さにつけ込まれる形で篠沢に籠絡《ろうらく》された。

「篠沢との爛《ただ》れた関係を家族に隠し、優秀で清い息子と自慢されながら過ごす日々には息が詰まった。……そうまでして守った篠沢との関係もご覧の通りだ。俺に残ったのは、汚れた身体と醜聞ばかりで」

自嘲というにも気怠い様子で伊魚が呟く。

「ラバウルに飛ばされ、他人の興味や誹《そし》りと家族にばれる怖れは消えたが、俺の手の中には何もなくなった」

藤十郎も大枠は似たようなものだが、失意の度合いが伊魚と比べものにならない。藤十郎は、ラバウルで心機一転頑張ろうとさえ思っていた。女が何だとなお激しくやる気を出した。それらはすべて金子が台なしにしてくれたのだったが——。

「そこで会ったのが藤十郎だ」

「よかったじゃねえか。何が悪い」

他の誰が来るより絶対自分がよかったはずだ。操縦の腕はまあまあだし、今となっては誰より伊魚を気に入っている。

「正直そうで、まっすぐで困った」

「何で困るんだ。いいことだろう」

「——厚谷」

言われてぎくりとする。

「ペアを組むことになってすぐの頃、持村に聞いたと言っただろう。藤十郎がそれを、俺に後ろめたいと思っているのがものすごくよく伝わってきてな。俺の身の上話をすると、藤十郎はきっと俺に付き合うと思った。貴様は優しいからな」

「余計なお世話だ」

今更ながら汗顔《かんがん》の至りだ。見透かしたように伊魚が笑った。

「こんな男に裏切られたら、本当に首を吊るしかないなと思ったよ」

「裏切らねえよ」

「保証がないことだ。保証する必要もない。裏切られるのが怖いなら、俺が近づかなければいいと思ったんだ」

伊魚のあまりの愚かさにため息が漏れた。溺《おぼ》れた人間が強がるようなものだ。それでは息ができなくなっても当たり前だ。

「藤十郎にペアなのを誇ってもらえる身の上ではないくせに、どうしても離れがたかった。篠沢のこともすぐにバレて突き放されると思っていたが、なかなかその日が来ない。結構な生殺しだ。そうしているうちに篠沢と関係を持っていた頃のことを貴様に知られるのが怖くなったんだ。ずっとこのままいられるのではないかと思った日もあった。毎日薄氷《うすらい》の上を歩くような気分だ。本当に、足元が、抜けてしまったが」

目を潤ませて伊魚は自嘲した。伊魚の気持ちはわかったが誤算がある。伊魚にどんな過去があろうとも、今の伊魚が伊魚ならば、自分が彼を軽蔑する選択肢などなかったことだ。

「じゃあもう安心だな」

藤十郎が囁くと、伊魚が静かにこちらを凝視した。伊魚の瞳から少しも目を逸らさずに、言い聞かせるように藤十郎は囁く。

「ここに帰ってくればいいだろう」

自分の隣——さしあたって偵察員席は後ろだ。

伊魚は何かを答えようとしてできなかった。

結局伊魚は返事をしないまま、窓からの陽射しが眩しそうに目の上に手首を乗せた。目じりから、滑らかな伊魚の頬を水滴が伝うのを、藤十郎は黙って見つめていた。


その日の夜ふけに木戸を叩かれ、藤十郎が応対に出ようとすると、伊魚に制された。伊魚は用心深く戸を開ける。立っていたのは日中、多田の隣で見かけた若い兵だ。控えめに灯したランタンを手に提げていた。

「いいウイスキーがあるそうです。多田少佐が、話し相手にならないかと」

額面通りに受け取るのは馬鹿だとさすがの藤十郎も思った。下《シモ》の話を肴に、酒に酔って淫らな接触に興じる。南にいる間の愛人候補にでも目をつけられたか、昼間の様子ではいずれ何かのきっかけで呼ばれるだろうと伊魚が言っていたが、まさか当日、こんな身も蓋もない招待をしてくるとは思わなかった。

伊魚は動じず冷たい返事をした。

「明日は搭乗の可能性があるので遠慮します」

「調整するとのことです」

即答のところを見ると、伊魚が断ることを想定していたらしい。

「愛機が気にかかりますから、どのみちご招待には応じかねます。くれぐれもよくお礼とお詫びを申し上げてください」

「しかし」

「……失礼します」

伊魚の腕の傷はほとんど治り、もう乗れると言って、整備員に瘡蓋《かさぶた》になった傷を見せたが、どの整備員も「まだこれは血を噴くな」と渋い顔をした。だがどちらにせよそろそろ搭乗に向けて、整備員と打ち合わせをする必要がある。言い訳としては上等だ。

「伊魚」

奥に戻ってきた伊魚が頷いた。

「大丈夫だ。通じるだろう」

伊魚が藤十郎と二人の小屋で暮らし、まったく誘いに乗る気配がない。説明するまでもなくそれで理解が及ぶはずだと伊魚は言った。男同士の色恋は潔いのが嗜みだということだ。想ったらすぐに誘いをかけるが、もしも気が合わなかったりすでに念者がいる場合はすぐに手を引く。伊魚の話では、男女の色恋より是非が明確だ。踏み込み具合や引き際を間違えば殺し合いにも発展する。伊魚に説明されるまで藤十郎はそんな世界があるなど考えもしなかったが理解は及んだ。縄張りだと思えば男には当たり前の決まりごとだ。

「拒絶しているのは伝わったはずだし、アイツにも将校としての見栄があるから追いすがってくることはないだろう。表向きは酒の誘いを任務のために断っただけだ」

本心と体面、面倒な世界だと藤十郎が感心していると、伊魚が面倒くさそうに言った。

「将校の交じる恋愛や火遊びはこうして渡ってゆくものだ」

さっきまで少し穏やかだったのに、今は疲れきったような表情だった。伊魚はいつも寂しそうだが、今ははっきりとした陰りがある。よほど住みにくい世界だったようだ。

「本当に大丈夫か？」

「ああ。さすがに連行されるようなことはない」

「そうじゃない」

あんな男は三十秒で倒せそうだ。藤十郎は手を伸ばして伊魚の喉に触れた。

「攫われそうなときは俺が助けてやるからいいが、問題はこっちだ」

問題はアイツが伊魚の古傷に打撃を与え、こんなふうに今も過去の痛みを思い出させる人間なことだ。

伊魚はやや苦い表情をして、唇だけで笑みをつくる。

「大丈夫だ。自業自得だから覚悟はしている。藤十郎には迷惑をかけるかもしれないが」

あの調子では、人前でまた嫌なことを言われるかもしれない。ラバウルで噂が広まると面倒なのは、呪いのペア事件で自分たちも身に染みていた。励ますように藤十郎は言った。

「何かを言われたら俺がペアだと言えばいい」

ペアが仲良くて悪く言う人間はいない。いやらしい噂を立てるなら立てろだ。既成事実はさっきできた。

伊魚が笑った。今度は少し緊張が解けた笑顔だった。

「文句の言えない戦功でも立てるしかないな」

死ぬのではなく、生きて。

伊魚の変化に藤十郎は少し驚いた。伊魚を見つめて「ああ」と頷くと、伊魚がほほえみ返してくる。お手上げのかわいさだ。

「偵察員殿が余計厳しくなるなら、俺も頑張らねばな」

「そのとおりだ」

苦笑いする伊魚の髪を、藤十郎はわざと乱暴に掻き乱した。

伊魚が司令部に行きたがらない理由がようやくわかった。多田のように、伊魚の過去を知っている将校がいつ転任してくるかわからないからだ。

夕方、藤十郎は搭乗割の確認のため、一人で司令部に向かった。隊の人間と搭乗割の板を見ているとちょうど多田が通りかかった。何か言われるだろうかと警戒しながらその場にいた隊のみんなと一緒に礼を取ると、多田は藤十郎を睨んだが、そのまま過ぎていった。伊魚の言うとおり、深追いはしてこないようだった。


床に置かれた背嚢の隣に帳面がある。

投げ出されているというにはきちんとまっすぐ置かれていて、これについて藤十郎は伊魚から何の注釈も受けていない。中味は伊魚が書きつけた俳句の原案だとか出来上がりだが、見ろとも見るなとも言われずいつもそこにある。以前ならまったく判断がつかなかったが、今ならこれは「見ろ」ということなのだと何となく藤十郎にはわかる。伊魚は見られたくないものは徹底的に隠す。本当に藤十郎に見せたくなければ背中に入れて持ち回る質だ。それが伊魚が一人で出かけるとき必ずこうして背嚢の横にきちんと置かれているということは、いないうちに見ておけということだ。

まったく回りくどいこと極まりないと藤十郎は思うが、それが緒方伊魚という男だ。他人を隔てる垣根は厚く高く、越えたと思えば鉄板と鉄拳《てっけん》が待っている。だがそれを越えたらこうしてわかりにくい方法で馴染んで甘えてくるのだ。受け入れられるのは搭乗員の選抜以上の確率だろう。予科練の適性検査が甘く思えるほどだ——と考えて唯一か、と思った。素直に誇らしいと思うことにしよう。

藤十郎は床から帳面を拾い上げた。灰色の表紙の飾り気のない帳面で、なぜか伊魚は横書きを左開きで使っている。白紙の頁を捲って字のあるところに辿り着くと、やはり数首増えている。

最新の文字列を目で辿った。

――ラバウルの夕日に赤きトンボ哉《かな》
と書いてある。

そのまんまじゃねえか、と藤十郎は思った。こうして何度も伊魚の帳面を覗いているが、感心するような句に行き当たったことがない。捻りがなく、だからといって素朴な言葉で日常風景を切り取るという鋭さもない。しかも枕詞と掛詞がちぐはぐだ。この程度なら自分のほうが上手く詠めるのではないかと思っていた。

伊魚は句を捻りはじめて何年目くらいなのだろうか。偵察の様子を見ると、目端が利いて頭の回転が素晴らしく速いのだが、風流という機能だけが伊魚から抜け落ちているかもしれない――。

何とかして伊魚の句をもっと上手くしてやる方法はないだろうかと藤十郎は考えた。隊の中で俳句を嗜む男はいないか、内地から来る船に頼んでおけば、句集のようなものを届けてくれはしないだろうか。

考えながら、言葉同士のぎこちなさに、頭がぎしぎししてきそうな伊魚の句を辿っていて、藤十郎は前の頁にある一行に目を留めた。

――真夜中に鑿を打つ音こんこんと
読んで思わず噴き出した。手の中で帳面の重みが少し増した気がする。こんなわかりにくいことばかりをするが、伊魚から預けられる気持ちには確かな質量がある。明日、港に行って内地に帰る船を見つけたら、伊魚に新しい句集を数冊選んできてくれるよう誰かに頼んでみよう。

†　†　†

伊魚の傷は順調で、出血覚悟で彗星に乗り込んだものの、爆音不調で、傷が開く前に途中で引き返した。彗星はその後も振動、発動機、爆弾倉が順番に不調を訴える。

今日もダメか、と思うと、風に乗って吹きつけてくる砂までが罵倒《ばとう》のようだ。

「またサボりか、羨ましいなあ、彗星ペアは！」

搭乗割に含まれた機体が次々と駐機場《ポケット》から出ていく中、彗星から離れたところに立っていた航空服姿の自分たちの肩を、背後から笑い声が叩く。見送りに来ていた他隊の搭乗員たちだ。

初めは言い返していたが、最近は自分も伊魚も何も言わなくなった。出撃できないという事実がある以上、自分たちは罵りに甘んじなければならない。なぜなら自分たちが航空機のせいだと言い返せば、整備員たちが罵られることになるからだ。

空母・翔鶴《しょうかく》が運用する彗星は上手く飛んでいるといい、関東の航空隊では、彗星ばかりを多く集めた隊が活躍していると耳にした。

だがこの彗星に爆弾を積むとどうしても全体のバランスが悪くなってしまう。部品を入れ替えても一から調整を施してもダメだ。原因は不明だった。二度、目標地点に向かう途中で燃焼異常と電気系統の不調で引き返した。そのあとは発動機の調子が悪くて三回続けて出撃できない。堀川たちがどれほど懸命に整備をしても、どうしても調子が直らない。いっそ完全に飛べないのなら諦めるところだが、偵察機にすれば機嫌がよく、それならばと爆弾を吊ると調子が悪くなる。爆弾を下ろせばまた調子がよくなるのだから、司令部も思い切った判断ができず、今のところ整備員任せになっている。

整備員に文句は言えない。悔しいのは彼らも同じだ。なぜこんな難しい機体を前線に寄越したのかと、空技廠をこそ罵るべきだと藤十郎は思っていた。

整備員たちがよじ登りはじめた彗星を、もの悲しい気持ちで眺めていると、堀川がこちらに歩いてきた。

堀川は自分たちの前で姿勢を正した。富士型の唇を引き締めて顔を上げる。

「誠に無念だが」

覚悟を決めたような堀川の第一声で、何を言われるかわかってしまった。

「彗星の調整には、大幅な時間がかかる」

「どのくらいかかるんだ」

藤十郎が尋ねた。堀川は感情を見せない淡々とした口調で藤十郎に答えた。

「未定だ。誘導棹に爆弾を吊ると、とたんに電気系統が全部駄目になる。電気が死ぬと発動機がなぜか引っ張られる。だからといって彗星をただ飛ばしておくわけにはいかん。貴様たちを不完全な機体に乗せておくのが忍びない。誠に残念だが、担当主任として司令部に正式に機体不良の届けを出そうと思っている」

爆弾を積めない爆撃機。小手先の整備をしてもこの機体はもう爆撃機として実戦には投入できないという白旗だ。彗星に乗れなくなる――。予想はしていたが落胆は禁じ得ない。航空機の定めだ。いつかそうなることはわかっていたが、こんなにあっけなく理不尽な幕切れになるとは思わなかった。

藤十郎と伊魚を代わる代わる眺めたあと、堀川は言う。

「この彗星が作戦に復帰する目処《めど》は立たない。このあとは完全に偵察隊に割り振るか廃棄になるだろう。俺が貴様たちの功労の推薦状を出しておく。内地に帰るなら今だ」

「堀川……」

「俺は……俺はな、谷、緒方」

堀川は、長いため息をついた。

「あんな気まぐれな機体に、文句ひとつ言わずに付き合ってくれたお前たちに感謝している。難しかっただろう？　歯がゆかっただろう？　なのに貴様たちは整備員の誰にも文句を言うことなく、機体にとって適正な判断をしてくれた。ちゃんと帰ってきてくれた」

そういう堀川の肩は大きく震えている。自分たちと時を前後して着任した彗星は先日未帰還となった。哨戒任務で敵機に遭遇したのか、機体不良で墜落したかは不明だが、出撃してそれっきりだ。

「だから俺は、俺の権限を使って貴様らにお役目ご苦労と言いたいのだ。貴様たちを安全な内地に帰してやりたい。もしも、内地でもっと精度のいい機体が開発されていたら、貴様たちにそれに搭乗する機会をくれてやりたいのだ」

「堀川」

彗星以外は顧みない男だと思っていた。人より機械が大事なのだと思っていた。堀川の真心に目頭が熱くなりそうだ。彗星はまだ飛べる状態にある。それなのに藤十郎たちに無駄死にをさせまいと、諦めると言ってくれるのだ。

堀川は念を押すようにはっきりと言った。

「ラバウルを去るか、他の機体に乗り換えろ。偵察専用機になることは考えるな。この機体は、今はここまでだ」

堀川にはっきりそう言い渡されたら藤十郎たちには何も言えない。伊魚が答えた。

「検討させてもらう。ありがとう」

藤十郎も一緒に目礼をして堀川の前から去った。

少し離れた場所から振り返ったとき、力ない堀川の背中の向こうで彗星のエンジンが外されはじめたのが見えた。彗星の調子は思ったより深刻なようだ。

撃ち落とされるのがわかっていて偵察機になる彗星に乗り続けるか、内地に帰るか、他の機体に乗り換えるか。

「どうする」

尋ねると答えるまでもないというように伊魚がこちらに視線をやった。伊魚は内地に帰らない。彗星に乗れないなら他の機体に乗り換えるしかない。

小屋に帰って伊魚と話し合った。結論は藤十郎の想像通りだ。九九艦爆か、艦攻に乗り換えるのが現実的だ。とにかく藤十郎は伊魚と一緒にいられればいいから陸攻でも大艇でも贅沢は言わない。腐っても搭乗時間九百時間越えのベテラン搭乗員だ。ここまで条件を譲れば難しくはないはずだ。

「できるなら藤十郎は内地に帰れ」

「残る」

すぐに藤十郎は答えた。強がりでも同情でもない。伊魚をここに一人では置いていけないし、どうせ内地でも戦うには違いないのだから後ろは伊魚がいい。どこに飛ばされようが、どんな機体を与えられようが欲しいものはたったひとつだ。それ以外は我慢する。

「そうか」

伊魚は独り言のように呟いたきりで藤十郎を説得しようとはしなかった。

多分、今日の報告で彗星の運用不可が告げられるだろう。上から問われる前に、ラバウルに残り、伊魚とペアのまま機を乗り換えたいと志願するのが一番いい方法だ。

結論が出たあと、二人とも黙って床に転がっていた。伊魚の指が床板に触れていた。「さようなら」と指先の暗号が呟くのがわかった。彗星に別れを告げるなら直接機体を叩いてやれと言いたかったが、あの整備員たちの悲愴《ひそう》な様子では彗星に近づくのも憚《はばか》られる。

ランタンの灯りが伊魚の頬を照らしている。日本の夕日を思い出させるやや黒みがかった橙色だ。睫毛の影が瞳に落ちている。

「……さびしいな」

藤十郎は手を伸ばして伊魚の髪を撫でた。

「彗星だって、わかってくれるだろう」

彗星に乗る限り自分たちに明日はない。いくら帰る場所を持たない自分たちでも、今日を生きる希望くらいあるのだ。

「は——……。……?!」

はい、と答えようと口を開いて、藤十郎は動きを止めた。

鯉のように口を開けたままの藤十郎に、小隊を取りまとめる中尉が怪訝な顔をして、もう一度繰り返した。

「貴様には新しいペアを振り分ける。九九艦爆、偵察員は菊田《きくた》二飛だ」

「あ、あの。自分は」

一人で呼び出されたからおかしいと思った。それでもまだ伊魚とペアなのは間違いないのだから、片方に伝えれば十分なのだろうというくらいの気分でいた。

「自分は、緒方とペアです」

乗り換えるのは伊魚とペアのままが条件だと希望したはずだ。

「緒方はペアの解除を以《もっ》て司令部付きに戻る。あの男は彗星の付属品だ。我が隊が人事に口を出せる人間ではない」

「それでは自分も緒方と一緒に彗星に戻ります」

彗星の事情は特殊だ。飛ぼうと思えばまだ飛べる。ただ偵察専用機になるだけで――。

「やめろ、谷。緒方は元々司令部の持ちものなんだ」

中尉は眉を顰めて藤十郎を止めた。納得がいかなかった。伊魚は捨てられた身だ。裏切られて内地にいられなくなり、南方に追いやられた。捨てられたなら自由になれるはずだ。猫ですら家を出れば飢えと孤独と引き換えにどこにでも行ける。なのに伊魚の首にはまだきつい縄がかかったままだ。

「なぜ伊魚にばかり勝手なことをされるんですか！」

「やめんか！」

怒鳴られたが怒りは収まらない。こいつらは伊魚を何だと思っているのだろう。勝手に南方に飛ばされ、不良機を押しつけられて、飛べなくなっても離れることを許さないと言う。命令にしたってあんまりだ。

中尉は気まずそうに目を逸らした。

「どこにだって訳ありはある。緒方には気の毒だが、巻き込まれて死ぬな、谷」

そう言って中尉は言い逃げのように身を翻した。とっさに藤十郎はその背に呼びかける。

「菊田二飛とのペアを承服できません！」

藤十郎もすぐに司令部を出る。

司令部や篠沢のやり方にも腹が立つが、藤十郎の腹立たしさの真の相手はそこではない。情けなくて死にそうだ。

怒りが鎖骨《さこつ》の辺りから吹き零れそうだった。

涼しい顔をしやがってと歯がみした。しおらしいふりに騙された。

あの卑怯者めがと心中で伊魚を罵った。目の前にいなくてよかった。いたら間違いなく殴りつけている。

念のために小屋に帰った。期待を裏切らず、伊魚は嘘がばれるのを観念して、謝るために小屋で襟を正して待っているような殊勝なヤツではなかった。そのまま整備場に足を向けた。

「伊魚」

相変わらず憎らしいくらい涼しげな立ち姿で、伊魚は彗星の横に立っている。

「この馬鹿が……！」

唸りながら歩いた。伊魚はこうなることを知っていて、自分が言いたくないことを上官に言わせて、藤十郎を説得しようとしたのだ。

「気に病むなと言っただろう」

涼しい顔で伊魚は笑った。

「ペアでいられる間だけでよかったんだ」

悟ったような顔で言うから、もう説得が嫌になって伊魚を殴りつけた。

とっさに避けられて拳が掠った程度だが、歩きざまの威力だ。伊魚はよろめいて背中から彗星にぶつかった。

藤十郎は怒りで震える拳を握りしめて唸った。

「誓ったのは何だったんだ！」

「嘘じゃない」

「そんなのは知ってる！　なぜ貴様は俺を信じなかった！」

怒鳴って、藤十郎は平手で伊魚の頬を思い切り叩いた。

本当に馬鹿だと、藤十郎は呆れかえる心地だった。伊魚は苦しそうに口許を手で覆っている。また呼吸困難の発作を起こしている。そんなふうになってもなぜ、「一緒にいたい」とその一言を言ってくれないのか。捨てられるのが怖いと伊魚は言うけれど、切り捨てているのは伊魚のほうではないか。藤十郎の何が信じられないのか。

藤十郎は伊魚の手首を摑んで乱暴に引いた。

「来い」

悔しかった。歯がゆかった。伊魚に対する怒りは和子に逃げられたときの比ではない。

「ペアにしてくれともう一度司令部に直訴に行く」

「無駄だ。俺は、彗星と死んでこいと言われたんだ！」

「それなら俺も彗星に乗る。それも駄目なら土下座だ付き合え」

「断る！　俺に巻き込まれて死ぬな、藤十郎！」

「それはもう聞いた！」

誰でも考えつくような説得など本当にうんざりだ。

「条件なら何でも出せ。伊魚が欲しいだけだ。ラバウルまで来てもう怖いものなんかねえよ！」

困り顔の母もいない、他人の不幸を喜ぶ同僚もいない。

「今度は離さない」

和子とは違う。伊魚は失えない。諦める方法がない。唯一無二とはこのことだ。

「俺たちはペアだろう？」

これも独りよがりかと情けなく思いながら、藤十郎は伊魚がよろめくのもかまわず引っ張りながら問いかけた。

あれほど誓っても駄目か。自分は無力か。命をやると言っているのに無下に突き返されるのか。

「だが貴様は内地に帰れるだろう⁉」

強情な声と共に手を振り払われて、すっと心が冷えた。

頭がいいのか知らないが、本当に伊魚は馬鹿の石あたまだ。

伊魚を睨みつけた。歯がゆいほど恋しい男だ。唸るような声が出た。

「俺の一生を、貴様にくれてやると言っている」

くだらないかもしれない。価値がないかもしれない。将校でもないし、婚約者に捨てられた男だ。家は地主だが大した財産もない。だが谷藤十郎として生まれたひとつの命だ。これを全部くれてやると言うのだから男なら大人しく受け取れと怒鳴りつけたかった。

苦しそうに息を継ぎながら、伊魚は呆然と藤十郎を見つめていた。途方に暮れたように片手で額を抱え、やがて身体を折って嗚咽《おえつ》を上げはじめた。咳き込み、ひゅうひゅうと喉でか細い笛の音を立てて息をしながら、ゆっくり地面に崩れてゆく。飢えた口に押し込まれる藤十郎の気持ちを、呑み込むか呑み込まないか、かわいそうなくらいの葛藤《かっとう》に襲われているのがわかった。

「伊魚」

誰がここまでの孤独に伊魚を追いやったのだろう。藤十郎には想像もつかなかった。篠沢か、優しい伊魚の家族か、あるいは何事も勝手に自己完結してきた伊魚自身だったのか。薄雲の上に乗ったように少しずつ足場を失い、怖いとも言えず一人で息を詰めた。

「生きるというのは、自分の思い通りにすることだ」

内地に帰るのが賢い選択だろう。生き延びるためには彗星に乗らないほうがいい。だがそうして生き延びて何を糧にその先の人生を歩むというのだろう。

「思い通りにならなくとも、そう生きたと思えば諦めもつく。ここで死のうが内地で死のうが関係ねえんだよ」

伊魚を求めて短く人生が終わっても、けっして自分は後悔しないだろう。

「……馬鹿か、貴様」

泣きながら伊魚は辛うじて仕返しのようなことを言うが少しも威力がない。咳き込んでうずくまっている。ゼイゼイひゅうひゅうと苦しげなことだ。

労る気持ちにはなれなかった。伊魚が自分を信じないからそうなるのだ。自業自得だ。

「馬鹿は貴様だ。わかったならさっさと息しろ、伊魚」

発作はあれきりかと思っていたら、特大だ。

咳が続く。自分で口を塞《ふさ》いでも収まらないから藤十郎も手伝ってやった。伊魚の口を肩に押しつけて抱きしめてやる。息苦しくすれば治まるという話だから、今回からはこうしてやろうと藤十郎は思った。効果は覿面《てきめん》だ。だが伊魚の涙はなかなか止まらなかった。大きな目からそんなに水分を零したら干からびてしまう。ふと伊魚が呟いた。

「ありがとう」

「……なんの」

そう言うと少し顔を上げて伊魚が笑った。呼吸が楽になっても抱きしめていたくなるような笑顔だ。

泣きすぎて目じりを赤くした伊魚が可愛すぎて、ずっと見ていたかったが伊魚が怒るだろうからなるべく我慢した。瞳が濡れて更に黒々としている。舐めた黒飴よりもっと黒い。

「俺の本当の任務は彗星の試験搭乗員だ。あれが篠沢の手切れ金だった」

「希望したのか」

伊魚は苦笑した。

「まさか。だが……彗星を知ると、他人に思えなくなってな」

彗星と身を寄せ合うようにして立っていた姿が思い出された。

「出自がよくて、見目を褒められて。やればできるとわかっているが、微かなことで躓《つまず》いてうずくまって、ひとつが上手くいかなくなるともう歩けない」

美しいが心細げで儚い。不用意に手を伸ばすのをためらうような孤高の姿だ。だが彗星《かれら》が孤独を望んでいたわけではない。今の藤十郎にはわかる。寂しかっただろう。誰も彗星の側に来てくれなかったのだ。好きで一人になったわけではない。

「俺は、藤十郎とのペアは解除だと聞いている。今から申し立てて取り消しが利くだろうか」

真面目に伊魚は言った。藤十郎が知らない間に、ペアはすでに解除の手続きが取られ、藤十郎には菊田という男が割り振られているようだ。

「俺は新しいペアを承服していない。解除だと言われたらまた組めばいい。今度は上手く説得する」

伊達に婚約者に逃げられているわけではないし、あのとき厚谷とのペアを逃したあたりで、ペアを強引に得るコツのようなものを藤十郎なりに会得した気がしている。厚谷のときはあそこでもう一押しだった。

伊魚がぬるい笑みを浮かべて藤十郎を見た。

「藤十郎は反省が上手いな」

「そうか？」

経験は財産だと言うが、それなりに役に立ったということか。だったらいいなと思う。

「俺は一生、伊魚と番《つが》いたい。伊魚はどうする」

伊魚はまた黙った。難しい顔をして俯いている。

まだ何かごねるつもりなのかと思っていたら、伊魚がぽつりと口を開いた。

「『彗星と、流れて落ちる……。……』」

句頭を読んで黙り込んだ。

藤十郎はげんなりとため息をついた。

「辞世の句を詠んでんじゃねえよ。縁起でもねえ……」

「せっかく苦吟しているというのに、少し待とうという気は起こらないのか」

「七歩《しちほ》の才でも磨いておけ。行くぞ」

まだ考え続けているような伊魚にため息をついて藤十郎は先に歩き出した。

「そんな俳句じゃ死ねねえな」

伊魚に二人分の満足な辞世の句を捻らせようと思ったら、隣の住職より長生きをしなければ無理そうだ。


三井副隊長は深刻な顔で、並んでいる二人の話を聞いた。痛ましそうな表情だ。誰だって彗星がこんな結果になるとは思っていなかっただろう。

「……彗星でよかったです」

藤十郎は改めて三井に微笑み返した。

偵察機として志願し直した藤十郎の願いは受け入れられ、自分たちは彗星ごと偵察隊に異動となった。歓迎というにはあまりにも苦く、だが彼らには断れない理由がある。

「偵察隊の話は聞いたか」

「はい。偵察の経験はありますし、爆弾を積んでいない彗星ならやれます」

藤十郎が答えると三人とも苦笑いだ。明日から偵察機・彗星だ。本来の姿を失ったから廃棄と簡単に言えるほど、かつての日本軍の勢いはなくなっていた。

今どき新たに偵察機など誰もやりたがらずに志願待ち、もしくは配置命令になっていた。単機で一番初めに敵と遭遇する任務だ。行った先には針山のような対空砲が待ち構えているかもしれないし、蜂の群れのような大編隊の真ん前にぶち当たるかもしれない。昔はそれも両軍お互い様というやつで、腕さえ良ければ逃げきれるし、連合軍に比べて日本の航空機が圧倒的に速く、航空力の彼我にも大差があった。だが今はどうだ。速力、上昇力、馬力。どれをとっても連合軍には敵《かな》わなくなっている。見つかればあっという間に追いつかれる。技術力の差は、上下を失って彩雲に飛び込んだ日の差どころではなくなっていた。

それに偵察任務を最も絶望的にしているのが敵のレーダーだ。夜でも、どれほど高く飛んでも、基地の死角を突いても相手からはお見通しになる。雲越しに対空砲を撃ってくる。こちらは微かにでも雲量が増えればお手上げだというのに、向こうからは青空のように丸見えらしい。何とかそれをかいくぐっても、そこから情報を打電すれば、それで自らの位置を敵に知らせることになる。

しかし、誰かがやらなければ後ろに道は切り開けない。何度情報を送れるかはわからない。だが自分たちはラバウルの眼になると決めた。

「緒方と、彗星で死ぬなら本望です」

生き残りたいと思ってはいる。だがそう思うからこそ伊魚を見捨てて生きる一生に何があるのかとも思う。

三井は深刻な顔で、藤十郎と伊魚を見比べてから頷いた。

「わかった。貴様たちが決めたなら、俺にはどうこう言えん。偵察を志願しなくとも、死ぬときはどこでだって死ぬ」

危険か安全かなど今や愚問だ。敵と戦って死ぬのはまだいいほうだ。空襲や病、毒蛇や虫、不慮の爆発や事故で死んだ兵もいる。偵察を選んだからといって必ず一番先に死ぬと決まったわけではない。

伊魚と礼をして立ち去ろうとすると、三井が伊魚に言った。

「緒方も偵察員冥利《みょうり》に尽きるな」

伊魚は静かに会釈を返した。

「光栄です」


小さな頃、藤十郎が通っていた学校は特別上品ではなかった。地元の尋常小学校から中学校に上がり、それから予科練入りだ。悪ガキがいて、不良もいたし、行儀のなっていない者も大勢交じっていた。藤十郎の家の躾は貴族ほど難しくはなかったが、武家上がりの祖母が厳しい人で、細い竹を持って箸の上げ下ろしから筆の使い方までを厳しく躾けられた。

上級将校や貴族の世界では、こんな下劣がまかり通るのか――。

擦れ違いざま伊魚が口笛を吹かれることが何度もあった。クスクスと潜めた笑い声が耳に入る。伊魚と歩いていると、ずっと視線で追われることもある。

噂が流れているのだろう、と伊魚は言った。

犯人は多田だ。正面切って伊魚から断られたのが悔しいのだろう。だが無様に追いすがるのは将校の面目が許さない。向こうから再び誘う気はないが、腹の虫が治まらず、内地の噂を伊魚の周りにばらまいたと推測するのが妥当だろうと伊魚は冷静に零していた。

　藤十郎が耳にしたものだけでも噂は容赦がなかった。将校の元愛人、男日照り、淫らな身体。女の代わり。寵《ちょう》童《どう》、淫売《いんばい》。

　伊魚が言うには、篠沢の側にいたときも伊魚には色々な噂があったという。美丈夫と言われれば聞こえはいいが、あることないこと色事の醜聞の対象になりやすいということだ。遊郭の女に似ている、エロ本《ヘルブック》の女に似ている。女形と同じだ。麗しい外見のみで判断され、中身を想像で決めつけられる。誘えば応じると勘違いされるのはしょっちゅうで、あそこも女のようなのかと囁かれ、酷いときにはふたなりらしいという噂が立ったこともあったそうだ。身体改めの検査官をたぶらかして黙らせただの、入隊後もその検査官が伊魚を探して兵舎の周りをうろついていただの、妙に凝った噂もあったと伊魚は笑っていた。「違っていたよな?」と確かめたらこの世にこれ以上ないというくらいの軽蔑の眼差《まなざ》しで睨まれ、盛大なため息をつかれた。

　中味も外もしっかりと男なのに、女のようだと勝手に想像してはいかがわしい噂を立てられるということだ。しかし伊魚が美形なのは昨日今日から始まったことではない。本人は慣れたもので、真実ではなかったから気にしなかったということだが、伊魚が試験に受かって昇級したことまでも篠沢の口添えによる不正だと噂されたことだけは悔しかったと言っていた。伊魚の話を聞いていると、藤十郎も怒りを覚えるのを通り越して、その想像力に感心してくる。

　今も遠くにいる男が伊魚を目で追っている。伊魚は知らんふりだ。藤十郎のほうがそわそわとして落ち着かない。言いたいことがあればさっさと言えと言いたくなるがここは我慢だ。前に一度不躾な視線を寄越す男を捕まえたら、何でもないと逃げられて、更に酷い噂をばらまかれた。伊魚曰く「切りがないから放っておけ」だ。

小石を投げられているような人の視線を不快に思いながら、なるべく平静を装って歩いていると、向かいから歩いてきた男がいきなり擦れちがいざまに伊魚の手を摑んだ。伊魚の指の間に挟まれているのはくすんだ紙片だ。紙幣だった。

男は伊魚の手を握ったまま、伊魚を振り返って行きすぎようとするのでニヤニヤした顔で言う。

「一晩五円でどうだ」

カッとしたが、伊魚が知らんふりをして行きすぎようとするので藤十郎も堪えた。だが男は伊魚の手を握って離さない。

「なあ、彗星の調子が悪いそうじゃねえか。そんな危なっかしい機体に乗ってねえで、貴様を俺の偵察員に引き立ててやる。そうすれば毎夜、いい思いをさせてやるぜ？」

こういうときは、数を数えろと伊魚に言われていた。二十まで堪えて堪えきれなかったら怒っていいと言われている。どのくらいの速さで数えていいものかと聞いたら、心臓の音にしろと言われた。怒りで速くなるのはあっという間だ。すぐに十を過ぎる。二十に届くのを今か今かと奥歯を嚙みしめて待っていると、伊魚が男を馬鹿にしたような――男を見つめたまま藤十郎が見たこともないような妖艶《ようえん》な、それでいて冷ややかな笑みを向けた。男が息を止めるのがわかる。伊魚は俯き加減の少し斜めに見上げる角度で、一度ゆっくり目を閉じるくらい遅いまばたきをした。黒い目でじっと男を見上げる。

「俺はかまわないが……、藤十郎が俺じゃないと駄目なんだ」

伊魚が答えると、男はだんだん赤くなった。唇がわなわなとして肩が震えはじめる。酷い返事だ。これで勃《た》つ男はよほどの自信家かもしれない。

思わず見蕩れて数え忘れたが、もう二十はとっくに過ぎた。

「駄目で結構、いい度胸だ！」

藤十郎は伊魚を背後に振り払うようにして、男を殴りつけた。

「藤十郎ッ！」

伊魚への侮辱も、伊魚の言いぐさも、そして本当に自分はもう伊魚でなければ駄目なことも本当だと認めていい。だとしたら、この男が自分の目の前で伊魚を誘うのは許しがたい。

地面に倒れこんだ男にすかさず馬乗りになる。先ほどから伊魚がからかわれる様子を眺めていた野次馬は、今度は喧嘩の観戦に鞍替《くらが》えだ。

「喧嘩だ、喧嘩！」

「愛人を巡っての痴話喧嘩だぞ！　やれやれぇ！」

「やめろ、藤十郎ッ！」

「ペアがからかわれてんのに放っとけるわけねえだろうが！」

「藤十郎！」

伊魚が藤十郎の襟首を摑んで引き剝がそうとしたとき、ピリピリと笛の音が聞こえてきた。

「喧嘩は御法度《ごはっと》！　御法度である！」

時代がかった叫び声を上げて、歌舞伎《かぶき》役者のように人垣を分けてやってきたのは週番士官だ。彼はカイゼル髭の下から唾《つば》を飛ばしながら木刀を振り上げた。

「なにごとであるか！　喧嘩か！」

うるさいと怒鳴りつけたくなるのを堪えて、藤十郎は男を離した。男も慌てて立ち上がり、血が滲んだ口許を手首で拭っている。

「違います」

呼吸を抑えながら藤十郎は答える。

「い、いえ」と男も首を振っている。

摑み合って地面を転がっていたところも伊魚が自分を引き剝がそうとしていたところも見られただろう。相手は唇が切れていて、藤十郎も頰を引っかかれている。だがとりあえずでも摑み合うのをやめた。週番士官が見ぬふりをしてくれることに藤十郎は僅かな希望をかけたのだが、

「お天道《てんとう》様はお見通しよ！」

——まあこの天気では仕方がないな。

頭上からカンカンと照る太陽に炙られながら、虚ろな感想を浮かべる以外の対処がない。

「急降下爆撃の刑に処す！」

まったく面白くもかっこよくもないのだが、目の前の歌舞伎かぶれの男は位の高い将校だった。


航空隊には伝統の黙認罰がある。

「く……！」

自分の影の中にぽたぽたと落ちる汗を見ながら、藤十郎は歯を食いしばった。

炎天下に三人並んで腕立て伏せだ。腕立て伏せといっても一往復に二十秒から三十秒かけさせられる超鈍足の腕立て伏せで、それが急降下爆撃をする航空機に似ているから《急降下爆撃》と呼ばれている。

「せ……っかく、……っ、上手くいなしたのに……っ……！　馬鹿か貴様……！」

伊魚はぶるぶる震える腕をゆっくり畳みながら、藤十郎を睨んでくる。伊魚には煽りに乗るなとさんざん言い聞かされていて、喧嘩をすればこうなると口酸っぱく言われていたが、今日は二十数えてもさすがにガマンできなかった。頭の冷えた今なら、伊魚が、自分たちが理不尽な罰を食らわないために直接的な怒りを堪え、未来のことも考えつつ上手く相手をあしらったのがわかる。自分の短気のお陰で台なしだ。煽られて喧嘩をして罰を食らえば一方的に自分たちの損だ。わかっている。わかっているが――。

藤十郎は伊魚を睨み返した。

「貴様、大事な俺のペアに侮辱の言葉を吐くクソ野郎をタダで返すな、この腰抜けが！」

我慢にも限度がある。色気があると言われるのは声援の一種として受け流しもするが、今日のは完全な侮辱だ。堪えがたい。

「真実を言ったまでだ、この単細胞……ッ！」

――藤十郎が俺じゃないと駄目なんだ。

伊魚に強く睨み返されて、思わず腕が止まってしまった。はっと伊魚を見ると、みるみるうちに首筋から赤く染まっていく。

「俺だって、とっくにそうだ……！」

「伊魚」

伊魚も藤十郎でないとダメなのだと、言っているつもりかと思うと腕を曲げている最中なのか伸ばしている最中だったかわからなくなってしまった。

「無駄口叩くな、谷、緒方ァ！　成敗されたいのか！」

炎天下。芝居がかった裏返った声が癇に障る。藤十郎は気を取り直し、錆《さ》びた油圧のようにギリギリと腕を伸ばした。

腕が震えてしまう。腹立たしくてたまらないのだが、歯を食いしばりながら笑ってしまいそうになるくらい、嬉しいのだから、どうしようもない。

嵐の前のようだ。

静かに、そして猛烈な速さで力をつけてゆく敵連合軍側は、沖に沸き立つ黒い積乱雲のようだった。南から忍び寄ってくる嵐の気配にラバウル基地も着々と用意を重ねてきたが、雨はなかなか降りはじめない。

その後、彗星で二度、索敵に出た。

二度ともこれで最期だと覚悟をして飛んだものの、当てが外れてまったく敵機に遭遇しなかった。

四時間飛んで既存の場所に小さな艦隊を発見した。輸送中のようだ。これ以上近づけば敵機に見つかるし、単機で突っ込んでも対空砲で蝿のように払われて終わりだから、位置と戦力だけを確認して引き返した。その後も敵機に行き当たらなかったり、天候の都合で引き返したりとなかなか思う成果を上げられなかった。

最近、島から溢れんばかりだった日本軍の航空機の数が減っている。減る数に対して補充が間に合わない。伊魚たちが彗星と格闘しているあいだに、ずいぶんと顔なじみの搭乗員も減った。撃墜された者、負傷して内地に戻った者、引き揚げの命令がかかった者、他はどうしているかわからない。

ここのところ頻繁に夜間空襲があって落ち着かない日々が続いていた。夜になると判で押したように毎日毎日途切れず敵の夜間戦闘機が小編隊でやってきて、爆弾を落としてゆく。そのたび邀撃に飛び立つ戦闘機乗りたちの疲弊は激しかった。誰かが《点滴爆撃》と言った。ぽつぽつと絶え間なく爆弾が落ちる。空襲の規模はごく小さいが、とにかく毎夜明け方までだ、眠れない。熟睡できない。神経が休まるときがない。

度重なる空襲で、伊魚と二人で暮らしていた小屋も焼けてしまった。もう一度仮小屋を建てたが、あそこもいつまでもつだろう。浜辺に一大歓楽街まで誇った頃の基地の面影はなく、日本軍は密林の奥や岩壁に掘った地下防空壕に追いやられている。

藤十郎たちは今日の搭乗割には含まれていなかった。防空壕の中は空気が悪くて息が詰まる。散歩をするなら今のうちだ。午前中の風が吹く時間を見計らって、藤十郎は伊魚と海際に出た。

島全体から火災のにおいと、焼夷弾《しょういだん》が残した重油のにおいが漂っている。

ちょうど砂浜に差しかかろうとしていた伊魚は、ふと空を見上げて立ち止まった。藤十郎も釣られて空を仰ぐ。

濃淡のない青い海原に沸き立つ雲は岩のようだ。

時間が止まったような景色だった。炭酸水のような波がそっと滑らかな浜辺を撫でるから、辛うじて時が動いているのだとわかる。

戦闘機が発動機の唸りを上げ、車が行き交い、整備の槌の音がし、何かのかけ声が上がる。空には唸音が響き、話し声や号令、ときには敵機の空襲で耳を聾《ろう》するくらいの爆音が響き、対空射撃の音、スコールの激しい雨音、鳥の羽ばたき、雷鳴、悲鳴、ありとあらゆる世界中の音が乗せられているような島に、ときおり静寂が訪れる。

密林から鳥の鳴き声がする。地鳴りがするのは火山のせいだ。それすら消える空白だ。

無音は三十秒ほどもあっただろうか。一台の自動車のエンジン音が響き、遠くに浮かんだ船がつくる、子どもの手のような波が砂浜にひとつ寄せてきた。

静寂にざわついていた神経がほぐれ、ほっと穏やかな気持ちになる。

緊張から放たれた空を藤十郎は見上げた。紺碧に白い積乱雲が湧き立っている。月白、乳白、蕎麦切り、白、錫《すず》、白鼠《しろねず》、鉄、様々な濃度の白と灰色で、生きもののように身をうねらせながら空へ空へと聳《そび》えている。

「美しい雲だな」

それ以外に表しようがない。自然の不可思議さ、雄大さ、恐ろしさ、そんなものをすべてひっくるめたとき「美しい」という言葉しか出てこない。圧倒的な色彩と造形。美しいという言葉に微かな恐怖が含まれることも、藤十郎はこの島に来てから知った。

「……あの雲の中で暮らせたら幸せだろうな」

伊魚がぽつりと言った。

伊魚は以前から雲の中に住みたいと言っている。そういえばあのときは最後まで聞いてやれなかったのだったか。そう思いながら黙っていると、ぽつぽつと伊魚は喋った。

「あの小屋でもいいが、いつ空襲があるかわからないから」

行き場がなく帰るところがない伊魚の、幼い夢想だ。伊魚はそう言ったあと少し恥ずかしそうにしたが、珍しく思い切ったように小さな声で最後まで言葉を続けた。

「ここならいつも雲は空にあるし、彩雲に彩られた日には、どれだけきれいだろう」

七色の入道雲の中で伊魚と暮らす。中はきっと広いだろう。あの雲に住まいながら、空中を漂い、世界のあらゆるところを旅するのだ。

「それがいい、伊魚。あそこにしよう」

「藤十郎」

「俺も新居はあれがいい」

片手で伊魚の手を取り、片手で藤十郎は雲を指さした。

「あれでは家というより、最早城だな」

積乱雲は今も気流に掻き回されながら、もくもくと成長し続けている。南方海域の上昇気流は高い空まで届く。一万メートル以上に及ぶ積乱雲は航空機ですら飛び越すことができない巨大な雲の城だ。盛り上がった雲は薄墨を含んで際限なく膨れあがり続けるように見えた。

「いずれ俺たちはあそこに帰るとしよう」

戦争が終わらず、内地に帰れないというなら、ここで生きて戦って死ぬまで出撃するしかない。それでも思うのだ。もしも伊魚と帰る場所ができるなら、あの雲間でもかまわない、と。


来るはずの船が来ない。それが藤十郎が一番初めに感じた異変だった。擦れ違いざま聞いた世間話の声が不安そうだったが「船だって遅れるだろうに」と呑気なことを思った記憶がある。

それを皮切りにラバウルという空母が、大きく傾く感じがした。

劇的に敵機の数が増えた。梅雨時にいっぺんに羽虫が羽化するようだ。熟練搭乗員が相次いで墜とされた。神業の練度を誇る搭乗員は一対一ならけっして負けるわけがないのだが、五対一、酷いときには十対一で追い回されたら撃墜されないわけがない。しかも連合軍に新しく投入された航空機は速かった。零戦でさえ太刀打ちできない、元々足が遅い艦爆は言うまでもない。

誰もが面食らったようになった。ほんのこの間までの完全な勝勢は何だったのだと思うくらい、大きく南の海は潮の流れを変えている。

空の覇権を握られるということは洋上の艦船が襲われるということだ。補給艦や輸送艦が真っ先に沈められた。内地からの兵站が来なければラバウルは兵糧攻めだ。いかに闘志があれど、物資がなくては戦えない。

案の定すぐに行き詰まった。燃料、部品、食糧が来ない。食糧は、山を切り開いた大きな農園があるから急激に飢えることはないが、ラバウル中を賄《まかな》うには到底足りなかった。

決戦用の備蓄はあると聞いている。それを切り崩す前に何とか兵站線を回復させなければならないと誰もが言うが、具体的な手段はなく、日を追うごとに資源が尽きるばかりだ。搭乗員は消耗するばかりだ。華やかだった物資の交換は、後ろ暗い闇市となっていた。米を求めて訪ね歩き、煙草などの配給品をくすねる不正も横行している。

空襲で燃えた小屋を二度建て直した。伊魚は「どうせ燃えるのに」と言ったが、柱を組んでパネルを貼っただけの家でもあるとないとでは寝付きが違う。

蚊帳を掻き上げ中に入ると、伊魚がランタンの灯った部屋に座っていた。

「大漁大漁」

藤十郎が腕の中の品物を見せると、「あんまりおかしなまねはするなよ?」と言って帳面を広げていた伊魚が眉を顰めた。

「おかしなことって何だ? 敵機を馬鹿にしてやると言って、褌《ふんどし》を振りながら真っ裸で浜辺を走ることか?」

「機銃で撃たれて浜で頭を冷やしてこい」

ため息をついて目を伏せる伊魚の前に、藤十郎は腰を下ろした。手にしていたこざこざした品物を床に置く。遣《や》り取りしすぎて自分でも何を得たのかよく覚えていない。新聞紙の中は乾パン、こっちの包みは炒《い》ったカボチャの種だ。こんな粗末なものでさえ、最近なかなか手に入らなくなった。

「伊魚、これ」

藤十郎は戦利品の中から、小さな布袋を摘《つま》み出した。伊魚の手に載せるとしゃらっと音がする。袋と自分を見比べる伊魚に、開けてみろと言う。伊魚は袋の中味を覗いて、あっという顔をした。砕いた餅。霰《あられ》だ。

「火があったら炒ろう。塩はある。好きだろう?」

「ああ、ありがとう。嬉しい」

伊魚は素直に礼を言った。最近勝手に火を熾すのは禁じられている。煙が爆撃目標になるからだ。そうは言っても火がなくては生活できないから、慎重に時間や風向きを読んで火を熾すことになっていた。

「あとはこれ」

と言って藤十郎は帳面を差し出した。

「珍しいから貰ってきた」

今使っているものとよく似た表紙がついている。紙は今や貴重品だ。文字とは縁遠そうな男が持っていたから、伊魚に持って帰ってやりたかった。

伊魚はありがとう、としみじみと呟いてから帳面を眺めおろし、藤十郎を見る。

「だがしばらくは今のが使えそうだ。藤十郎が好きなものがあれば、これは換えてもいい」

「いい。取っておけ。どんどん物がなくなっている」

今無理をしなければ、したくともできなくなるだろうというのはたぶん、藤十郎の杞憂ではない。補給が切れたラバウルとはこんなに儚いものだろうか。補給が切れたとたんに、消費の激しさを思い知る。

「藤十郎」

心配そうに伊魚が呼んだ。

「藤十郎は内地に帰れないのか?　女に逃げられたのがそれほど酷い恥か」

男気だけでラバウルに残ると言える時間は過ぎ去った。育成に時間がかかる搭乗員は優先的にトラック島に引き揚げさせられている。この先ここに留まるのは、帰らない覚悟を持つ者か、帰れない理由がある者だ。

「今は……そうでもないかな」

正直な気持ちを伊魚に告げた。

「どこへやられたってどうせ航空機に乗って戦うんだ。伊魚以外のヤツに、後ろから指図されたくないという気持ちが一番大きい。それに、まあ……」

藤十郎は眉の上を掻いた。

「恥を忍びながら内地で死ぬくらいなら、すっきりとラバウルで散りたいというのが本音で、俺の意地だ。逃げた女を許し、それを背に守って死ぬのは格好いいじゃねえか」

そうすれば内地での藤十郎の立場は守られたままだ。和子や家族から南方の最前線で戦って死んだと思われたい。「南で立派に戦死した」と皆に思われたいのだ。「内地を守って死んだ」と言われたらなお面目が立っていいような気がする。実際このまま死ねば、過去の醜聞は死によって掻き消され、残された人たちは自分たちを惜しみ、自分の雄姿ばかりが讃えられるだろう。

「伊魚もそうだろう？　ソイツなどいなくとも、最前線基地で立派に戦ったと証明してやりたい」

気持ちはどうあれ事実は残る。後世に伝わるのは、ここラバウルで彗星を駆り、立派な戦死を遂げた男の話だ。

「隠蔽《いんぺい》工作ということだな？」

艶《つや》を含んだ表情で伊魚は笑って藤十郎を覗き込んだ。藤十郎は少し残念に思いながら目を逸らした。

「せっかく言葉を選んだのに。伊魚は容赦ないな」

二人だけの話だが、見せかけも美しいほうがいい。

「そうだったのか？　だがつまりはそういうことだろう？　ならば賛成だ。じつにいい案だ」

伊魚が歯に着せる衣《ぬの》を持たないのは以前からだ。機嫌よく賛同を貰えただけでよしとするか。

あとは一筆、勇猛な遺書でも書いて実家に送れば上出来だと思う藤十郎の目の前で、伊魚は藤十郎の背嚢を引き寄せた。上から半分覗いている、彫りかけの木片を引き出す。

それをじっと眺めている伊魚に、何をするのだろうと思っていたら、伊魚はそれを藤十郎に突き出してきた。

「……彫れ」

あの事件以来、仏像を彫るのをやめてしまった藤十郎に、再び鑿を持てと伊魚は言う。あんなことになってしまって、心が深く傷ついた。ここ最近の出撃の緊張や、空襲の慌ただしさもあって再び彫る気になれないのも確かだ。

だが本当の理由は他にある。

藤十郎は、差し出された木片を受け取らずに小さく首を横に振った。

「もう、仏像を彫るのはやめようと思う」

「もう呪いの人形とは言わない」

「いやそういうわけじゃ……」

「実質何に見えようが鳥肌が立つほど禍禍《まがまが》しかろうが、藤十郎が仏像と言えば仏像だ。自信を持て」

「慰めにも励ましにもなってねえぞ貴様」

伊魚を睨むが、伊魚は平気な顔でもう一度、彫れ、と木片を差し出してきた。

藤十郎は首を振った。

これまでも仏像には誠実に向き合ってきたはずだ。上手くいくときもいかないときも、雑念でいいものが彫れないときもあったが、藤十郎と仏像、それ以外の要素を作成時に持ち込んだことはなかった。

気づいたのはいつの頃だったか。

ランタンの灯りが自分の頬に、じわりと温かく染みるような感触を覚えながら、藤十郎ははにかんで呟いた。

「……何を彫っても伊魚に似てくる気がして」

元々伊魚は観音菩薩と少し似ていると思ったが、今ではは っきりと仏像を彫ると伊魚の面影が出ると思う。仏像彫りをやめた本当の理由は、伊魚に見られるのが何となく恥ずかしくなったからだ。

思い切って告白したら少し心の整理がついたようだ。伊魚を見ると、伊魚は手にした木片を深刻な顔で見つめている。


歩きはじめてふと空を見上げると、引き伸ばした綿のような雲が淡く空にかかり、その下に鳥が一羽飛んでいる。鳥は電探など積んでいないし航法もないのに一羽でどうやってどこへ帰るのだろうと伊魚と話した。

あれから、藤十郎は伊魚に勧められて、彫りかけの仏像を完成させた。以前のような「彫らなければ」という強い衝動はなくなったが、仏像になるはずのものをいつまでも床に転がしておくのも罰当たりな話だ。仏像を完成させ、灌木の林から密林に続くところにある、《蛍《ほたる》の木》の根元に置きにゆくことにした。

蛍の木と呼ばれている木は、葉を見る限りネムノキの類《たぐい》のようだ。なぜかその木にだけ大量の蛍が集まる。蛍といっても南方の蛍は親指ほどもある大きなリクボタルだ。それが島中から何億匹と集まってきて蛍の木に留まるのだ。大木の形がはっきりと浮き上がるほど激しい光で、そしてなぜか蛍たちはばらばらに光らず、呼吸を合わせて一斉に明滅するのだった。点《とも》ると緑色に吹き上がる炎のようになった。

ラバウル基地に来てこれを見ない者は少ない。いつの間にか、帰る場所のない者は、ここに来れば何か供え物をしておくという暗黙の約束ができていて、木の根元からは遺品や酒、まんじゅうや線香が途切れたことがない。

戦死した藤十郎の知り合いも、多分蛍の木の側に帰ってきている。藤十郎は仏像をそこに置きに行くことにした。伊魚はあまり気が進まないようで、焚《た》き上げてみてはどうかと藤十郎に提案してきたが、それではせっかくの仏像が勿体ない。伊魚はやはり反対したそうだったが、ため息をついて「わかった」と言った。「悪霊避けにはなりそうだ」と呟いたのは聞こえないふりをした。

仏像は肘から先くらいの大きさだ。剝き出しのまま鷲摑《わしづか》みで歩くのも悪い気がして、落とし物らしい他人の絹のマフラーで包んだ。

腹が減ったと声にして呟きたくなるのを藤十郎は堪える。最近は茶碗一杯の麦飯を、三度に分けて食べるのが普通だ。搭乗員でもこれだ。他の兵はどれほど辛抱しているのだろう。伊魚はまったく変わりなく見える。

歩いていると「緒方」とどこかから声が聞こえた。辺りを見回すと木の側に一人の兵が立っている。見覚えがある男だが同じ隊ではない。多田の部下でもないようだ。

伊魚は藤十郎の隣に立ったまま、「何だ」と応えた。

「貴様に用がある」と男は言う。

なんだろうと思って二人で近づいてゆくと、男は離れた場所から伊魚に用件を言った。

「建部《たてべ》中佐がお呼びだ」

「建部中佐が？」

藤十郎も見知っている男だ。何日か前の朝礼で訓示をしていた。伊魚の直属の上官だと伊魚にこっそり耳打ちされた。

伊魚の所属は司令部だ。伊魚と藤十郎はペアだが、書類上では司令部の搭乗員である伊魚を、偵察隊が彗星と共に借り受けている形になっているらしい。

「断る」

藤十郎は伊魚を背に庇いながら答えた。また、あの多田という男のときのような侮辱を受けるのはごめんだ。

だが伊魚は、横に差し出した藤十郎の手を静かに下ろさせながら、「わかりました」と答えた。

「伊魚?」

「いいんだ。信頼できる人だ」

建部は以前からいる男で、地位はあるがかなり高齢だ。

男の後ろを歩き出す伊魚を追って、藤十郎も歩き出した。歩きながら伊魚が言った。

「建部中佐は優しい人だ。俺と篠沢のことを知っていながら、多田が来るまで一言も、誰にも漏らさなかった」

それは貴重なことだと藤十郎も思う。

使いの男についてそのまま司令部に向かうことにした。爆撃を受けて司令部も移動している。急造だが、それでも他の小屋に比べれば立派な建物だ。

簡易の階段を上がり、編んだ棕櫚の葉の戸をくぐる。部屋に入って礼をした。角材で作った机の椅子に建部中佐が座っている。建部は一緒に入室した藤十郎を見て、少し困った顔をしたが、藤十郎はそのまま居座った。どうせ伊魚から告げられることだから直接訊いたほうが早い。叱られたら外に出ようと思う。

「緒方一飛です」

「谷一飛です」

伊魚と一緒にもう一度礼をすると建部中佐は、戸惑ったように藤十郎と伊魚を見比べた。父親くらいの年齢だが、声の小さな、気が弱そうな男だ。

「元気だったか」

「はい」

伊魚の悪口はかなり広がっているらしいと藤十郎も感じている。何とかしろと言われるのだろうかと思っていると、建部中佐は不思議なことを言い出した。

「緒方に、内地に帰る命令書を出してやろう」

意味がわからず、藤十郎は伊魚と建部の様子を慎重に窺った。多田の二の舞はごめんだ。伊魚も怪訝な顔をしていた。建部は目を伏しがちにして、落ち着かないように机の上を手で探っている。彼ほどの位になれば、他の隊の一兵である伊魚の転属を許すくらいの権限はあるだろう。それにしたってなぜ今頃。伊魚の身の上を知っているなら余計に不可解だ。

醜聞が酷すぎて風紀に影響を及ぼすから帰れと言われているのか、それとも彼の温情なのか。伊魚もはかりかねたように黙っている。自分がいてはしにくい話かと思い、静かに出ていったほうがいいだろうかと思ったとき、難儀そうに建部は話しはじめた。「あのな」と、叔父のような優しい語り口だ。

「実は、篠沢から、貴様の引き戻し願が来ていてな。わしに何とかしてくれないかと頼まれた」

「意味が……わかりません」

本当に可能性のひとつも思いつけないように伊魚が呻く。藤十郎もわからない。伊魚を捨てた男が、なぜ今さら伊魚を内地に呼び戻そうというのか。

建部は机の上にうろうろと手を這わせて、火のついていない紙巻き煙草を指に取った。

「篠沢が先の作戦でよく働いて、昇進したと聞いたか」

「……いえ」

内地でのことでも、将校の昇進なら調べればわかるし、中佐以上ともなれば、尋ねれば誰かが噂を知っている。だが伊魚は篠沢がどうなったかなど探さないだろう。彼の昇進が順調だと聞かされても面白くない話のはずだ。伊魚が内地の将校の噂に、すべて意識的に耳を塞いで過ごしてきたのは、何となく藤十郎も察している。

建部は煙草を指に挟んだまま、自分の顎を擦《さす》るように撫でた。沈黙が長い。

「嫁がな……」

気弱そうに視線を彷徨わせ、建部は口ごもる。

「嫁を離縁したそうだ。何やら他の男の子を孕《はら》んだとかで」

ぞわっと伊魚の襟足のうぶ毛が逆立つのがわかった。だから、伊魚に内地に帰ってまた側に侍れと、建部は言うのだろうか。

「あの」

藤十郎が思わず口を出そうとしたとき、伊魚が藤十郎の胸の前に手を出して制した。

静かな表情の伊魚は、建部に言った。

「俺は戦死したとお伝えください」

「何だと？」

「俺は墜ちたと言ってください」

内地の基地ならまだしも、今ラバウルで、誰が生きて誰が死んだか正確に把握できている者はいない。特に伊魚たちは彗星に乗っているものの、本来の任務からとっくに外れた動きをしている。伊魚の身柄もあやふやだ。そんな幽霊のような自分たちが、今さら彼に真実を伝える必要はない。

建部はさすがに厳しい声で伊魚に言った。

「貴様は、わしに嘘をつかせる気か」

「いいえ。自分はこの空で撃墜されるまで、谷の後ろにしか乗りませんから同じことです」

はっきり応えた伊魚に、建部は何も言い返さなかった。卑怯ではないが気が弱い男なのだろう。建部は口ごもるような声で言う。

「……しかし、そんなことは……。わしは篠沢に何と言えば……」

伊魚の希望を、許すとも許さないとも言わない建部を見ていた伊魚は、藤十郎が手にしていた布の包みを取り上げて、建部の前に進んだ。

伊魚は静かに包みを差し出す。

「緒方伊魚は戦死したと言って、これでも送ってやってください。きっと自分を哀れんで諦めてくれるでしょう」

重たい筒を建部に渡すと、建部は怪訝な顔つきでマフラーを解き、はあっ、と戦《おのの》いた息を漏らした。

「……呪いの人形か……！」

「いえ、それは」

口を挟みかけたが、鋭い伊魚の視線に止められた。不服だったが、今ここでことを荒らげるのはよくない。

「それでは、失礼してもよろしいでしょうか」

魂を抜かれたように手にした仏像を眺めている建部に、伊魚は辞去を願った。顔を引き攣らせながら俯いていた建部は、顔を上げて伊魚を見た。

「……貴様に少し似ているな」

「えっ」

伊魚は短い声を上げた。

やはり誰が見てもそうか。

何か言いたげに顔を歪めた伊魚がまたおかしなことを言わないうちに、藤十郎は雰囲気の流れに乗って、伊魚を部屋の外に連れ出した。


帰りの藪道を歩きながら、伊魚がぽつりと言った。

「仏像のこと、すまなかったな、藤十郎」

「いや」

あのときはあれでよかったと藤十郎は思っている。誘いをきっぱり断った伊魚が逞《たくま》しく見えた。伊魚の傷はすっかり癒《い》えたと思っていいようだ。

「土産もなければ中佐も伝えにくいだろうと思って、貴様の仏像を渡してしまった」

「それは……まあ慰めになるなら……かまわないが」

藤十郎が答えると、伊魚は何か言いたげな目でこちらを見たが、そのまま黙って歩いた。

どういうつもりで渡したかは、何となく藤十郎にもわかった。これを限りに今生で縁が切れる篠沢が、どうか安らかであれとの伊魚の願いだろう。あんな卑劣なことをした男に対して、伊魚の心の広さを思えば立派なことだと尊敬を覚える。

伊魚は爆風で焼けた草の上を歩きながら、ぽつぽつと話し出す。

「俺は篠沢に捨てられたとき、何か望みはないかと問われて、貴方の不幸だと答えたことがある」

「強烈だな。刃物で刺されるより心が痛いかもしれない」

これだから伊魚は怖い。許さないと言われるより遥かに陰湿で激しい返答だ。

「比べてもらうべきだっただろうか?」

苦く問い返されて、藤十郎は思わず噴き出した。伊魚がそういう冗談を言うことは少ない。

「でも今は」

そう言って伊魚は、光が漏れる椰子の葉を見上げて呟いた。その奥、空の高い場所で偶然、同じ高さにいたらしい浮き雲が引っかかり合ってくっつくのが見えた。

「他人の幸せを祈れるよ」

篠沢の呪縛《じゅばく》はとうにないと、解き放たれたように伊魚は言う。藤十郎も同じだ。

和子が幸せならいい。自分が帰れなくとも、父母や、兄弟が暮らす内地を守ることに何の迷いもなかった。

「幸せか?」

藤十郎が尋ねると、伊魚は少し笑って、大きなため息をついた。

「もうちょっと食べものがあればなとは思うが、それ以外はおおむね」

「妥当だ」

伊魚の答えに満足しながら、藤十郎は遠くを眺めた。

無常の青空が広がっている。

今日もラバウルは、入道雲の沸き立つ快晴だ。

藤十郎の鑿は鉄の材料として提供した。もう仏像は彫れない。伊魚の帳面も「遺書はもう預けてある」と言って司令部に差し出した。「句は心の中に書くからいい」と言う伊魚がいじらしかった。

空襲が激しくなってからというもの、兵はあちこちに分散して住んでいるから内地からの郵便が届きにくい。それぞれの分隊事務所にまとめて届くこともあるのだが配達が遅く紛れやすいので、ときどき港にある大きな事務室に取りに行くのが確実だった。

「谷藤十郎さん。間違いないですか？」

「はい」

手紙でも届いていないかと思って立ち寄ったのだが、藤十郎に何やら内地から荷物が届いているという。藤十郎は新聞紙で巻かれた包みを受け取った。棒状で、渡されるとずっしり重い。紐で巻かれた付票がついている。間違いなく内地からの品物のようだが、付票に書かれた田代《たしろ》という名に覚えがない。気味が悪いのでその場で毟《むし》った。

封筒なしの手紙が新聞紙に巻き込まれている。

——前略
貴殿より拝領した仏像に依《よ》り、無事内地に帰還が叶いました。縁《ゆかり》の寺で祈禱《きとう》をし、更に願を掛けて貴殿へ届けます。ご武運をお祈りしております。草々

田代太一《たいち》二飛——。

万年筆の文字を見て藤十郎は眉を歪めた。

「仏像だけでも内地に祀《まつ》ってやろうという気遣いはねえのか」

自分さえ助かれば用済みだということらしい。観音様なのだからそのまま寺に納めてもらうとか、せめて藤十郎の家族にでも届けてくれれば藤十郎が頑張っている証になったのに。残念に思いながら、見覚えのある仏像が出てくるのにため息をついて、藤十郎が事務所を出ようとすると、「谷さん」と呼び止められた。

「谷さん。あなたは彗星の搭乗員の谷さんですよね？」

「……はい」

「まだ緒方伊魚さんとペアですか？　緒方さんの居場所がわかりますか？」

「はい」

　さっきの男が、机から身を乗り出すようにして封書を差し出している。戻って封筒を見ると、検閲済、宛先《あてさき》不明。赤い判が二つ並んで押されている。

「ちょうどよかった。申し訳ありませんがこれを緒方さんに渡してください。配達するのが大変なので」

「わかりました」

　誤魔化し笑いをする分隊員から封筒を受け取る。伊魚の字だ。表書きは鎌倉の「緒方某《なにがし》様へ」とある。鎌倉のほうは疎開した地域があると、内地から来た兵から噂を聞いていたところだ。藤十郎は二ヶ月前の日付が書かれた封筒を預かった。

　二人とも、つくづく家族に縁がない。せっかく出した手紙が届かないのでは伊魚が残念がるだろうと思いながら、藤十郎は胸ポケットに伊魚の手紙を入れた。届かなかった手紙と突っ返された仏像だ。わざわざ来なければよかったと思いながら灌木の間を歩いていて、藤十郎はふと足を止めた。空を見る。鼓膜の中でごうと風が鳴ったような気がする。ざわめきというか悪寒というか。

　空は動かず静まり帰ったままだ。

　だが遠くから動悸《どうき》がやってくるのも感じる。そのとき鈍い出足のサイレンの音が鳴りはじめた。警戒警報もなくいきなり空襲警報だ。サイレンは幾重にも重なり、緊急発進の警鐘がカンカンとけたたましい音で打ち鳴らされはじめた。

藤十郎は周りを見回し、数歩歩いてそのまま走り出した。唸音が聞こえてくる気がするが、サイレンと自分が走る音が邪魔でよく聞こえない。

山肌の亀裂《きれつ》が洞窟《どうくつ》になっている。司令部が防空壕兼基地として使っている洞穴だ。そこに行くまでにいくつも塹《ざん》壕《ごう》や防空壕があるからどこかに入らなければ。

出撃命令がかかるかもしれない。伊魚はどこに——。

一番近場の洞窟を目指しながら走っている間にも、唸るような敵機の音に空が覆われていた。

まずい。間に合わない。

そう思いながら走る藤十郎の背後で、ドオン、と音がした。衝撃で足元が揺れ、背後から爆風が飛びかかってくる。倒れそうになるのを必死で堪え、振り向かずに藤十郎は全力で走った。身体のすぐ側を二列で走りぬける機銃の点線から離れ、背丈の高い灌木の間に飛び込む。

はあはあと荒い呼吸に思考が揺すぶられた。

伊魚と最後に別れたのはいつだ？　逃げるのに必死でとっさに思い出せない。自分の足音と激しい呼吸を聞きながら、藤十郎は俯いたままの伊魚の横顔を思い出す。

——じゃあ、藤十郎が港に行っている間に俺は——。

どこへ行くと言っただろう。

灌木の火災と、爆弾が起こす土の柱に追われながら、藤十郎が林を走りぬけると、真正面の岩場に人の姿が見えた。整備員だ。

「——谷！　こっちだ！」

自分のヘルメットを押さえながら男が叫ぶ。岩場の段差を上がると男が藤十郎の手を引いてくれた。走ったのと恐怖でばくばくしている心臓の苦しさに喘ぐ藤十郎を、男は洞窟の奥へやろうとした。奥は八畳くらいの小さな洞窟で、数人が座っている。伊魚の顔はない。木箱の中に小銃と手榴弾が入っている。据えつけの機銃と薬莢《やっきょう》箱もあった。ひとつ、ふたつ、大きく呼吸をする。

「伊魚……」

吸い込んだ酸素が藤十郎の記憶を引き戻す。伊魚はねじ回しを返しに整備場へ行くと言って密林のほうへ行ったはずだ。この崖《がけ》沿いの向こうだ。この洞窟に伊魚がいないのなら、向こうにいるに違いない。

「出るな、谷！」

制止の声を聞かず、藤十郎は洞窟を飛び出した。このまま伊魚とはぐれて死ぬのは嫌だ。

緊急搭乗準備の鐘はまだ鳴らない。空襲は短いはずだ。ラバウル基地は最早連合軍の脅威にはならないらしい。こちらを残滅するというより、反撃する力を蓄えられないよう、途切れない空襲で衰弱させるのが目的のようでもあった。

藤十郎は爆撃の中をひたすら走った。たかが五百メートル程度だ。一分足らずの距離のはずだ。だが灌木に身を隠しながら走るにしても《今》死んでしまいそうに、近くの洞窟までの距離が長い。

「！」

近くに爆弾が落ちて、爆風で隣の岩壁に叩きつけられた。身体中に衝撃がある。耳の中がぎいん、と音がして何も聞こえない。一瞬頭が真っ白になったが何とか倒れずにいられた。

「伊魚……」

火薬のにおいは独特だ。生木が燃えるにおいはすでに空襲の恐怖として藤十郎の鼻腔《びこう》にこびりついている。爆弾に焼かれた土のにおい。数分前まで人だったものから立つ血のにおい。歩こうとするが岩壁に肩を預けながらずるずると崩れてしまう。目が回って頭を上手く上げられない。立てないかもしれない。

「――伊魚！」

もう駄目かもしれない。そう思ってとっさに藤十郎は叫んでいた。約束を破りたくない。側にいると誓ったはずだ。事情はどうあれ、ここで一人で死んだら伊魚との誓いを破ることになる。

「伊魚!!」

声だけでも届いてほしかった。お前を捨てないと、最後まで側にいるつもりだったと。

あっけない――。抗《あらが》おうにも突然突きつけられる死の予感は圧倒的だった。自分たちは撃墜されて共に死ぬと思っていた。こんなに簡単に、足掻くことすらできずに別れて死ぬとは予想していなかった。

次の壕までもう少しのはずだ。そう思いながらふらふらと藤十郎は立ち上がる。ぼうぼうとした音が耳に詰まっていて、目の前は振り回されるように暗く揺すられている。幸い怪我はしていないようだ。手で触れている崖が爆音と共に振動している。また激しい爆音が響き、上から土のようなものが盛大に落ちてくるのに、藤十郎は思わず音の方向――後ろを振り返った。

藤十郎がさっき入った洞窟の辺りだ。入り口の辺りが抉《えぐ》れ、黒煙を上げている。もうもうと白い煙が立っていた。浅い割れ目だった。あの距離では爆風をもろに浴びたのではないか。棒立ちのまま目を見張ってそちらを見ていると、急に後ろから背中にしがみつかれた。

「……――伊魚!?」

驚いた顔の伊魚がいる。

何でこんなところにいる。空襲なのに防空壕から飛び出すバカがどこにいるんだと叱りたくなったが人を叱れる身ではない。とっさに伊魚の手を引いて、近くの穴に逃げ込んだ。掘りかけの横穴だ。塹壕に毛が生えた程度だが、すぐ側に直撃を食らえばどこも同じだ。肩で激しい息をしながら奥へ進む。

さっきの洞窟はどうなっただろう。奥の者が無事ならいいが。

四畳ほどの縦長の穴で、突き当たりの壁に上下を貫く大きな亀裂が見える。防空壕を作りかけて掘り進むのは危険だと判断したのだろう。手入れされない塹壕もどきは放置されて、地面には下草も生えっぱなしになっている。

伊魚と二人で一番奥まで行った。薄暗く爆撃音のたびに天井からパラパラと石の欠片や土が落ちてくる。

洞窟の中は息がしにくいほど蒸し暑かった。走った汗と、冷や汗と脂汗が混じったものがこめかみを流れる。走りすぎて肺が痛いのをなんとか喘いでやり過ごしながら、指でこめかみを拭ったとき、間近で伊魚がぼんやりと藤十郎を見つめて呼吸をしているのが見えた。頰にかすり傷を負っている。埃で粉っぽくなった頰に真紅の珠を結ぶのに目を引かれた。

眼球が白く濡れて光っていた。微かな呼吸の音が聞こえる。繰り返される瞬き、首筋の血管が微かに震えている。唇の赤さは血流の証拠だ。

生きている。伊魚が生きている。

そう思うと急にたまらなく欲情した。

爆撃の振動の中、伊魚を抱き寄せ、口を吸った。手荒に伊魚の服を開き、伊魚のズボンを下ろさせて、唾液《だえき》で伊魚のほころびをおざなりに湿らせる。伊魚は抵抗しなかった。暴く動きばかりをする藤十郎にしがみついて自分の身体を支え、藤十郎のなすがままになっていた。性急に口を吸い合い、伊魚の意思を確かめる間もなく伊魚の胸の色づきを摘んだ。焦っていた。今することはこんなことじゃないだろうと思いながら、理性はなんの歯止めにもならない。ただ伊魚に飢えていた。死ぬ前に伊魚と繋がりたかった。伊魚の手も、溺れるようにめちゃくちゃに自分を摑んでくる。伊魚の指が自分で開いてみせる場所に、藤十郎は猛りきった自分の肉を押し当てる。伊魚の身体はまだ昨夜の名残《なごり》が残っていて、手荒な挿入にもかかわらず、やわらかに藤十郎を受け入れた。ひと息に貫いて、大きく揺さぶった。伊魚は甲高い声を上げ、しがみついた藤十郎の首筋に爪を立ててくる。

滑稽《こっけい》だろうか、この必死を笑うのは誰だろうか。

爆撃の音が空を揺らす。洞窟は暑く汗がぽたぽたと滴《したた》った。

「あ——。あ……ア！」

こんなに乱暴なのに、伊魚も猛っているのが愛《いと》しかった。伊魚も残そうとしている。自分と生きた証か、それとも未来か。実らないのはわかっているが、それでも自分たちは生きたのだ。こうして誓い合った。

「うあ。あ！」

一番弱い粘膜を密着させ、擦り合って、何かを残そうと必死だ。

伊魚の悲鳴を爆音が掻き消す。いつも冷たい伊魚の手は熱かった。口を開き、舌を出して獣の動きに没頭する。

伊魚の快楽か、自分の快楽かもう藤十郎には判断できない。

「ひ……ッ、い——……！」

地面に縋《すが》るようにかき寄せた伊魚の手の下で、乾いた草がパチパチと音を立て、種を散らす。伊魚の汗ばんだ肌に、小さな種がくっついている。

乳首を赤く尖らせて発情する伊魚の身体の奥に、藤十郎はありったけの熱を注ぎ込んだ。手の中に溢れる伊魚の蜜の行き場がなくて、そればかりがかわいそうだった。藤十郎は濡れた自分の手のひらを舐め、伊魚と口づけを交わした。

愚かだとは思わない。後悔はしない。伊魚が今手の中にあるなら未来も望まない。

伊魚の左胸に手のひらを押しつけた。壊れそうに激しく早鐘を打っている。興奮で、恐怖で、欲情で、血潮で。

刹那《せつな》的ではない。自分たちはここで生きた。今、生きている。今——。

「伊魚……」

額を擦りつけて、強く抱きあった。頬を流れるのが汗か涙か、藤十郎にもわからなかった。伊魚が唇を吸ってくる。応えるように藤十郎も、欲情で甘い伊魚の唇を吸った。

生きた証が欲しい。それが今、どれほど無意味に近いかわかっていても。

どこで死のうと、同じなのだろう。今ここで、赤裸々な情を交わしたことすら、この広い空の下に誰も知らないのだ。


空襲はいつものように短時間で収まり、すぐに警報解除のサイレンが鳴った。身体を整え、持ち場に戻るため、防空壕を出た。首筋の、伊魚が爪を立てた辺りに汗が沁みてひりひりとする。

島のあちこちから炎と黒煙が上がっている。消火に行かなければならない。そういえば返却されてきた仏像を、逃げる途中で落としてしまった。もしもあれが身代わりになってくれたのならば今頃は焼けてしまっているだろうと考えて、藤十郎ははっと胸のポケットに手をやった。預かってきた手紙がない。

「藤十郎?」

まだ頬に微かな紅潮が残る伊魚は、怪訝な表情で藤十郎を振り返った。

「伊魚に、内地から戻ってきた手紙を預かってきたんだが」

洞窟の中には何もなかった。手紙もここまで走って逃げたときに落としたに違いなかった。どんなものだったか見た目をざっと伊魚に話した。

「今なら見つかるかもしれない」

吹き飛ばされた可能性も高いが、焼け残っていれば今なら探せるはずだ。

「いや、いい」

伊魚は小さく首を振った。

「自分が出した手紙を貰っても仕方がない。見られて困る内容でもない」

自分たちが今ここに生きていることを、内地に知らせる術《すべ》がない。島は火災臭で満ちている。密林の一部が赤黒い炎を上げていた。


航空眼鏡を拭いていた布を床に取り落として、藤十郎は身を乗り出した。

「――本当か、堀川！」

「ああまあ。とりあえず、手持ちの部品が尽きるまではな」

少しのあいだに顔が少しほっそりした堀川は頷いた。頬は痩《こ》けたがずんぐりむっくりした体型はそのままなのが不思議だ。出撃がない間も、彗星担当班は彗星に懸命な整備を施していると聞いた。最近の彗星の好調の陰にはこの男の功労がある。

彗星の部品は複雑で種類が多く、合格品が少ないが、ちょうど切れていた部品が手に入ったというのだ。精度もいいということだ。燃料も他にかけ合って、可能な限り純度のいいものを調達してもらえることになった。兵站が回復しない限りずっとではないが、とりあえず少なくともあと数回は飛べるらしい。それでも乗るかと堀川がわざわざ尋ねに来てくれて、藤十郎は明るい顔で、同じく笑顔の伊魚と頷き合った。

「わかった。それでは準備ができ次第、また連絡に来る」

「ありがとう、堀川」

藤十郎が呼びかけると、「こっちこそ」と言って堀川は小屋を去っていった。それと入れ替わるように、藪を分け入りながら人がやってきた。分隊事務の郵便配達だ。

「谷藤十郎に手紙だ」

男は小屋の玄関口で、検閲済みの判が押された手紙を差し出した。

内地からの手紙といえば家族からくらいしかない。伊魚には少し申し訳なかったが、内地からの便りは、他愛ない身体を労るだけの手紙でも嬉しいものだ。

「今日はいい知らせずくめだ」

配達人にそう言いながら藤十郎は封書を手に取った。覚えのない名だ。父か母か妹たちか、と眺め下ろして妙に達筆な封筒の宛名に戸惑う。

封筒を裏返すと、三船《みふね》和子と書いてある。覚えのない名だ。従姉妹や親戚に三船という者がいただろうかと、考えて和子という名前のほうに思い当たった。

「藤十郎……？」

封筒を見下ろしたままじっとしていた藤十郎に伊魚が不審そうな声を出す。

藤十郎は封筒から急いで取り出した便箋《びんせん》をガサガサと開いた。中の筆跡もいかにもなよやかで流麗な文字だ。

——谷様に於《お》かれましては、南方にてご活躍のことと存じます。——から始まる手紙を藤十郎は読み下す。三枚の便箋にわたって文字が書きつけられ、紙の前後を入れ替えながら読むと、最後は『返事を待っている』と締めくくってあった。

「家族か。いいな」

内容を知らない伊魚が羨ましそうな声を出す。混乱のラバウルで、今や手元にまで手紙が届くというのは貴重なことだった。以前は伊魚のところにも頻繁に手紙が届いていたのだが、最近はそれもない。だが嬉しいとは到底言いがたい手紙だった。こんなことがあるのかと驚きすぎて、とっさに怒りも湧かないくらいだ。

「……和子だ。もと、婚約者の」

間違いない、と封筒の裏をもう一度確かめながら藤十郎が言うと、伊魚がえっ、とこちらを見る。

藤十郎はもう一度便箋を開き、読み間違いではないかと文面を辿って、手紙に目を落としたまま伊魚に告げた。

「今の旦那《だんな》は退屈だと言ってきた。俺に内地に帰ってくる予定はないか、と」

「どういう意味だ」

「駆け落ちしたあと結局家に帰って結婚したらしい。商家の男と結婚して、下働きのように扱われるのが嫌になったそうだ。やはり軍人などと結婚して、夢を見ておけばよかったと後悔している、と」

駆け落ちした幼なじみは八百屋だと言った。女学校を出たという彼女は、客を相手に二人で力を合わせて働いて、日々を暮らしてゆくつましい生活ではなく、軍人の内儀として藤十郎から給料を得て、秘書のように過ごしてゆく生活のほうがよかったと今さら思い直したらしい。浅はかというか身勝手というか夢見がちというか。これが乙女というものなのだろうかと思うが、理解はしてやれないようだ。

ぽかんと見ている伊魚をちらりと見て、藤十郎は苦々しい表情で肩を竦《すく》めてみせた。

「いつだって、逃がした魚は大きいというわけだ」

応じるつもりはないが、もしも目の前に和子がいたら説教してやりたかった。説教といっても和子が藤十郎を捨てて逃げたことではなくて、退屈ということは生活の平和が守られているということで、和子の人生に心配がない証だということをよくよく嚙みしめろということだ。せっかく藤十郎を傷つけてまで結ばれた縁だ。相手の男は和子を攫うのに失敗したら首をくくるつもりだったと聞いた。だからおかしなことを考えずに、旦那に尽くして幸せな家庭を築けばいい。

伊魚は何も言わずに藤十郎を眺めていた。居心地悪くなって「なんだ」と訊く直前に感心したように伊魚が言う。

「藤十郎は、かっこいいな。まるで色男だ」

「まるでとはなんだ、まるで、とは」

役者でも見るように藤十郎を見上げてそんなことを言うから、藤十郎は面白くなって伊魚を抱き込んで床に転がった。

「お前の男だ。どうだ？　独り占めしている気分は」

伊魚が惚れたと言う男は、今は伊魚だけのものだ。しかもペアという軍のお墨付きだった。

腕の中で伊魚は笑った。

「雲の上みたいだ」

きれいな顔を微笑ませて伊魚は呟いた。

「子どもの頃、雲の上では信じられない幸福なことばかりが起こっていると思っていた。航空隊員になって実際雲の上に上がってみたら、雲の上には空しかなくて、嫌なこともいっぱいあったから信じられなくなっていたが、やっぱりそのようだ」

「伊魚を捨てた男のことか」

「そうだ。だがいいこともあった。……ここに」

伊魚がやはり今日もひやりとした指先で顔に触れてくるから、気持ちがよくて、藤十郎は伊魚の手に自分の頬を包ませるように押しつけた。

笑う伊魚に、そっと囁く。

「あのとき間違ったと悔やんだことは、今振り返れば正解だった」

和子に逃げられていなかったら、自分はそのまま結婚していただろう。ラバウルに来ることもなく、伊魚の顔も知らないままだと思うとゾッとする。あのときは自分の運や迂闊《うかつ》さを悔やみ、嘆き悲しんだものだが、それでよかったのだ。苦難に追いやられて選んだ道の先に、本当の正解があった。

「そうだな、藤十郎が女に逃げられなかったら、きっとここには来なかった」

「そうだ。伊魚が捨てられなかったら俺を見向きもしなかっただろう？」

相変わらずやや口の悪い伊魚の髪を、愛しく後ろに撫でつけながら、藤十郎は囁いて口づけをした。

「お前に会えてすべてが正しくなった」

しみじみと伊魚が言うから、あやすように藤十郎は囁いた。

「我が麗しき祖国に乾杯ってとこだ」

伊魚を捨てた男の活躍を、藤十郎から逃げた女の幸せを、自分たちは水杯で祝おう。

「物は言いようだ。それがいい」

自分たちが死ぬことで、銃後の何百、何千万という日本国民が生きる。やり甲斐のある仕事だ。その中に自分を捨てた女や男が交じっていたって笑って許せるくらいの懐はある。

互いに満ち足りきった心だからこそ、他人の幸せを祈れる。

どうか、みんな無事で、生きてほしい。自分たちがいない未来が明るく続きますように。

この世のどこにも恨みはなく、全世界を無責任に祝福してまわりたいほどだ。明日、撃墜されたとしても、自分たちは誰も恨まず逝けるだろう。

空襲を避けるために、整備場は転々と移動する。藤十郎たちも彗星に付き添って密林に近いところまでやってきていた。藤十郎は、整備員に書類を届けに行っている伊魚を待ちつつ休憩中だ。

偽装網をかけた機体を、敵機から見つからないように木の陰から木の陰に急いで移動させる。ほんの数ヶ月前まで、飛行場いっぱいにきらめいていた航空機の列線が夢のようだ。今、ラバウルには何機、航空機が残っているのだろう。櫛《くし》の歯のように抜けてゆく列機を埋め合いながら航空隊は存続している。見知らぬ班と編隊を組まなければならないこともあったし、久しぶりに会う男もいる。

「あ――……谷一飛ですか?」

問われてふと横を見ると、隣で積み上げた木材に寄りかかって休憩していたのは厚谷だ。予科練の頃はひょろっと背の高い印象があったが、久しぶりに見る厚谷は、操縦員と間違われても仕方がないほど逞しくなって見違えた。ただし優しい顔つきと、おっとりとした雰囲気は昔のままだ。

「そうだ。久しぶりだ。貴様たちは頑張っているようだな」

「はい。おかげさまで」

曰くつきの機体同士でありながら途中で爆撃機としての運用が不可能となった彗星と違い、厚谷・琴平の月光ペアは、元々の機体の評価が覆《くつがえ》るくらいの大活躍をしているらしい。

厚谷は世間話のように穏やかに言った。

「谷一飛たちは今どうなさっておるのですか?」

「偵察隊にいる。彗星に爆弾を吊れなくなってな」

「そうなんですか。難しい機体だとは聞いていました」

負担にならないような優しい慰め方をするのも相変わらずだ。

厚谷がラバウルに来てから、こうして私的に直接話すのは初めてだった。基地は何だかんだと大所帯だったから、目指して探してさえ会えなかったが、運もあったのだろう。ここまで人数が減らないと会えなかったということは、厚谷とはかなり縁が薄かったのかもしれない。

話しかけてきた男が厚谷だと気づいたときはどきりとしたが、こうして隣で話してみて藤十郎は安堵した。厚谷に未練は湧かなかったし、なりふり構わず探し回った恥ずかしさも、時間や慌ただしさに押し流されて消えてしまったようだ。数少ない内地からの顔見知りだった彼が、今はただ懐かしく慕わしい。

厚谷がふと顔を上げた。視線の先には月光の操縦員席からひょっこり顔だけを出している琴平が見える。

「琴平は丸くなったな」

呑気に喧嘩をしていられるような状況でもないが、以前のような悪評も聞かないし、喧嘩騒ぎも耳にしなくなった。敗退が続いて元気がなくなったかと思っていたが、こうして見るかぎり元気なようだ。

「元々ああです。相変わらずで」

厚谷が苦笑いを浮かべていると「六郎！」と叫んで琴平が手を振った。厚谷は手を振り返してまた尻を背後の木に預けた。横顔の厚谷がふと笑う。優しい表情だ。

「行かなくていいのか」

「ええ。アレに付き合うと機内が家のようになりますから」

「二間か。狭いな」

藤十郎が言うと厚谷は笑った。相変わらず朗らかなヤツだ。

「でも楽しいです。苦しいですが」

笑いのあいだにそう零して、厚谷はまた琴平に手を振る。琴平は何やら怒っているようだが、厚谷は放置していいと判断したようだ。その様子が仲が悪そうにも厚谷が意地悪そうにも見えない。いいペアなのだなと藤十郎は感じた。離れていても、心が琴平と繋がっているのがわかる。

「何だか貴様たちは不思議だ。有事なのに穏やかだ」

いくら個人の成績がよくても、戦争に負けては意味がない。こんなに追い込まれていても、厚谷たちは楽しそうだ。笑顔に無理や諦めがない。

「谷一飛も落ち着いていると思います」

「馬鹿言え。辛い」

本音を吐くと厚谷は「そうですね」と言ってまた笑った。そして月光のほうを眺めやる。

「生きる気満々ですから、苦しいですが、琴平のお陰で楽しみも見つけられるんです。頑張ります」

「……そうか」

厚谷の言葉に、ふと遠ざけられたような感覚を藤十郎は覚えた。彼らとはいつの間にか道がわかたれた気がする。生き抜いて戦争に勝つことを信じて戦う。そういう生き方もあるのだなと感心する心地だった。自分たちには未来がない。いつか墜とされる日まで伊魚と空を飛び続ける。それが少しでも長く続くようにと祈ることはあるが、内地に帰るつもりはなかった。

「六郎！」

厚谷と穴ぼこだらけになった駐機場《エプロン》を眺めていると、三度《みたび》厚谷を呼ぶ琴平の声がした。

「すみません。行きます」

厚谷は苦笑いで木材から尻を離した。うちと違って世話女房気質のようだ。笑いながら厚谷を見送っていると、厚谷が振り返った。

「今度酒でも飲みましょう」

「……ああ」

当てのない約束だ。だが不思議に虚しい感じはしなかった。


基地に着陸すると伝えると、すぐに信号弾が上がった。空爆続きのラバウル基地は、陸軍も海軍もなく航空隊も地上要員も現地の住民も一丸となっての埋め立て作業に徹している。無数に開く空爆の穴を夜を徹して埋め続けるのだ。お陰で滑走路の平面だけはよく守られている。

空一面に閃光《せんこう》弾が炸裂《さくれつ》しているようだ。藤十郎たちが待っている火花がひとつ上がったが、目の裏にまたたく光に呑まれてあっという間に消えてしまった。見届けて藤十郎は操縦席で喘いだ。

「信号弾は何色だ？　見えるか、伊魚」

「いや。でも降りるしか、……ないんじゃないかな」

伝声管越しに問うと伊魚が答えた。一番酷いときはしばらく失神していたようだから、航空病の症状は自分より酷いのだと思っている。

劣った機体で敵機から逃げ回るために、命がけの回避行動をする。急上昇、急降下、急旋回、錐揉み。気圧と重力で体内の血液がものすごい勢いで上下して、敵が追撃を諦めるまで、意識を失う寸前の無茶をする。藤十郎はまだ自分で操縦桿を握り、限界をはかれるが伊魚は振り回されるがままだ。それにいくら伊魚が丈夫とはいえ、体力は体格がしっかりとした藤十郎ほどではないようだった。

島が迫ってくる。地上の高さがブレて、どれが本物かわからない。伊魚が告げてくる数字とまったく違う気がする。だがそこに高度を持っていくと、何となく高さが合う気もする。

手で腿を激しく抓っていないとふっと意識が白く遠のきそうだ。どれほど目を眇めてもチカチカと白い火花が散って前方はよく見えない。今日はなかなか色の感覚が戻ってこなかった。

降りるなと言われてももう無理だ。彗星の機体は激しく振動していて、どこかから白煙が上がっている。天蓋の硝子が二箇所撃たれて真っ白だ。

ようやく今日も逃げきれた。なぜ飛べているかわからないくらい、機体はぼろぼろだ。そして負けないくらい、自分たちの身体もぼろぼろだった。

滑走路にまっすぐ侵入すると、地上要員が布幕を翳しているのが見える。だが何色かわからない。

「着陸する」

ようやくそれだけ声を出して、藤十郎は着陸姿勢に入った。

足は出ているはずだ。伊魚が読んだ水平は合っているはずだった。

すぐにガタガタと接地を伝える振動がして、続けてメリメリばきばきと機体中で破壊音がした。

「……」

ふっと、藤十郎が目を覚ますといつの間にか機体が止まっている。着陸できたらしい。

「緒方一飛！　谷一飛！　よく戻った！」

整備員が、藤十郎と伊魚を操縦席から引きずり出してくれる。マフラーを解かれ、カポックをはぎ取られる。前のボタンを緩めてもらうとホッと人心地ついた。真冬のような上空から、地上の熱に戻されて、どっと汗が噴き出る。

両脇を抱えられるようにして木陰に連れていかれ、そのまま伊魚と布の上に並べて横たえられた。

「と……じゅ……」

意識があるのかないのか伊魚がこちらに手を伸ばしてくる。藤十郎は無言でその手を摑んだ。

耳鳴り、頭痛と吐き気。内臓の位置があちこち入れ替わったような鈍い腹痛がある。目をつぶっていても頭の芯がぐるぐる回る。目の奥と頭が痛い。

横たわったまま滑走路のほうを見ると、彗星はすでに自動車に牽引《けんいん》されて、林のほうへ引っ張られている。尾翼にも穴が開いた壮絶な姿だ。片方開きっぱなしの爆弾倉にも風穴が開いている。主翼も二発、撃たれているはずだ。一発でも燃料タンクに食らっていたらそこで終わりだった。

「よくやった、緒方！　谷！」

上官が一人やってきて、頭上から叫んでいる。

「貴様たちの情報で、飛行隊が出た。お手柄だった！」

索敵中、警護が手薄の補給艦隊を見つけた。あの編成なら艦爆隊でやれる。打電をしてからすぐに飛び立ったなら、敵の護衛戦闘機隊も間に合わないだろう。

また別の声が頭上から聞こえる。

「ご苦労だった。水を置いておくぞ」

ちゃぽちゃぽと水音がする水筒の脇に、小さい焼きバナナがそえられる。

「彗星、やるな。帰還は何度目だ」

興奮したような兵隊の声が、足元を遠く離れたところを歩いてゆく。

そうしている間に、また滑走路から数機の戦闘機が飛び立ってゆく。すぐに反撃の空爆が開始されるだろう。立てるようになったら避難しなければならないが、目眩が治まるのを待つ時間くらいはあると思う。

藤十郎は仰向けになって空を見上げた。

航空機の爆撃と揺れさえなければ、戦争をしていると思えないほど空は澄んで青く、どこまでも広かった。どっしりとした積乱雲が天に届きそうなほど高く聳えている。

藤十郎は何となく思いついて伊魚に声をかけた。

「いずれ雲の中に住むとしても、一度は靖国《やすくに》に行かねばならないだろうか」

この調子ではいよいよのような気がする。伊魚と待ち合わせの打ち合わせが必要だ。

伊魚は力なく笑って、だが真面目に返した。

「そうだな……。礼儀は必要だ」

懐かしい仲間に会って、あのときは世話になったな、では俺たちは雲の城に住むからと、一言断りを入れてこなければならない。

「伊魚は出征のときに参ったか？」

「いや、俺は地元の神社に参っただけだ」

問うとあの日のことが昨日のことのように思い出される。国旗、軍旗、隊旗と金色に輝く錦《にしき》の幡《のぼり》を翻し、まだ新しい軍服を身に纏い、隊列を組んで参拝をした。捧げ銃《つつ》をし、鳩の羽ばたく音の中、必ずここにやってくるからと誓って内地を離れたのだ。

靖国というのは国を守って死んだ人間の魂がゆく神社だと聞いていた。お国のために死ねば魂はそこへ飛び、今度は護国の神となってなお盤石に日本を守るのだと。それも悪くないと思っていたが、今は靖国よりもあの雲間に住みたいと藤十郎は思っている。きっとそうするつもりなのだが、まずは靖国に行くのが軍人の筋だろう。義を欠かしては雲間でさえ肩身の狭い思いをするかもしれない。

「そうか。じゃあな」

靖国に行ったことがないと言う伊魚に言い聞かせるように藤十郎は囁いた。目眩に揺れる瞼の裏には、青空に聳える大鳥居が映っている。

「鳥居をくぐってまっすぐ歩くと、突き当たりに拝殿がある。菊のご紋の垂れ幕が目印だ」

普段は白い垂れ幕だ。特別な日には紫の幕がかかる。藤十郎は記憶の中の神社に想いを馳《は》せた。

鳥居から参道《さんどう》が直線だ。鳥居をいくつかくぐると、大きな菊花紋章《きっかもんしょう》が貼られた神門《しんもん》があり、その向こうに青空を区切る大きな屋根が真正面に見える。

「俺は賽銭箱の向かって右側の柱のところに立っている。必ず伊魚を待つ」

伊魚は頷いたが何も言わない。ただ涙ぐんで握った手に力を込めてくる。

「伊魚」

入り口さえわかれば難しい道ではない。それに空で死んだときは風が吹いて魂を神社まで運んでくれると聞いていた。

俯いた伊魚は震える声で呟いた。

「……必ず行く。そして必ず待っている。何時間でも何年でも時がわからなくなるほど長い時間でも、藤十郎が来ると必ず信じて待っている」

「不安か？」

藤十郎は伊魚の手を優しく撫でさすった。

「見失ったりしない」

孤独に弱い伊魚だ。だが今度は大丈夫のはずだ。

「……待っている。藤十郎」

そう誓ってくれれば十分だ。

初めの日を思い出せば、整備員もずいぶん彗星に慣れたようだった。手際よく油温が測られ、確認のかけ声が上がってゆく。ただ「良好」ではなく「可」と言う声も多く、可が出るたび、伊魚と苦笑いを交わした。

ここのところ空が静かだ。相変わらず昼となく夜となく空襲はあるが、圧倒的有利であるにもかかわらずラバウルに攻め込んでくる様子はない。ガダルカナルが落ちた今、ラバウルが最後の砦《とりで》だ。ラバウル決戦は避けがたく、陸軍が島の要塞《ようさい》化に向けて気勢を吐いている。少なくなった残存航空機もまだまだ戦う気だ。それなのに敵のぬるさが不気味だった。片手間に相手にされているような気さえした。

だとしたら、もう片手はなんだろう。

まさかと呟く声があちこちで上がっていた。そんな不安にまさかと笑い返すしかなかった。敵はラバウルを飛び越して、もっと北に陣地を構えつつあるのではないか——最早ラバウルの南には、主要艦隊、攻撃隊はいないのではないか。

偵察任務にあたって彗星を含む数機に白羽の矢が立った。彗星はあと何度も運用できない。今の部品が尽きれば終わりだ。燃料の問題もあった。彗星の繊細なアツタエンジンは、これ以上オクタン価が下がった粗悪な燃料では動かない。

速度と航続距離頼みだ。単機、敵基地上空への偵察を試みることになった。

厳しい任務だと藤十郎は思っていた。今のところ辛うじてでも出撃できるが、彗星は調子がいいと言われるときもあてにならない。前回の被弾の補修も十分ではないと言われていた。だが行かなければならない。日本の電探は連合軍に大きな後れを取っている。偵察の情報は基地全体の生死を分ける。今強行偵察を行える機体はほんの僅かしかない。

昼間ではわざわざ敵地に飛んで行ってまで撃墜してくれと言っているようなものだ。だが日本軍お得意の、夜明け前の偵察も、レーダーによる無照射砲撃の餌食《えじき》になるだけだった。

航空隊が一番飛びたがらない夕暮れ前を目標に、出撃することになった。挺身偵察。帰れないのは覚悟の上だ。だが命と引き替えにするなら何とかして仲間のために有利な情報を得てきたい。

伊魚は静かだった。ただ「状況が許せば藤十郎は降りてもかまわない」といつもの調子で言った。もう伊魚に伝えるのも疲れたが、彗星と命運を共にする腹はとっくに括っている。今さら彗星を降りたところで、命が半日延びるだけのようなラバウルだ。

「藤十郎。時間だ」

時計を見ながら伊魚が言う。

「おう」

と答えると、伊魚が諦めたような苦笑いをした。一緒に彗星に向かって歩き出そうとしたとき、堀川が急いで近づいてきた。

「断ってもいい」

誰にも聞こえないような小さな声で堀川は囁いた。

「彗星は万全ではないし、強行偵察になるに違いない、少なくとも俺には」

言いかけて堀川は唇を噛んだ。

「――貴様たちに行けとは言えない」

敵機が舞う敵基地上空に偵察に行く。彗星はガタガタだし、偵察はただでさえ不帰の任務だ。

藤十郎は堀川に肩を竦めてみせた。

「まあ任せておけ、堀川。帰ったら頼む」

伊魚もすかしたものだ。

「大丈夫だ、ありがとう。敵地に差しかかり次第、藤十郎が呪いの人形を投下する。米兵など怖れをなして病気になること請け合いだ」

「何だと？　伊魚！　無駄口叩く暇があったら辞世の句を詠め。ちゃんとした五、七、五でな」

藤十郎が伊魚の髪を掻き回すと、伊魚は笑って彗星に歩み寄った。そしてふと、見送りの人垣のほうを振り向く。

釣られて藤十郎も顔を上げた。

周りに見えるすべての人が別の陸にいるようだ。

多分自分たちの魂が半分、すでにあの雲の中に住んでいるからだろう。

藤十郎が先に足かけの上にのぼった。伊魚は搭乗前に差し出された最終確認の書類に一言走り書きをして、翼の上から振り返る藤十郎を見上げた。

「行こう、藤十郎」

「ああ、行こう」

雲の狭間《はざま》を見にゆこう。

空に沸き立つ雲を二人の城とするために――。

小さい頃から家が欲しかった。

† † †

内地のどこかにある小さな家で、用事を終えて伊魚はその家に帰る。ただいま、と言えば奥から誰かが「お帰り」と言う。伊魚は明るい部屋に戻り、荷物を置いて台所へ向かう。食事の用意をしている誰かから「どうだった？」と尋ねられたら「疲れた」と笑って、今日一日のできごとを話す。それが毎日繰り返されるような家だ。

――一瞬たりとも時計と航法計算盤から目を離せない。

先導の戦闘機が航法目標灯《カーバイドとう》を投下する。伊魚はすかさず偏流角を測った。目標物のない洋上で、自分の位置と方角を知るのは至難だ。羅針儀に合わせて飛んでいても、風などで流されていつのまにか進路がずれている。白波が立てばそれを基準に修正できるが、こんなベタ凪ではそれもできない。一面の鉄紺の上を飛ぶときは目標物を投下して起点となる場所をつくる。そして偏流角を修正しながら目的地へ向かうのだ。

日中用の航法目標弾《アルミニウム》ではなく、光る目標灯にしてくれたのは先導機の親心なのか餞《はなむけ》か。海面には空より先に夜が来る。昼日向の輝きを失った海に、目標灯ははっきりと明るかった。

先導機が大きく弧を描いて左に旋回した。彗星は直進だ。ここからは単機となる。伊魚は藤十郎と共に敬礼で先導機を見送り、細かい方角を修正して機首を予定の航路に乗せた。

日本軍から見れば南、米軍から見れば北に、両軍が激突する最前線はある。普通に飛んでは簡単に哨戒機に見つかって撃墜されてしまう。目的の島を大きく回り込み、一旦南に出てから北上する計画だ。航続距離が長い彗星にだからこそできる任務だった。

上空から敵基地の様子を探る。任務はそれだけだ。だが今となっては至難だった。以前の日本軍のように、米軍は今や絶対的な制空権を持っている。対空砲の網が張られ、敵がひしめく空に味方もなしに飛び込むのだ。

遠く擦れ違った敵機は、彗星を仲間と勘違いしたのかそのまま過ぎ去った。二機目もそうだ。伊魚たちは米軍が交わす僚機の信号を知っていて、騙せるところまでそれで騙し通す気でいるが、機体を目視されたらどうしようもない。

薄雲が散らばっていて身を隠すには都合がよかった。息を止めて冷や汗をかきながら、三機目と擦れ違って間もなく敵基地上空に差しかかる。

大きな島だ。海沿いに工事途中の滑走路がある。

夕暮れが近い。徐々に赤みを帯びてゆく太陽が島を照らしていた。前に機影がないのを確認して、彗星の高度を更に下げた。プロペラが水面を叩くような超低空飛行で敵基地の側まで忍び寄る。もしもこの海で撃墜されても自分たちの最期を見届けるものは誰もいない。

藤十郎が唸った。

「頃合いだ」

主翼の下に吊っていた燃料の増槽《ぞうそう》を捨てる。身軽になったとたんに、藤十郎は最大まで加速して大きく陸地に切り込むように上昇しながら右旋回した。

「伊魚！」

よく見ろと、藤十郎が叫ぶ。一瞬だったが異変を取って見るには十分だった。

まさかとは思ったがそういうこととは思わなかった。この島は放棄されている。最低限の戦力は残っているが、基地の工事は中断している。あと数日でもぬけの殻にするつもりだ。

早く基地に知らせなければ。

伊魚が双眼鏡を下ろしたのと同時に、彗星が急旋回した。伊魚が顔を上げると前で藤十郎がボヤいた。

「……バレたと思ったんだよなぁ」

擦れ違った戦闘機が引き返してきたらしい。

「用事は済んだ。離脱する」

伊魚が伝声管に告げると、「おう」と返事があって、彗星は進路の方向に最大まで加速した。最近写真は撮らないことにしていた。持ち帰れる確率が低いから、無線による情報が優先だ。

さてどうだろう、と思うが敵の新鋭機は信じがたい速度で迫ってくる。あっという間に視界に、三機、四機とグラマンの戦闘機が飛び込んできた。

「速いな」

藤十郎は苦笑いをしている。以前は零戦が速い彗星が速いと競い合ったが、敵機は勝負にならないスピードだ。

「わかっていたことだろう。速度が違うなら腕で撒くしかない」

「簡単に言ってくれる」

藤十郎はそう言って、機体を右に捻った。

面白いくらい、背後からの機銃は機体を掠る。あと数十センチ、上か左か下なら致命傷だ。

右斜めやや上昇気味に機体を捻りながら旋回する。上昇競争では勝ち目がない。彗星の速度と藤十郎の航行技術による敵機操縦員の錯覚が頼みの綱だ。

聳え立つ雲の城壁の間をすり抜ける。白く閉ざされた回廊を鬼ごっこだ。

まずいな、と計器を見ながら伊魚は思った。油温が高い。火を噴くほどではないが、全開で長く飛び回れるほど彗星に時間は残されていない。

「伊魚、何分もつ?」

藤十郎も同じことを思ったのだろう。振動も出はじめている。

「全開で、三分というところだ」

「上等だ」

紐をつけてぐるぐる振り回されるような飛行に喘ぎながら耐える。太陽が低くて敵の視界を遮る道具に使えない。雲量はやや多く、それも彗星の行く手を遮るようだ。

差が詰まってくる。燃料は、まだもう少しある。

「ちくしょう」

「右旋回だ。雲に入るな。速度が落ちる!」

「前のはどうする」

問い返されて、伊魚ははっと顔を上げた。前方に黒ごまのような機影が見える。識別灯を見るまでもない。こんなところにいるのは確実に敵機だ。

「一旦雲の上に上がれ。回転数二千六百を二分続けたら降下だ」

「了解。潜るぞ!」

大声で返事をして、藤十郎は雲間に突っ込んだ。雲はほとんど壁のようだ。壊れないとわかっていても藤十郎は怖くないのかと、呆れながら伊魚は、上下に激しく揺れる機体のなかで、用意していた無線機を構えなおした。

何とかして、何とかしてこの情報を基地に届けなければ。

「もう一回だ。構えろ伊魚！」

分厚い雲は水分の塊だ。真正面から突っ込めばそれなりに衝撃がある。突入の瞬間は激しく揺れて、伊魚は無線機を取り落としそうになった。平常、打てる文字は一分間に七十から八十文字だ。これほど揺すられたら何文字打てるかわからない。

「高度五千！　上げすぎるな、藤十郎！」

「もうちょっと大丈夫だ。上げすぎるな、藤十郎！」

操縦桿から直接、自分以上に機体の調子を感じているだろう藤十郎が答えた。

その通りだと伊魚は思った。健気なくらい、彗星はよく飛んだ。上昇するほど機体の性能差がはっきりと出る。上限は六千だ。だが今日の彗星は高高度をその名の通り、流れ星のように飛行した。

急な上昇と降下に、はっ、はっ、と短く息を切らせながら伊魚は無線を打つ。

なんで、こんなことになっているのだろう。

ふと、そんな考えが頭を過ぎって伊魚は笑った。

なぜ、自分たちを裏切った男や逃げた婚約者を必死に守っているのだろう。

虚しいとは思わなかった。少しも悲しくはなかった。希望はないが以前のような絶望もない。

自分にも藤十郎にも、純粋な闘志がある。藤十郎とここで力を尽くして死ぬことに悔いはない。

途切れ途切れに打電していると、前の座席から、不意にはっきりした声で藤十郎が「見てくれ」と言う。機銃の音が途切れている。まさか、と思い、伊魚が双眼鏡を目に当てると追ってくる敵機の気配がない。本当に腕だけで敵機を撒いたのか。

自分たちは再び帰れるのだろうか。

念のため更に数秒様子を見たが、機影はない。

信じがたい気がして、伊魚は風防の向こうを見た。地上から見上げるとわかりにくいものだが、様々な大きさの雲がばらばらの高さに浮かんでいるのが見える。

伊魚は通信機に手をやり、途切れた電文を打ちはじめた。急いで数文字、モールスを叩いたとき、不意に機体から氷を削るような抵抗の強い音がした。激しい振動のあと、ふっとプロペラの感触が軽くなる。

プロペラが空回りしているのがわかった。ガラガラと数度、前方で音がしたっきり機体全部がしんとする。

伊魚は電文を打ち続けていた。指先に集中しながら藤十郎に尋ねる。

「……なんだ。止まったのか」

早く打ってしまわなければならないな、と思った。藤十郎は障害物が少なく基地の方角に添ったうまいところに逃げたが、この距離では電波が届くかどうかが心配だ。

「ああ。終いだ」

弾はある。敵機からは逃げきった。彗星は速かったが、発動機が止まってはどうしようもない。

彗星は前方、カウルの継ぎ目から細雲のような白煙を流して飛んでいる。高度計はどんどん落ちるばかりだ。

目の前に雲の城が聳えている。この青空と雲の中、同じ高さに二人だけだ。

「笑えるな」

と言う藤十郎は笑っていた。

「そうだな」

不帰と言われた任務を終えて、敵機からようやく逃げたところでこれだ。彗星らしい気もした。

電文を打ち終えて、伊魚は苦笑いを浮かべた。藤十郎と死ねてよかった。落下傘を置いてきて──藤十郎に逃げられずに済んでよかった。

雲の城が自分たちを招いている気がする。藤十郎とあそこに帰れる。

終わりまで濁りの取りきれない心を自分で嘲笑いながらも、もう最後なのだからと自分を許そうとしたときだ。

「伊魚」

地上にいるときと同じ、明るい声で藤十郎が呼んだ。

「お前を選んでよかった」

落ち着いた藤十郎の声が言った。そして言い聞かせるように言う。

「迷うなよ？　柱の右だ」

死の瞬間より向こうまで、側にいてくれると藤十郎は言う。疑った自分を信じ、先の約束をしてくれる。

もうここで終わりがいいと思っていた。あの雲に辿り着けばすべてが終わると思っていた。他に生き残る道はあったかもしれないが、伊魚は終わりにしたいと願っていた。もう捨てられたくなかったからだ。未来を信じられなかったからだ。だが、藤十郎なら側にいてくれる。鎖に繋ぐようなまねなどしなくとも、未来まで、側で歩んでくれる。

見渡す限りの大海原が続く。空も海もここは敵の陣地だ。こんなところで墜ちても助かる見込みは少しもない。これが偵察機の定めだった。偵察機の最期は誰も知らない。そういう任務だ。

それでも藤十郎となら、先の未来を歩いてみたいと不意に強く伊魚は思った。歩けなくなるならそのときまで、藤十郎ならこの手を離さずにいてくれるとこの期に及んで信じたくなった。

「藤十郎」

「何だ」

震えそうになる声を、伊魚は力を込めてはっきりと押し出した。

「雲の城に行く前に、島に寄っていかないか」

藤十郎が敵機から逃げ回る間、もしも自分が正確に航法を読めていたとしたら、そろそろ島が見える頃だ。

岩礁《がんしょう》自体は広い。端を見つけさえすればやがて島が見つかるはずだ。艦船は避けて通る浅瀬だが、航空機なら降りられる。

「島?」

藤十郎が失笑する。

「大差ない気がするが、雲より島がいいのか」

洋上に墜落して雲の城へ向かうか、一旦島に墜落してから雲までよじ登るか。雲と島では天と地だが、思いがけず隣り合わせなのではないかと藤十郎は笑う。

伊魚は慎重に航法計算盤を読みながら言った。生き延びられる可能性はゼロではないが、限りなく低い。水着はたやすい。問題はそこからだ。

「貴様と一緒なら、どこでもいいかと思ってな。遅かれ早かれ城には行くがとりあえず、と言ったところかもしれないが」

「伊魚……?」

「絶対とは言えないがそろそろ島が見える頃だ。どんな島かはわからない」

現地人がいるか無人島か。果物があるか川があるか、それだけでも生死を分ける。救難無線が届くか、泳いでどこかへ行けるか。地図上では無人として無視されている環礁《かんしょう》の辺りだ。偶然助けが来るとは考えがたい。

「降りてみるか、藤十郎」

獣《けもの》がいるかもしれない。さらなる飢えと地獄が待っているかもしれない。溺れ死ぬくらいなら海面に激突死が楽だと聞いていた。海面に叩きつけられる瞬間、勢いよく魂が飛ぶという。機体の角度から見て、藤十郎もそうするつもりだったのだろう。伊魚の判断が正しいかどうか、伊魚にもわからない。それでも生きられる確率が少しでもあるなら、試してみる価値はある。

「……よし。わかった」

藤十郎は決断が早い。手早く彗星の状態を確認して宣言した。

「滑空する。指示しろ、伊魚」

「いいのか」

揚力《ようりょく》だけを頼りに、姿勢の操作だけで空を滑り落ちるしかない。藤十郎なら——彗星ならできるかもしれない。島があるかもしれないと言っても洋上と大差ない。敵基地にほど近い場所だ。遭難場所を受信できても、助けはこない。

藤十郎は発動機停止に合わせて、あちこちのスイッチをパチパチ切り替えながら言った。

「寄り道は得意だ」

「恨むなよ？」

伊魚は念を押した。死ぬより辛い地獄がこの世にはあることを、この戦争中、伊魚たちは伝え聞いている。本当に、降りたところは地獄かもしれない。伊魚にわかるのは陸地があるかもしれないということだけだ。

「ああ」

「約束だからな？　恨みながら仏像を彫るくらいなら直接俺に今、文句を言え」

「言わねえよ」

言い合う間にも高度はどんどん下がっていく。空技廠の全力を尽くして作られた紙飛行機のようなものだ。藤十郎の腕もあって、墜落にはほど遠い緩やかさだ。彗星の機体のバランスがいいのを実感する。工芸品の渾名《あだな》は伊達ではなかった。

可能な限り機体を水平に保ち、滑空距離を伸ばす。爆弾は積んでいない。落下傘もない。増槽も切り離してしまった。余計なものといえばサイダーの罎《びん》や藤十郎の懐中時計くらいだ。飛行中は操縦席しか開かないから、鞄ごと全部藤十郎が空に捨てたところで雲の中に突っ込んだ。機体を傾ければ高度が下がる。雲を避ける余裕はない。雲を抜け、伊魚は双眼鏡を目に当てた。僅かだが白波が見えている。たぶん、もうじき島が見えるはずだ。祈るように伊魚は白波を探した。

左前方の、海面のきらめきが強いように見える。光の反射と判断がつきにくいくらい微かに光る塊がある。

伊魚の計測通りなら、その向こうに岩礁がある。その最も近くで安全な深度のある海に着水しなければならない。

「進路そのまま、慎重に機首上げ、二度」

「無茶なこと言ってんじゃねえよ」

二度はほとんど誤差だ。だが藤十郎ならできると思った。

「陸地があるのか」

「そろそろ岩礁がある。たぶん」

なければ死ぬしかない。

神にでも仏にでも縋るしかない。この際藤十郎の仏像だってよかった。

「高度、七百を切ったぞ?」

「だいたいそっちだ。あとは藤十郎任せになるな」

ここまで高度が下がり、明確な目標がなければもう航法など当てにならない。白波を見て、海の色と風を読んで目視のみで臨機応変に降りるだけだ。太陽が低く、海の色が深くなっている。一番海面が見えにくい時間だ。伊魚にしてもまったく距離感が取れない。

それにしたって、と伊魚は指示を出した。

「離れすぎている。もっと左だ、俺は泳ぐのはあまり得意じゃないと言っただろう」

「海軍兵が言うことかよ！」

「今度は左に寄りすぎだ。岩場に住みたいか？」

「あとで戻すんだ馬鹿！　水平優先だろう！　距離は足りてんのか?!」

海面はすぐそこだ。白波が増えはじめているから、もうじきのはずだが島影は見えない。

「足を出せ。高度を上げろ」

「上がるわけねえだろ！」

言い返されて、伊魚はそうだった、と笑いそうになった。蓄電池はまだ生きている。手入れの行き届いた足ばかりは快調にういんういんと駆動音を上げながら真下に開いた。少しでも抵抗を増やして揚力を上げ、水着の衝撃を消さなければならない。

「そうだな。着艦失敗だと思えば何ということはない」

「救助《トンボ釣り》してくれる駆逐艦はいねえんだよ！　よけえなこと言ってねえで歯ぁ食いしばれ！　舌を噛むぞ!?」

空が見えないくらい目の前には海が広がっている。

「――機首上げ」

伊魚は最後の指示を出した。水着の姿勢というのは限られていて、尾翼から着水してそれをブレーキ代わりに速度を下げ、腹で着水する。上がりすぎたらしっぽが引っかかって前方が海面に叩きつけられ、少しでも前のめりになったら海面に跳ね返されて爆散だ。アスファルトの路面と何ら変わりない海面で木っ端微塵に砕かれ、屍はその下にある深い深い深い海に沈む。

「伊魚」

計測器を足元に置き、操縦席の背面に手をついて着陸の衝撃に備えようとしたとき、藤十郎が伊魚を呼んだ。

藤十郎はいつも、二人しかいないのに話しはじめる前に必ず伊魚の名を呼ぶ。

「何だ。失敗したら靖国の賽銭箱の横で殴る。あらかじめの謝罪なら不要だ」

この先どうなったって藤十郎と会う。無人島で会おうがあの世で会おうが大差はないと思った。

藤十郎ははっきりした声で言った。

「生きててよかったって言わせてやる」

「……期待している」

「着水する！」

藤十郎の宣言のすぐあとに、尾翼に激しい衝撃が走った。振り向かなくとも尾翼が吹き飛ぶのがわかる。尾部の装甲がばりばりと剝がれて空中に飛び散り、紙のように潰れてゆく。激しい衝撃は機体の後部が折れたに違いなかった。

「――――ッ！」

藤十郎が渾身で操縦桿を引き起こすのが見えた。

スコールのような海水が降ってくる。足が折れて弾け飛ぶのが見える。その衝撃で右に傾き、主翼の先端が海面に引っかかって激しく剝がれた。

機体の大部分が砕けるようだった。

轟音《ごうおん》と振動の中から、目を眇めて見た空は、

——一面の青だ。

「敵飛行場ニ機影無シ　只《ただ》彩雲ノ広ガルノミ」

駆逐艦が受信した無線を最後に、彗星は消息を絶った。

緒方・谷ペアの彗星、帰還せず。

——紺碧の　嗚呼紺碧に湧く　彩雲の城

搭乗間際に書きつけた句を、整備員が辞世の句として司令部に報告している。

†　†　†

ラバウル基地が南方の最終決戦地として島の要塞化に励む頃、連合軍はラバウルを迂回《うかい》、北上し、アドミラルティ諸島に上陸。同島占領に成功。島を足がかりに日本軍の海の要、トラック島を壊滅に追い込む。

これ以降ラバウルは補給を断たれ、完全に孤立する。自活しながら残存勢力で抵抗を試みるも戦果は挙がらず、

基地存続のまま、昭和二十年八月十五日、終戦の日を迎える。

† † †

夏の靖国神社は空を背負っている。

青空に黒々とした銅板屋根が横たわる、入母屋造《いりもやづく》りも端整な神社だった。

空に高く映える二つの大鳥居。石の参道を歩き、神門をくぐった男は、本社の賽銭箱に向かって右の柱のところに立っている男に手を上げてみせた。向こうも自分に気づいたようだ。

拝殿前の菊のご紋の垂れ幕が風にそよいでいる。境内から白鳩が連れ立って飛び立つ。

男は背広を着た眼鏡の男に声をかけた。

「待たせたな」

「いや、こんなところまで来てもらってすまなかった。どうしても母が参ってこいとうるさくてな」

待っていた男は、現れた男を連れて参道を引き返しはじめた。

梢《こずえ》からうるさいくらいの蟬時雨が降っている。今日は夏の中でも珍しいくらい濃い青空だ。

待っていた男は、ハンカチでこめかみの汗を拭いながら呟いた。

「ここには父の骨など入っていないのに」

男の父は南方で戦死をしたのだが、航空機で太平洋のどこかに墜ちたから遺骨は帰ってきていない。命日と戦死通知が届いた日に法事をし、盆《ぼん》にはここに来る。特に夏のこれだけは、行くまで母が言うから早々に参っておくが吉だ。

「ところで、僕の長男に家庭教師を探しているんだよ。誰か心あたりがないかな。うちに歩いて来られるくらいの距離がいい。君が勤める学校に、非常勤のいい数学教師がいると聞いたのだが」

話は男の妻が噂に聞いてきたのだが、この男――中学校の国語教師をしている友人が勤める学校に、とても教え方が上手い数学教師がいると評判だった。教諭なら諦めるところだが、非常勤だと聞いたから問うてみる価値がありそうだ。今日彼と会ったのも、その話をしたかったからだった。

隣を歩く友人は、えっ、と目を丸くし、そのあと急に噴き出した。

「……ああ。ああ、いるな。彼はとても優秀だが来年から正式に教諭になるそうだから、家庭教師はどうだろう。

そういえばその人ね」

と言って友人は笑う。

「どうした」

「俳句が下手《へた》なんだ」

「歌人か何かか？」

「いや数学教師で俳句は趣味だよ。それにしたってね……」

友人は笑っている。そして更に思い出したように付け加えた。

「一度自宅を訪ねたことがあるが、家に呪いの像をたくさん並べていてな。ずいぶん変わった趣味のようだ」

「呪いの像か。それはすごいな」

しかもたくさん並んでいるという。にわかには想像がつきがたい。男は額の汗にハンカチを当ててふと上を見上げた。
梢の間から見える夏空に、白く城のように燃え上がる、入道雲が見える。

Cloud9 ~積雲と天国

褌をほどくか、このまま泳ぐか悩ましい距離だ。

払暁《ふつぎょう》。着水からそろそろ十時間になろうとしている。星を頼りに夜の海を泳ぎ、夜明けを待つ。

腐っても海軍だ。丸一日程度なら余裕で海に浮かんでいられる。問題は一日泳いだ先に本当に島があるのか、そこまで鱶《フカ》に食われずに泳ぎ着けるかどうかだ。

鱶は自分より身体の大きいものを襲わないという。もしも水着や艦船が転覆して長い距離を泳ぐことになったとき、褌を解いて流しながら泳げば鱶に襲われないと聞いていた。わざわざそのために搭乗のときは越中《えっちゅう》から六尺《ろくしゃく》に締め替える者もいたという話だが、後に流れてくる噂で聞くには「搭乗には六尺褌は向いていない」ということだった。立ち姿がオムツを穿《は》いているようになるし、搭乗中、股間がかなりごわごわするらしい。

夜空の星が薄れ、水平線が見えはじめる。

伊魚《いお》はゆっくりと丹念に墨汁のような海水を掻き分けていた。目を閉じ、水に浸《つ》かった口でふーと長く息を吐きながら、揃えた指を静かに真正面に出す。水をゆっくりと左右に押しわける。自然に頭が浮き上がったときに息を吸う。遠泳をするときは水に逆らわず、そっと水を左右に開き、そこに滑りこむように進むのがコツだ。

「伊魚。待ってくれ」

伊魚のやや後方で泳いでいる藤十郎《とうじゅうろう》が呼び止めるので振り返ってみれば、藤十郎は何だかバシャバシャと水しぶきを立てていた。足でも攣《つ》ったのかと思って見ていると藤十郎が言う。

「もうじき夜明けだ。褌を外すからちょっと待て」

海水に長く浸かっているので心まで冷えそうだ。

「……馬鹿か。いいからさっさと泳げ」

藤十郎の様子を見て頭が冴えた。褌を外す暇があったら少しでも多く泳ぐべきだ。褌を外すために飛沫を立てたら鱶が来そうだった。

藤十郎に言ったとおり、元々伊魚は水泳が得意ではない。予科練を出たからには泳げないとは口が裂けても言えないが、好きか嫌いかを問われると嫌いだった。考えごとをしないで、手足を動かすことに集中していないと途端に溺れそうな気がしはじめて怖くなるのだ。無心に丹念に。「本当に陸に辿り着けるのか」とか「今鱶に襲われたらどうしよう」などと考えず、ただひたすらに丁寧に、身体をゆるやかにして繰り返し水を掻き分けることに専念しなければならなかった。海軍は二言目には『精神』だと言うが、それを特別必要とするのは泳ぐときのみだと伊魚は思っている。

着水地点から約二十キロのところに島があるはずだった。夜が明けても島影が見えなかったら終わりだと思っていたが、伊魚の計測通り夜明けとともに、左手に黒々とした稜線が浮かび上がってきた。

手前の島は小さく、崖に囲まれている。その陰から現れた島には岩の浜があるようだ。そちらに上陸することにした。

島が見えたら、辛抱してさえいれば辿り着ける。それから更に三十分ほど泳いで、伊魚たちは海からワカメを引き揚げるような足取りで島に上陸した。すっかり朝になっていた。

疲れと冷え。浮力を失った身体がやたらと重い。

伊魚は肩で息をしながら辺りを見回した。

案の定、何もない。

期待はしていなかったが、これほどまでにさっぱりと何も見当たらないとさすがにがっかりする。

珊瑚の岩場を過ぎれば少々の砂浜があり、その向こうには密林が広がっているようだ。間には家も、人が造ったと思われる建築物も暮らしの様子も何もなく、本当に砂浜と密林だけが粛然とそこに存在する。

「誰もいない、な」

褌を手に引きずりながら海から上がってきた藤十郎が、同じように周りを見回しながら言う。

「……ああ。最悪の事態のようだ。どうする？」

砂浜に倒れこみながら伊魚は尋ねた。隣に藤十郎も膝をつく。夜の海を横切り、さしあたり爆死と墜落死、溺死《できし》は免れたが到底助かったとは言えない。敵の陣地にある無人島に流れ着いた。自分たちがここにいることを誰も知らないのだ。

一応機内から救難信号は上げてきた。だが信号が届いたとしても敵地に近いここに助けが来るとは思えない。飛行機の塗料は水着すると溶け出して水面に色を浮かべるようになっている。上空から見つけやすいようにするためだ。だがそれからもだいぶん離れた場所まで来てしまった。

通信機材なし、助けになるような僅かな品物も全部空中で捨てた。火を熾して助けを呼ぼうにも、そんなことをすれば爆撃されて終了だ。自分たちがここに着いたと基地に知らせる術がない。

万事休すか——。

戦争中とは思えない、のどかな無人の浜を見据えて伊魚は糸口を考え続けるが、まったく可能性に繋がりそうな綻《ほころ》びも出っ張りも見つけられない。「もしかしたら」という可能性が少しも見えない。

濡れた髪を、藤十郎の手が撫でた。わしわしと掻き回されて毛先から雫が落ちる。

伊魚は、自分がしっかりしなければと思っていたが、実は藤十郎のほうが肝が据わっていたらしい。いつも藤十郎のそういうところに救われてばかりいる。

「一旦休もう」

幸運だったのは、椰子の実があることだった。ラバウルでは、木を揺すれば落ちるような実はすでに取り尽くされて、まだ瓜《うり》のように渋い実すら千切られてなかったのだが、ここには手つかずの椰子があり、中は十分熟《う》れて瑞々《みずみず》しいジュースが溜まっていた。

それを飲んで人心地がつき、一眠りしてから、夜に備えて島を見て回ることにした。

浜辺と密林の間くらいの崖に洞窟を見つけた。立ち上がれないほど天井が低く、あまり深くはないが、太陽を凌《しの》げるだけでも十分だ。大型の動物や何かの巣ではないことを確認して、そこを泊地とすることにした。

持ちものは短剣と拳銃《けんじゅう》のみだ。自決用の銃弾は、継ぎ目を漆《うるし》で埋められた特別製で無事のようだった。優先任務は島の偵察と真水の確保だ。

伊魚は首から提げていた懐中時計を開いた。０６２８。針はここで止まっている。再び夕暮れが迫ってくる。

島自体はかなり大きいようだ。浜辺から様子を窺う限り、面積のほとんどが密林だ。幸か不幸かはまだ判断できない。

密林に少し踏み入ってみた。中はよくある湿地で、地面はゆるいが川らしいものはない。空はすでに薄暗く、今日は入り口辺りで最低限のものを拾い集め、洞窟に戻ることにした。

真っ先に棕櫚を編んだ。これで入り口を塞いで蚊帳の代わりにする。

小枝を集め、完全に日が落ちるのを待って火を熾すことにした。細々《ほそぼそ》とした火だ。洞窟の中で燃やせば煙が立って蚊遣りになる。椰子の殻に海水を汲《く》んでそれを沸騰させ、木の皮に伝わらせて真水をつくる。一人ふた匙程度にしかならなかったが、少し口に含むだけでもひどく安心した。

洞窟の中に焚き火をつくった。暑いが勝手がまったくわからない今夜は辛抱するしかない。

暗い炎に顔を照らされながら、疲れた様子の藤十郎がため息をついた。

「腹が減ったな」

この状況でそんなことが言える藤十郎はすごいと思う。

「そうだな」

何を言っても食糧が手に入るわけではなかったから伊魚は相づちを打っておいた。昨日、搭乗前に握り飯を食べた。島に着いてからは、野生のほうれん草と、短剣で割った椰子の内側だけだ。

丸太に腰かけている藤十郎は、炭にするための流木の欠片を枝でつついていた。

「夜が明けたら、もう一度密林で食える草があるかどうかを探索しよう。芹《せり》やなんかはあるはずだ。アケビのようなものも見えた」

ラバウル基地で窮乏《きゅうぼう》の日常を過ごしていた自分たちは、食べられる南方の植物を見分ける目に長《た》けてしまった。

「そのあとは釣りだろう。潜れるような海じゃなさそうだ」

そういうところもちゃっかりしている。褌褌とうるさかったが、しっかり海の中を覗いていたらしい。

「ああ」

伊魚も見てきたが、さすが太平洋のど真ん中と言うしかない海中だった。透明度が高い。だが見下ろす限り青が深まるばかりで、その底は闇だった。人が潜れる深さに海底がない。

「救難信号はどうなんだ」

問われても心苦しい。伊魚は目を伏せた。

「水着前に出してきた。機体の位置も打電した。だが見ての通り彗星はバラバラだし、今頃海中だ」

無事に水着し、藤十郎と洋上に出ようとして息を呑んだ。機上から見る彗星はほとんど木っ端微塵だったからだ。付け根を残して主翼は折れ、偵察員席のすぐ後ろまで装甲は捲れ上がり、中骨は折れていた。尾翼は跡形もなくタイヤが片方海面に浮かんでいた。操縦席が無事なのが信じられない破損具合だ。

繊細だからだろうと伊魚は判断した。これがヘタに頑丈な機体だったら海面と力比べをして、負けたらそこで一気に大破だ。だが繊細な彗星は壊れながら衝撃を和《やわ》らげ、まるで糸が解けるように海に細いアンカーを打ちながら不時着したのだろう。

彗星は、伊魚たちが機内を出るのを待たずに海に沈みはじめた。海水に溶ける砂糖細工のような儚い最期だった。沈む航空機の水流に巻き込まれないよう藤十郎と慌てて彗星を離れ、泳ぎながら振り返ったときには彗星の姿は海面になく、タイヤと残骸《ざんがい》が少し浮かんでいるばかりだった。

もしも万が一、救難信号を拾った何かが助けに来ても、海面には何もない。近隣の島といってもこの辺りには小さな島が無数にある。ひとつひとつ探し回ってくれるはずもない。

「艦船が通りかかるのを待つしかないな」

むやみに煙は上げられない。だからといって航空機に助けを求めようとすれば、機影を見てから火を熾したって間に合わない。唯一、望みがあるとするなら艦船だ。船影を見つけたらのろしを上げる。敵地である広大な南太平洋のど真ん中、ごま粒のように浮かぶ島の側を、たまたま味方の船が通りかかれば、という話になるが——。

慰めを言っても辛いだけの状況だ。黙り込む伊魚に、藤十郎は宥《なだ》めるように笑いかけた。

「希望ははなから持っちゃいねえよ」

藤十郎は微笑んだが、無理をしているようには見えなかった。

「今、こうしてここに伊魚といること自体が奇跡だからな」


夜が明けた。

明けたといっても何が起こるわけでもなく、美しい南の岩礁の景色がより鮮明に浮かび上がるだけだった。

藤十郎と朝から浜で流木を拾った。火は一度消えると熾すのに手間がかかる。炭を作り、灰に埋めて絶やさないのが重要だ。昼間は無理だが、夜間なら火を熾せると判断した。ただし煙はいいが炎が見えては危険だから、少し離れた場所に見つけた横穴で竈《かまど》のように火を使うことにした。

静かな美しさが残酷だった。豊かな絶望というものを、伊魚はこの島でひしひしと感じている。濃い緑が茂り、目の前には水晶を敷き詰めたような海が広がっている。虫が鳴き、花が咲き乱れ、南国の色鮮やかな蝶《ちょう》が舞う。もしも航空機の空輪の途中で、ふらりとここに立ち寄って島の様子を眺めたなら、極彩色と自然美の絶景を心底から褒め称えただろう。

この美しい島にとって自分たちは異物だ。生命力に満ちた木々は食用にならず、色とりどりの原色の花は毒素を含んでいる。澄んだ海水は飲めず、海中に群れを成して泳ぐ魚は深すぎて捕れない。密林を支える地面は半分泥沼のようで立ち入ることができず、鳥を捕まえる術もない。

一方でこれが本当の極楽なのかもしれないとも伊魚は思っている。このまま飢えて、藤十郎と朽《く》ちて島の肥《こ》やしになる。あるいは骨になって、白い砂のような珊瑚の欠片に混じる。それこそが伊魚の望んだことかもしれず、墓となるならこれ以上美しい場所はない。

本当はあのとき、不時着などせずに極楽に来てしまったのではないか。爆弾の音もせず航空機の影もない。夜が明ければ無邪気なほどに青い空が広がり、一日の終わりはこの世のものとは思えない鮮やかな夕日で彩られる。波はただひたすらに繰り返し、もつれ合うような風が通り過ぎてゆく。時間も水着したときに止まったままで、戦争からも人類からも切り離されてしまったようだ。

「――伊魚！」

ぼんやりと沖を眺めているところに、手を上げながら藤十郎がこちらに歩いてきた。

「魚だ。岩の間を泳いでいた」

と言って藤十郎は長めの棒を翳す。密林の入り口で拾って気に入っているらしい。

「見ろ」

そう言って差し出されたのは黄色と青の魚だ。大きさはトウモロコシくらいで、何という名の魚かわからない。横っ腹に穴が開いている。棒で突いて捕ったらしい。

「ああ。すごいな」

笑い返す伊魚を藤十郎の腕が抱く。やはり極楽だと思うから、我ながら都合のいいことだと伊魚は心中で苦笑いをした。

海の広さを甘く見すぎていた。航空隊員で、海を俯瞰《ふかん》する自分たちは、海軍の中でも一番よく海の果てなさを知っていたつもりだったが、それにしても当てのないことだと改めて思う。

遭難して一週間が過ぎた。正確には九日目の朝だが、この一週間、船舶はおろか航空機の一機も飛んでこない。密林に住む鳥はときどき舞うが、渡り鳥のようなものもいない。

もしかして戦争は終わったのではないかと思うような静けさだった。あるいは戦いすぎて、双方誰もいなくなってしまったのではないか。口には出さないが、たびたび空を見上げる藤十郎も思っているはずだ。それならなおさら助けは来ないのではないか。

一昨日のことだ、思い切ってのろしを上げてみた。隣の島まで泳ぎ、焚き火を組んで元の島に逃げる。爆撃を受けてもいいように洞穴の前で空の様子を見上げていたが、爆撃機はおろか哨戒機すら飛んでこない。近づいてくる船舶もない。昨日も試してみた。本当に誰もが消えてしまったかのように何の反応もない。

そのとき、初めて真の絶望が伊魚の胸に吹いてきた。助けが来る可能性がないことは覚悟していた。だが見えないほど細く伸びていた希望の糸まで、ふつと音を立てて切れるのを聞いたような気がする。

「行くぞ？　伊魚」

声をかけられて伊魚は空を仰いでいた目を藤十郎に向けた。

腰に拳銃を挿している。手には石槍《いしやり》だ。伊魚の手にも石槍が握られていて、伊魚の腰には拳銃の他に短剣も差さっている。

密林の少し奥に入ってみようということになった。魚を捕るにも、網も釣り針もない。魚が気まぐれに、島の周りの岩場に泳いでくるのを待っていても当てにならない。

密林の側には蛙《かえる》やトカゲがいた。それでおびき寄せて蛇《へび》を捕まえた。食用の草も採れた。だがそれは死なずに済む程度の食糧に過ぎず、明日必ず捕れるとも限らない。鳥や、鼠《ねずみ》などの獣がいないか。柿や栗《くり》のような腹に溜まる実や、野生の穀物がないか探してみることにした。

長い葛《かずら》を用意した。この島は湿地帯が多いようで、樹木の下は全体的にぬかるんでいて、どこに底なし沼が開いているかわからない。

伊魚が葛を肩にかけて抱え、藤十郎が先頭になって湿地に踏み込んだ。ヒルが降ってくるのは知っていたので、下着を頭から被り、半長靴を履いてきた。初めて密林に入ろうとした日、ヒルに靴の縁から潜り込まれて大変な目に遭ったから、靴の一番上を葛で縛ってある。

密林の中には、奇っ怪な鳥の声が谺している。ラバウルでも聞いたことがないような鳴き声だ。

「足元、気をつけろよ？　伊魚」

地面は入り口からすでにかなりぬかるんでいて、その上に雑草が素知らぬふりで生えている。地表からでは湿地との見分けがつかない。なるべく倒木の上などを踏んで進んだ。

斜面になったところで蛙を二匹捕まえ、藤十郎が編んだ葛のカゴに入れた。色のない蛙は食えるという。

頭上で鳥がわさわさと羽ばたく。伊魚は黒い木立を見上げた。ラバウルとは違った南国だ。湿度が高く緑が濃い。むせかえるほど空気が濃く、土と植物が混じったにおいが植物独特の発酵臭を含んで立ちこめている。

ここは動物が来るところではないと言われているようだ。鳥の声は高い位置にある。猿《さる》か何か動物らしきものの気配もときどきあるが、それも必ず頭上だった。皆、この密林の地上を怖れているかのようだ。地面にいるのは芋虫や爬虫類《はちゅうるい》、菌類《きんるい》などの空に逃げ遅れた生物ばかりだ。

木の幹に、青い小さな甲虫《こうちゅう》がびっしり固まってついている。苔《こけ》の虚《うろ》には茜《あかね》色に輝く蝶が呼吸をするように翅《はね》をまたたかせている。ラバウルには野生の豚《ぶた》や鹿《しか》などがいたが、ここにはそれすらもいないのだろうか。

そう思いながら灰色にぬかるんだ地面に浮かぶ倒木を、慎重に踏んだときだ。前にいた藤十郎が息を呑んだ。

「どう……」

「逃げろ、伊魚！　足元！」

藤十郎が叫んだ瞬間、足の下が急激に動いた。滑ったのではない。倒木自体が急に動き出したのだった。

「鰐《わに》だ！」

滑って倒れかけた伊魚の腕を藤十郎が摑んで、来た方角に走る。

鰐はばくんと空中を噛んでから追ってきたが、数メートル這ったところで止まった。離れた場所から目を見張ったまま伊魚は呆然と鰐を見つめた。小さな金色の目がこちらを見ている。

「藤十郎！」

藤十郎はすかさず拳銃を構えた。

「蒲焼《かばや》き……もとい、醤油がないから素焼きだ！」

パンパン。と二発引き金を引いたが、鰐はそのまま泥の中に逃げ込んでしまった。

「ちくしょう」

「待て」

続けて撃とうとする藤十郎を止める。

「拳銃《それ》では倒せない。弾が勿体ない」

鰐の厚い皮は拳銃くらいでは通らないようだ。以前ラバウルで鰐を捕ったときは、十五ミリ機銃で頭を吹き飛ばしたと言っていた。替えの弾丸はない。撃ち尽くしたら終わりだ。

藤十郎は前を睨んだまま、肩でひとつ息をついて拳銃を下ろした。

「三メートルってところか」

「そうだな。そのくらいだろう」

足で踏んだ感触では、と、伊魚は付け足さなかった。泥に埋まってよく見えなかったが、知らずに鰐を踏みつけていたと思うと今さら冷や汗が噴き出す。

「その先は止めておこう。今日はここまでだ」

圧倒的に武器が足りない。短剣や槍はあるが、鰐相手に接近戦は無謀だ。

藤十郎と来た道を引き返した。ぬかるんではいるがもう鰐が潜める深さではない。

蛙を更に二匹、野草を少々採って密林を出た。蛙は小振りで、腹の足しになるほどのものではない。あの湿地では穀物は生えないだろう。だからといって動物がいるようではない——と思って伊魚はふと理解してしまった。身体が温かい動物や鳥は梢の上へと逃げた。もし地上を歩く動物がやってきたとしたら、あの鰐が全部食べてしまうのだ。


仕方がないので魚を捕りに海に行ってみた。岩場を覗いてみても魚影はまったく見えない。餌《えさ》は何とかなりそうだが肝心の釣り針がない。

「おい！　伊魚、手伝え！」

藤十郎が叫ぶのでなんだろうと思って声の方向を見ると、続けてごんごん、と何かを叩くような音がしている。ドラム缶だ。岸に打ち寄せられて波に上下するのを、藤十郎が必死で引き止めている。

「ここ、摑んどいてくれ！」

藤十郎が腰の辺りを叩く。伊魚がそこをしっかりと摑み、藤十郎が背筋力に任せてドラム缶を浜に引き揚げた。まだ新しいようだ。錆がほとんど浮いていない。

「……うちのじゃねえな」

ドラム缶を隅々まで観察した藤十郎が言う。

日本軍が使う深緑色のドラム缶ではなかった。連合軍のドラム缶かもしれないが、手がかりになる記号のようなものもない。

蓋を開けてみると、中には何も入っていなかったが、強い油のにおいがしていた。指を入れてみると黒い油がつく。重油のようだ。

その夜は藤十郎とドラム缶を肴《さかな》に水を飲んだ。ただのドラム缶だったが、ここに来て以来人の気配が皆無だったから、これが以前どこかの基地にあったのだろうと思うだけで懐かしさとか嬉しさが込みあげて堪らなかった。

†　†　†

午前中でも南方の陽射しは強い。

「……それで、和尚《おしょう》は何も言わなかったのか」

伊魚は心底気の毒になりながら藤十郎に尋ねた。

ここ数日、身の上話が流行《はや》っている。今日は藤十郎がいかにして仏像を彫り続けたかという話だった。

「ああ。俺が仏像を彫る目の前で、何やら難しい話をしはじめてな」

藤十郎は答えて、ギリギリと葛の紐を締め上げた。伊魚はしがみつくようにして反対側の木を支えている。相手はあの鰐だ。緩んだ柵《さく》などしっぽのひと払いで粉砕される。組み合わせる部分をほとんど葛で埋めてしまうほどに、やたらと頑丈に巻きつけた。

「難しい話とは？」

「今思えば《論語《ろんご》》であったと思う。敵を知り、己を知らば百戦危うからずや、といった話だ」

「どういう意味だ」

「俺はその寺の本尊であるところの菩薩をまねて彫っていたのだが、住職は俺が、菩薩が調伏《ちょうふく》する予定の悪鬼を彫っていると思っていたらしくてな」

「それは……容赦ないな」

「子どものくせに悪鬼を彫るとは、よほど業《ごう》が深いのだろうと心配したようだった。その住職は、小さい寺を任されているが徳が高いということでな、それなのに近所の小僧ごときにやたら熱心に説法を施すものだと思っていたら、和尚はそのように思っていたらしい。今目の前で修羅の道に落ちようとしている餓鬼《がき》を助けねばと思ったようだ」

藤十郎の深刻な昔話を聞きながら伊魚は笑った。藤十郎には昨日、篠沢《しのざわ》の供をしていた頃、麗人の異名が欲しくて人前で憚りに行くのをやめようと思い、腹が痛くなるまで我慢していたと打ち明けて大笑いされたところだ。おあいこだった。藤十郎はため息で言う。

「まあ、子どもの彫る仏像だ。その頃は俺の腕も悪かったし、菩薩に見えなくとも仕方がない」

「……」

言いたいことはあったが、今日はそういうことにしておいてもいいと伊魚は思った。

藤十郎と罠《わな》を作った。釣り針のような精緻な技巧を必要とする品物は無理だが、こういう大味なものは不便がないのが不思議だ。

倒木を選んで葛で巻きつけ、檻《おり》を作る。鰐は口が開かなければ怖くない。低い檻に入ってしまえば口が開かず、食われる心配がないというわけだ。

今朝、密林に植物を採りに行ったとき、蛇に呑まれかけた鳥がいた。蛇はとんでもない欲張りで、蛇自体は一メートルもないくせに呑もうとしていたのは鶏よりも大きな鳥だ。頭を呑んだのはいいがそれ以上は無理なようで、そのまま何時間過ごしていたのか、鳥を抜き出してみると頭の部分だけが溶けかけていた。

蛇から食べものを奪うのは気が引けたが、とりあえず身は食べられそうだ。蛇も鳥も捌《さば》いているときにふと伊魚は思い当たった。この鳥を餌に、あの鰐をおびき出してみてはどうだろう。

——伊魚は怖いな。

藤十郎は顔を引き攣らせたが、怖いの上等だ。あの鰐なら二人で腹いっぱい食べておつりが来る。鳥の身を半分残し、半分は餌にすることにした。檻の一番奥に鳥を吊るす。食らいついたら後ろの柵が落ちる仕掛けだ。

柵が出来上がり、二人で何時間もかけて、この間、鰐を見た場所まで運んだ。

「せっかくの鳥が、無駄になりはしないか」

伊魚が檻に鳥を吊るしていると、未練がましく藤十郎が言う。伊魚は藤十郎を振り向いた。

「一かゼロか三十だ。好きなのを選べ」

そのまま食べれば質量は一。鰐がかからず腐ればゼロ、鰐が捕れれば三十だ。

「わかった」

と答えて藤十郎は辺りを見回す。罠を仕掛けに来て、潜んだ鰐に食われては元も子もないのですぐに離れた。

「山椒《さんしょう》とかが欲しいな」

塩は海水を椰子の殻に汲んでおけば勝手に干上がってとれる。密林にはこれほど樹木があっても香辛料のようなものは見当たらない。僅かにニッキがあるだけだ。

カレー粉があれば何でももっと美味《おい》しく食えるだろうに、と藤十郎と話したが、あまり旨《うま》くなりすぎては味に夢中になりすぎて、腹を満たすことを忘れそうだからこれでいいということになった。

三日間、罠のところに通《かよ》った。その間、蛙も何も捕れなかったがスコールが来た。これまでに採った椰子の実の殻を浜に広げた。念のために煮沸して、久しぶりに思い切り水を飲んだ。ドラム缶に貯めたいところだが、ドラム缶をどう使うかが決まっていない。さしあたり一番便利そうなのが、上を開けることだ。そうすれば風呂にもなるし、水も貯めやすい。だが一度切ったら終わりだ。もし、上を開けるなら切り取った丸い鉄の板を何にするのかも考えなければならなかった。今のところ、ドラム缶の上を切り、蓋の部分は石で叩いて鍋にするのがいいという案が有力だった。

もしも今日、鰐がかかっていなければとりあえず諦めなければならない。南方では物が腐るのが速く、あっという間に虫が肉を食べ尽くしてゆく。ぶら下げた鳥肉は腐敗が進み、すでに餌の役目をなしていないかもしれない。

「すまない、藤十郎」

太陽の鋭さと密林の闇の落差に目眩を感じながら、伊魚は隣を歩く藤十郎に囁いた。鰐が肉食なのには違いないし、あの場所は間違いなくヤツの行動範囲に入っている。だからきっと罠にかかるだろうと思ったのだが、見つけられなかったのか、人間を見たから警戒しているのか、鰐は寄ってこない。

こんなことなら藤十郎の言うとおり、一は一として食べておけばよかった。今さら後悔しても、肉はすでに虫に食われて羽毛くらいしか残っていないだろう。

遠目に柵が見えるが静かなものだ。駄目だったかと、息をつき、もう一度藤十郎に謝ろうとしたときだ。藤十郎が腕を横に出して伊魚を制した。

藤十郎が声を潜めた。

「……かかっている」

どこに、と思ったが、言われて目を凝らせば檻の入り口につけた柵が落ちている。息を潜めて近寄った。確かに檻の中に何かが入っている。半分泥に埋まっているからはっきりと見えないが、鳥は確かになくなっている。

「！」

檻の中のものが突然跳ねた。身を翻そうとしたようだが、檻を激しく揺らすに留まった。

藤十郎が拳銃を抜く。

「いただきます」

そう言って至近距離で拳銃を構えたとき、伊魚と藤十郎は同時に息を呑んだ。

四メートル。五メートルに近い、雄の大鰐だ。

三メートル程度だと思ったから思い切ったものの、これを見ていたら諦めていたに違いない。

銃声が響くと、梢の上のほうで鳥がばさばさと飛び立った。鎧《よろい》のような皮をした鰐だったが、さすがに手が触れられるほどの至近距離だと、自決用の小さな拳銃でもそれなりに威力があったらしい。

葛で口を厳重に縛り、棕櫚で編んだ敷物に乗せて鰐を密林の外まで引きずり出した。重さのあまり、何度も敷物を引いている葛が切れた。三百キロくらいはあるのではないかと思われた。

その夜の晩餐《ばんさん》は豪華なものだった。鰐の肉は蛇や蛙に比べるとやわらかく、やや臭みがある。だがとにかく二週間以上まともな食事をしていないので黙って食べるしかない。

そう思えば最後に満腹になったのはいつだっただろうと藤十郎と話した。記憶を辿れば二ヶ月以上前か。ラバウルが勝勢のとき、隊長が無礼講だと言って、内地から届いた味噌《みそ》で南国の野菜が入った鍋を食べたときが最後だったような覚えがある。

必死で食べたが五メートルの鰐だ。三分の一も減らない。しかし飢えておかしくなっていたのでとにかく腹に詰め込んだ。しばらく食べていなかったせいで、とたんに腹が拒否反応だ。その夜は二人で腹痛と吐き気に苦しむ羽目になった。

夜明けと共に、藤十郎と肉の保存を試みた。

塩水に浸けて干したり、熱せられた浜の砂に埋めてみたりしたが、結局残ったのは燻製《くんせい》として目一杯窯の中に吊ったものだけで、他はあっという間に蠅《はえ》の餌食になった。

「内地にいれば高級品だ」

苦笑いの藤十郎と一緒に、皮を海に流した。敷物にでもならないかと思ったのだが、タンニン加工できない鰐の皮は天日干しにすると猛烈な悪臭がした。盗《と》る者もいない。他の動物が寄ってきては困るからと洞窟からかなり離れた場所に干したのだが、それでも耐えがたいくらいだ。

この一匹からベルトが何本取れるだろう。伊魚は正確な値段を知らないが、家がまだ絹物問屋だった頃、ワニ革のベルトや鞄を取り扱っていて、義母に「伊魚さんも、大きくなったら鰐を身につけられるようにならなけりゃ」

と激励されたものだ。

ワニの皮は鱶の魚影のようにゆらゆらと流れて波間に沈んでいった。骨は砂浜に埋めた。


鰐を食べたせいか、少々元気になってきた。

ドラム缶を開くことにした。縦に割って、魚の干物のように開く。周りに木を組みつけて筏《いかだ》のようにした。

「本当に大丈夫なのか、伊魚」

「ある程度はな」

水着した位置はだいたいわかっている。この島も地図上ではおよそどの辺りにあるかもわかる。航空機のように高速で飛行するものではないから、太陽の方向を見れば何とかなるだろう。波で流されるとしても小型の船舶《せんぱく》と同じだ。誤差もおよそ計算できそうだった。

「問題は、周りに何もないということだ」

これが出港できない理由だ。位置も方角もわかっている。だからこそ出られない。ラバウルまで千八百キロはあるだろうか。航空機なら四、五時間といったところだが、手こぎの筏では何週間かかるだろう。それにもし海域に近づけたとしても戦争真っ最中だ。撃沈と言ってもらうにも申し訳ないくらいのささやかさで筏は沈む。

それなのになぜ、筏を作りはじめたかというと、この浜辺が水没する可能性が見えはじめたからだ。ここに着いてからまだひと月経っていないから何とも言えないが、地形からすると大潮になると、潮位が上がって海の中に消えてしまうのではないか。そうなってから筏を作りはじめては遅い。

さしあたり、ドラム缶を中心に筏を組み、できるだけ多く木を組みつけ、出航を余儀なくされるまで可能な限り乾燥食物と水を溜め込むことにした。

ラバウルに戻れなくとも、もっと大きな島に移れば環境が改善するかもしれない。果樹や根菜がある島に移れるかもしれない。人がいるかもしれない。

「そうだな。このままでは拙《まず》いな」

と言って藤十郎が咳をした。今朝から調子が悪そうだ。こんな暑い場所で風邪だろうかと不審に思っていたら、その夜から藤十郎は発熱した。

初めのうちは、もうやめておけと言ったのに、異臭がしはじめた鰐の肉を「焼くから大丈夫だ」と言って意地汚く食べていたからだと思った。だがほとんど風邪のような症状と、震えが来るような高熱。間違いない、藤十郎はマラリアだった。遭難してから二週間だ。ラバウルにいた頃すでに感染していたのかもしれないし、密林がこんなに近いのだから蚊に刺されても不思議ではない。

蚊遣りに、においのする草をたき続けたのにと思ったが、九十九匹の蚊を退けても、一匹に刺されれば終わりだ。マラリア予防と言われていたキニーネの錠剤も、物資に困窮しはじめてからもうひと月以上、飲んでいない。薬など何もない。

洞窟の中で藤十郎を横にならせたが、治療は何もできない。せいぜい額を冷やし、水を飲めと言うくらいだ。

夜半になって、藤十郎の熱が高くなった。かなり辛い様子で、唇がかさかさに乾き、短い息をしている。

心配で頬に触れると、藤十郎も伊魚の頬に手を伸ばしてきた。手のひらが信じがたいほど熱い。自分の手の冷たさを少しありがたく思いながら、藤十郎の頬に手を押し当てていると、藤十郎が熱で潤んだ目を開けた。

「伊魚……」

苦しそうに呼ぶからなるべく普通の声で「何だ」と答えた。

「……死ぬなよ？」

「死にそうなのは藤十郎じゃないか」

見透かされたようで胸が痛んだ。一人で生きていても何も意味がない。もともと内地を出たときから命などどうでもよかった。藤十郎がいるから生きることを選んだ。それなのに「死ぬな」というのが遺言《ゆいごん》とはあんまりだ。

「待ちあわせ場所で待っているから……、ゆっくり来い。いいな？」

「そんなことを言われたら死ねないじゃないか」

苦笑いで伊魚は答えた。

藤十郎を失って一人でこの島で生きるなど、ゾッとしない話だ。伊魚は喘ぐような息をする藤十郎の頬を手のひらで包む。

「藤十郎……」

場違いだが聞いてほしかった。生まれてから一度も、篠沢にも誰にも言ったことがなかった。藤十郎にも言いそびれていた。

「好きだ」

囁くと、腕を伸ばしてきた藤十郎に抱き寄せられた。呼吸も鼓動も速い。藤十郎の呼吸や体温を全身の感覚を研ぎ澄まして求めた。このまま死んでしまいたいと思うくらい、漏れる息も震える腕の力強さも、藤十郎の何もかもが惜しい。

そのままじっと抱きあっていると、藤十郎は眠ってしまった。熱く火照《ほて》った藤十郎の生え際を指先で撫で、寝顔を長く眺めたあと、伊魚はできるだけ静かに藤十郎の腕を解かせた。

今のうちに水を足しに行こうと伊魚は洞窟を出る。

藤十郎が死にそうだというのに、島は平然と同じ姿をしていた。砂浜は暗く、墨のような波が打ち寄せている。残酷なくらい、星空は輝いて美しかった。

藤十郎が助かる確率は何割だろう。

特効薬を使っても七割が死ぬと聞いている。解熱剤すらないこの島で、藤十郎が回復する見込みはどれほどあるのだろうか。

伊魚は、昨日から何度も過ぎる考えに頭を振った。

ここから一番近い島のことだ。確か一度、海軍が飛行場の建設候補地として偵察に行ったことがある。着手したのかしないままなのかわからないが、人が通ったならキニーネの木を植えているかもしれない。キニーネは元々樹皮が原料だ。マラリアの特効薬だから、この辺りでは人がいる島にはたいがい植えてある。

飛行場を造ろうとするくらいだから広い島のはずだ。ということは平地があるから人もいるかもしれない。いてほしい。移るなら早く移動しなければ、これ以上藤十郎の病が進んだらキニーネすら効かなくなってしまう。体力も落ちる一方だ。

行くしかない、と伊魚は決めてはいたが自信がなかった。出航するなら夜明けを待ってからのほうがいい。それまでにもう一度密林に行って、せめて植物だけでも摘んできたい。

そう思いながら水を足して洞穴に戻ると、藤十郎が身体を起こしていた。地面に吐きもどしているようだ。

「藤十郎」

吐き気を堪えようとしていたが、咳と共に込みあげるからどうしようもないらしかった。咳のたびに噴き出すように水分を吐く。

吐け、と背中をさすった。鰐の肉は消化されていて、藤十郎が吐いたのはほとんど水分のみだった。

「……藤十郎。海に出るぞ」

どちらにしても時間がないのだ。藤十郎は咳をしながら涙ぐんだ目で伊魚を見上げた。

「雲に住みたがったり、島に住みたがったり……今度は海か。屋移りグセでもあるのか」

こんなときなのに藤十郎は冗談を言って笑ったが、「ああそうだ」と伊魚は答えた。

「里子の癖が直らないようだ」

幼い頃から家を転々とし、横須賀からラバウルに飛ばされた。ラバウルに来てからは空襲で二度兵舎を失い、あとはほとんど居場所も定まらず、ほったて小屋を建てつつ過ごしてきた。我ながらお見事だ。

伊魚は、吐き尽くして倒れこむように横たわった藤十郎の胸に静かに抱きついた。

「俺が帰るのはここだけだ。付き合ってくれないか、藤十郎」

どれほど屋を移ろうと、あの雲の中で自分は藤十郎の側を住処《すみか》と決めた。身体は浜で干からびようと海に沈もうとかまわない。

藤十郎の速い鼓動を聞いていると、藤十郎の指が伊魚の後ろ髪を梳いた。

「今頃しおらしいことを言っても駄目だぞ？」

「何だと？」

伊魚の渾身の告白を笑われたのかと思って訝《いぶか》しい顔をすると、藤十郎は伊魚を抱いたまま、弱々しい声で囁いた。

「これまで伊魚の言うとおりに飛ばなかったことはないだろう？　……なあ、偵察員殿」

真夜中だったが筏の用意をした。あるものすべてを積み込んでも、筏の上はガラガラだ。

とっておきの鰐の燻製と水。乾燥した草が二束。火種と炭も持っていくことにした。万が一、焼き魚でも作ることになったら大変だ。

なけなしの布類を集める。暇に任せて編んだ棕櫚も全部積んだ。帆になり日陰にもなる。布団の代わりもこれしかない。

藤十郎を浜辺まで歩かせた。背負ってやろうとしたのだが、伊魚自身も飢えて体力が落ちている。

夜の海は黒々と目の前に横たわっている。月影が波を光らせて、その下には無数の人食い魚が蠢いていそうな妄想が脳裏を過ぎった。

「大丈夫なのか」

真夜中に出航しようとする伊魚に、さすがに藤十郎が心配そうに尋ねた。

「ああ。波がないから今がいい」

星がある分、方向も読みやすい。夜の間は陽射しもないから、藤十郎の体力を温存するにも好都合だろう。

筏を海に運び出した。先に藤十郎を筏に乗せ、思い切り筏を海に押しやって、伊魚も飛び乗る。

櫂《かい》は一本出来上がっていたが、藤十郎の分と予備は未だ丸太だ。

岩礁と岩礁の間にある海流を横切ることができれば、沖の海流に乗れるはずだ。

藤十郎はぐったりとドラム缶の中に横たわっている。伊魚が櫂を漕《こ》ぎながら藤十郎の顔を覗き込むと、藤十郎が目を閉じたまま呟いた。

「伊魚」

治ったら海に突き落とそうと思いながら、伊魚は沖に向かって夜の海に漕ぎ出した。

「……やっぱりいい。具合がもう少しよくなってからにしてくれ」

いよいよ具合が悪いのかと心配になって「何の句だ」と訊いたら、藤十郎が呻いた。

「句を詠んでくれ」

「何だ」


二度目の朝が来た。藤十郎は突然、「治ったようだ」と言い伊魚を安心させたが、また少しもしないうちに寒がりはじめて熱を出した。

マラリアはこうして酷くなるのだと聞いたことがある。三度熱とか四度熱とかいって、それを乗り越えれば快方に向かうが、三度目の熱を出す頃、半分以上の人間が死ぬということだ。

伊魚はただひたすら櫂を漕いだ。方向は間違っていないはずだがまだ何も見えない。地図の上では三日。明日の朝には別の海流に乗るはずだと信じながら、手の皮が剝けるのに気もやらず、血の伝う櫂で伊魚は船を漕ぎ続けた。

水は藤十郎に飲ませることにした。熱があるうえに嘔吐《おうと》もする。昼は陽射しも強い。水を飲みやめたらすぐに干からびてしまいそうだった。

種火と薪《まき》はある。藤十郎の分だけならあと二日くらいは水を蒸留できるはずだ。乾きすぎて身体が捩《よじ》れてきそうな錯覚があるが、自分はまだ耐えられると思う。

今は不安を考えない。安心できることがひとつもないから考えたって仕方がない。

藤十郎が死ぬまでひたすら進み続けるだけだ。あるいは自分が力尽きるまで。

改めて覚悟しながら、伊魚は櫂を漕ぐ手に力を込めようとして、ふと、空を見上げた。

見間違いを祈った。

相変わらず呪わしい晴天の青空の中に、ぽつりと炭を混ぜたような灰色の雲が浮かんでいる。

それは見る間にむくむくと膨らみ、重そうに海面近くまで沈んできている。

あれに巻き込まれたらひとたまりもない。

嵐雲《あらしぐも》だった。


雷が鳴り、波が荒れる。

伊魚たちに為す術はなかった。木の葉のように揺れる筏にしがみつき、藤十郎と握りあった手を離さないのが精一杯だ。波飛沫か雨かわからないほどの暴風だ。波に持ち上げられるのと突風が重なると今にも筏が裏返されそうだった。

これほど揺らされては、現在地がどこなのかもうわからない。海の特性上、まったく櫂の利かなくなった筏は岸のほうに流されるか、本当に太平洋のまっただ中に放り出されるかのどちらかだが上下左右に揺らされて、流されている方向すらも見当がつかない。たったひとつわかっていることは、伊魚たちの筏は嵐の前に、次の海流に届いていなかったことだ。

もとの岩礁のほうに押し戻されるのだろう。運良く元の場所に戻っても二度目の出航はない。

汲み出さなければ沈んでしまいそうに雨は降る。もういいと心の中の自分が言う。諦めれば楽になると。

「靖国が遠いな」

嵐の中で、馬鹿みたいなことを藤十郎が言う。叱りつけたくなったが、込みあげるのは涙ばかりだ。

「……来い、伊魚」

藤十郎が手を伸ばし、へたり込む伊魚を抱き寄せた。

櫂も利かない。ただ揺られるしかない。藤十郎と沈むなら溺れても苦しくない気がする。

「すまなかった。藤十郎」

藤十郎を抱きしめながら、伊魚は詫びた。

自分の勝手に付き合わせた。藤十郎だけでもやはり内地に帰すのだった。あのまま墜落して海で即死しておけばよかった。結局藤十郎をこんなところまで付き合わせ、苦しい目に遭わせて一番辛い死に方をさせてしまう。

藤十郎は、熱のせいかゆるやかに笑う。こんな嵐に不似合いな優しい表情だ。

「伊魚は、撃墜されたら俺を恨むか？」

二人で生きて、死ぬことになっても片方の責任ではないのがペアだ。

「……恨まない」

この一言をすべての答えとすることにした。愚かな判断だったかもしれない。意味のない足掻きだったかもしれない。だがこれでよかったと思っている。

よくなめした葛の片側を藤十郎の足首に、もう片方を自分の足首に巻きつける。

バチバチと雨が頬を打つ。波飛沫か雨かわからないもので髪がそぼ濡れても、不思議と嫌な感じはしなかった。

木の葉のように筏は揺れ、いつひっくり返されるのかと半ば楽しみに思いながら、藤十郎と抱きあってそのときを待つ。雷が光り、雷鳴が轟く。あれに貫かれるのもいいと、船底に横たわったまま光の柱をうっとりと見ていると、雨音と波音の間に、奇妙な音が聞こえた。

規則的な音だ。だんだん近づいてくる気がする。伊魚は顔を上げて周りを見回すが、嵐の海以外に何も見えない。

だがその音が何かにはすぐに気づいた。

どどどどど、と一定を保った爆音がする。ディーゼルの音——重油で焚く発動機の音だ。だが運貨船がこんなところにいるはずがない。

そう思いながら雨の中に目を凝らしていると、彼方に霞んだ船影が見えた。赤い光をいくつも灯している。距離は近い。船はかなり小さいようだ。

「藤十郎、船だ！」

嵐の中、この距離では叫んでも届かない。このまますぐに見失うのではないかと目を凝らしていたら、船影はまるでこちらに引き寄せられるように流れてくる。あの船も同じ海流に流されているのだ。

叫びたいのを堪えて待った。船は激しく揺らされながらどんどん近寄ってきた。

軍艦などではないようだった。舳先《へさき》がこちらを向きそうだったから、伊魚は手を振った。「おおい」と叫ぶが聞こえそうにない。

「藤十郎、褌を出せ」

「何だと……？」

「脱ぎたがっていただろう。早く」

自分が脱いでもいいが、伊魚が脱いでいる間に見失ったらおしまいだ。

藤十郎は横たわったまま器用に褌を解き、伊魚に渡した。伊魚はそれを激しく頭上で振る。

見えないのだろうか。この嵐では無理だろうか。

振り続けて諦めそうになったとき、小舟がチカチカと光を投げかけてきた。気づいたようだ。

高波と強風に揺られながら、船がこちらに寄ってくる。

近くで見ると、本当に小柄な船だった。発動機を積んでいるが、二十人乗れるかどうかというくらいだ。

船室から人が覗く。外国人だ。西洋人ではない。

彼らがロープを投げてくれた。

藤十郎を先に上がらせ、伊魚も船員に腕を引き揚げられながら船の縁をよじ登る。

船首には赤い網がたくさん結びつけられている。船員は皆、浅黒い肌をしていて軍服は着ていなかった。甲板には巻かれたロープやカゴが積み上げられていて、その一角が嵐に揺られ、伊魚の目の前で斜めになった甲板から海に落ちた。この船は漁船のようだ。

船室に入れてくれた。藤十郎は立てるような容体ではなくなっていた。床にうずくまる藤十郎を背中に庇いながら伊魚は彼らの質問を受ける。

縮れた髪に黒い肌の彼らは英語ではない、聞いたことのない外国語を話した。何を言われているかわからなかったが、伊魚の服を摘んだり、船室の外に視線をやったりしながら話すから、「なぜあんなところを漂流していたのか、軍隊の人間か」というようなことを訊かれているのは伊魚にもわかる。

説明の手立てがないし、今はそれより先に願いたいことがあった。

「水とキニーネを持っていたら譲ってください、お願いします！」

英語と日本語で言ってみた。彼らの言葉がまったく英語のようではなかったから不安だったが、「キニーネ？」と訊き返されて伊魚は何度も頷いた。

「この男はマラリアに罹《かか》っています。助けてください」

話し声を追って伊魚は男たちの顔を見る。彼らはどうやらキニーネを知っているようだ。マラリアという単語も聞こえる。

伊魚の背中を恰幅《かっぷく》のいい男がパンパン、と叩いた。指で嵐の外を指す。

この船が嵐から助かったらな、というようなことを言っているのではないかと、伊魚は理解した。


漁師の中に、軍が使うキニーネの錠剤を持っている男がいて、藤十郎にそれを分けてもらった。船は一旦、流された島の陰に停泊し、嵐が去るのを待って彼らの島に引き返すことになった。

波の山谷を頼りなくジグザグに船は進む。

びしょ濡れのまま藤十郎は床で気を失ったように眠っている。伊魚は海図を受け取って航路の案内をした。キニーネを与えてくれた彼らの役に立ちたくて、そして少しでも早く藤十郎を助けたかった。


島は七十名程度の村になっていた。この辺りの島々に元々分散して住んでいる一族で、国を問わず兵が立ち寄っては果物や布を買っていくそうだ。

島にはカタコトの英語が喋れる男がいた。村は小さいが、医者がいて注射やキニーネの点滴という治療が受けられた。ベッドの隣に祭壇《さいだん》が組まれ、呪《まじな》いも受けられる特別待遇だった。

ここは漁師の村で、船で渡れるここより大きな島に、本体となる村があるらしい。医療技術と薬などはそこから来るようだ。

南方暮らしの彼らは、マラリアのことをよく知っていた。点滴の他に、濃く煮詰めたキニーネの煮汁を藤十郎に飲ませ、起きている間中キニーネの木の皮を嚙み続けろと言った。身体に何かの草染めの布を巻き、何かの呪文を書いた薄い木の板を間に差し込む。日に二回、村で一番という祈禱師の祈禱も受けた。

これで悪魔は出ていくと、長い髪の先に赤や緑の珠をつけた優しそうな祈禱師の老女は、伊魚を慰め人形をくれた。マラリアの悪魔を退ける番人だと、通訳をしてくれる男が説明をしてくれた。

伊魚は深く礼を伝えて、人形を受け取った。人形は藤十郎が彫る仏像そっくりだったから、きっとよく効くに違いなかった。


藤十郎が入院中、伊魚は村の手伝いをして食事を分けてもらっていた。トウモロコシや穀物を発酵させた汁が主で、あとはそれらを捏《こ》ねて焼いたものと焼き魚。村人は日本人を珍しがり、誰もが優しかった。

藤十郎は病院に運び込まれてから一度、二日間も意識不明になり危険な状態になったが、夜通し呪文を唱えてくれた祈禱師のお陰か、濃いキニーネのせいか、最後の熱が下がりはじめてからは回復に向かっていた。

「藤十郎……」

五日目に藤十郎ははっきりと伊魚を見るようになり、少し話せるようになった。たった数日で頰が瘦け、目が落ちくぼんだが峠《とうげ》は越えたのだ。

今度はどこだ。と声にならない声で藤十郎が尋ねた。伊魚は思わず笑ってしまった。

ラバウルから南太平洋上、無人島、嵐の海上の次は見知らぬ島にいる。まだあの世だと言われたほうが見当がつくだろう。

伊魚たちの身柄は村長預かりになっていた。彼らは知り合いの日本人に連絡を取り、それからいくつもの伝《つて》を辿って日本に連絡を取ってくれようとしているらしい。

伊魚は日本からの返事を待っていた。

ラバウル基地に連絡を取るのは危険だから、内地に連絡を取るということだった。十日程度で返事が来るだろうと聞いていたのだが、「大変なことが起こっているようだ。しばらく待たなければ仕方がない」という連絡を最後に、ちょうど半年間、連絡がなかった。

†　†　†

ラバウルを飛び立ってから、島で約二週間、ここに来てから満月は六回見たが、はっきり何日経過したかは伊魚にもわからない。たぶん日本は今真夏ではないかと思うが、ここが常夏だから比べようがなく自信がなかった。

藤十郎は村の子どもに大人気で、大家族の父親のようにいつも十人ほどの子どもを引き連れていた。だいたい常に背中に子どもを負《お》ぶっている。

島は、小さいながらわりと拓《ひら》けているらしく、物や食べものが豊富で、呪術と文化が混じる不思議な土地だった。

伊魚は若い男たちに数学を教えた。数字が読めないものが半数ほどだったが、教えると、ひと月もしないうちに簡単な数式を解くようになった。

軍人で元々よく働くから伊魚たちは重宝されているようだ。港に行ってはロープの結び方を教えた。畑には畝《うね》を作ってみせた。男たちからはずっとここに住めと誘いを貰い、娘の婿《むこ》にならないかと言われたこともある。藤十郎はここでも婚約者に逃げられたことを言い訳に断っていたようだ。馬鹿だ。

朝は畑を手伝い、昼からは帰ってきた漁船の手伝いをする。恩返しならいくらでもしようと思っていた。

伊魚が建物の軒下に置かれた椅子で休んでいると、魚のカゴを抱えた男が、飲むか？　と手で呷るまねをしながら目の前を通り過ぎる。この島の男たちは自由で、朝から昼にかけて漁船を出して、魚と船の始末をしたら、あとはだいたいぶらぶらしている。女たちは網を繕い、野菜や魚を抱えて歩いている。赤や黄色、島の花々のような色に染めた布の服を纏っているのが物珍しかった。

乾いた日の午後だった。

カタコトの英語を話せる男に、日本と連絡がついたから、別の島まで伊魚たちを移送すると言われた。「移送すると言ってもどこへ行くのか」と行き先を尋ねた。男もよく知らないようで、ただ「帰る、大きな島に行く」とばかり繰り返す。結局内地に帰れるのか、ラバウルに行くのかすらわからなかった。

漁船で本島まで行くと言われた。拒否する理由はなかった。

村人に別れを告げ、藤十郎を助けた呪いの人形と、果物などの土産を貰って伊魚たちは漁船に乗って本島へ向かった。

港には、助けられたときより少し大きな船が停まっていた。船着き場で伊魚たちを迎えた男は、だいぶん流ちょうな英語を喋り、伊魚と藤十郎にそれぞれ「イオ　オガタ?」「トジューロ　タニ?」と確認した。頷くと彼は船に乗れと言う。

挨拶をして、船に近づくと男が言った。

「日本は戦争に負けたそうだ。これで海が静かになる」

家

家は坂道の途中にある。

細く緩やかな坂で、両脇は板塀と白塀がおよそ半々だ。この辺り一帯は一度空襲で焼けたので建物はすべて新しく、道も整えられてこざっぱりとしている。

伊魚の帰宅は平常午後七時頃だが、今日は藤十郎が帰宅するというので日暮れ前に帰ることにした。刻《とき》は夕暮れ。家々から焼き魚やカレーのにおいがしている。子どもがはしゃぐ声が塀の隙間から漏れてくるのを聞きながら、背広姿の伊魚は上り坂を急いだ。

坂の途中を右に折れて三軒目。

伊魚と藤十郎が住む家は板塀で、門はあるが門扉《もんぴ》はない。塀の内側には紅葉《もみじ》と躑躅《つつじ》の前栽があり、今年の正月に合わせて裏庭の端に小さなつくばいを買った。

門を入って飛び石を渡ると木の引き戸がある。この家を建てるにあたって、洋風にするか和風にするか藤十郎とずいぶん迷ったが結局和風の家を建て、それぞれの部屋を和室にして共用の洋間をひとつ造った。

藤十郎は戦後、紡績会社に就職した。伊魚は神奈川《かながわ》県内の中学校の臨時教員として受け入れられ、働きながら資格を得て、来年から正式に高等学校の数学教師として勤務することになっている。

伊魚も藤十郎も一度実家に戻った。双方の親とも実家に戻れと言ってくれたが、家を出ると決めていた。出征中に伊魚の兄に二人目の男子が生まれている。藤十郎の弟もしっかりと育っているということだった。引き止められたが、困ったときには必ず助けると約束して家を出た。長男である藤十郎のほうは少々揉めたらしいのだが、仕事が出張が多いのを理由に別居の許しを貰えることになった。いずれも盆正月には必ず帰るという約束付きだ。

ガラガラと引き戸を開けると三和土《たたき》に藤十郎の革靴があった。すでに帰宅しているようだ。伊魚は儀礼的に「ただいま」と呟き、急いで革靴を脱いだ。鞄を抱えて家に上がる。

「伊魚か」

声がするのは台所のほうだ。

「藤十郎。帰ったのか」

居間の壁には藤十郎の背広がかけられている。通りすがりの畳の上に鞄と背広を置き、伊魚は台所に向かった。台所に行くとワイシャツの袖を捲った藤十郎が、背中を向けて鍋の様子を見ている。仕事の都合で三日ぶりだ。

「頼まれた土産物、買ってきたぞ。たこ煎餅でいいんだな？」

「ああ。仕事はどうだった？」

「まあまあ、出張先の天候もよくて順調だったな」

「そうか。よかった」

応えて藤十郎の隣にゆくと、藤十郎がこちらを見た。

「伊魚」

「何だ」

藤十郎はゆったりと微笑んで囁いた。

「お帰り」

伊魚は藤十郎に笑顔で返した。

「ただいま」

額を擦りつけ唇を合わせた。

近年、伊魚が得た家はこういう家だ。

HOLLY NOVELS

彩雲の城

ホリーノベルズをお買い上げ
いただき、誠にありがとうございます
この本を読まれてのご意見&ご感想を
心からお待ちしています!
ファンレターの宛先は、
〒160-0022 東京都新宿区新宿2-15-14辰巳ビル
株式会社蒼竜社 ホリーノベルズ「尾上与一先生」係まで。

✉ri_holly_gel.blue@dragon.memail.jp
ホリーツイッター ★ Hollynovels

＊初出＊
本書のため
書き下ろし

2014年11月20日 初版発行

尾上 与一 著者

fish born 編集

平塚 雅義 発行者

株式会社蒼竜社 発行所

〒160-0022 東京都新宿区新宿2-15-14辰巳ビル
TEL03-5360-8064 FAX03-5360-8951 販売
振替口座00120-6-87974

SIMPLE MINDS 装丁
大日本印刷株式会社 印刷

ISBN978-4-88386-435-5

◀◀◀✪プチ与一既刊フェア✪応募者全員書き下ろし小冊子プレゼント♥◀◀◀

応募方法&応募券はこのウラ♪

尾上与一書き下ろしSS
& 牧COMIC

尾上与一小冊子全員プレゼント

プチ与一既刊フェア

応募のきまり

①**オモテにご自分の住所氏名を書いた82円切手を貼った返信用封筒1通（長3封筒**※152ミリ×110ミリの冊子が入る大きさ**）、記入済み応募券、の2点**を、下記の宛先までお送りください。
※このページの右端を、切り取ってください➤

②応募券に指示されている、キーワードを**4つ**書き入れてください。
「天球儀の海」「碧のかたみ」「彩雲の城」上記3冊の指定されたページから抜き出してくださいね。

宛先

〒160-0022
東京都新宿区新宿2丁目15番14号
辰巳ビル3F　株式会社蒼竜社
「尾上与一小冊子プレゼント」係

締めきり **2015年2月14日(土)**
※当日消印有効

お願い

☆ご応募は応募券1枚につき1通(1冊)、おひとり様につき1通になります。
☆発送は**日本国内**に限ります。
☆封をする前に記入漏れがないかを確かめ、締め切り日厳守でご応募ください。

発送 **2015年3月以降**

☆発送状況は@hollynovels(Twitter)、HP／ http://www.tg-net.co.jp/のHOLLY NOVELSのページからご確認ください。

ご注意！
無効になります。

☆**キーワードが書かれていない**もの。
☆返信用封筒が**長3以上の大きな封筒**や、冊子の入らない**小さな封筒**の場合。
☆本誌応募券を使用していないもの。
※必ず本誌から切り離してご使用ください。
コピー不可。

♪きりとり♪

✽プチ与一既刊フェア小冊子全員プレゼント応募券✽

★以下のQ1からQ4までのキーワードを回答欄に書き入れてね♪

Q1 **「天球儀の海」**P.180の1行目、行頭より3文字
Q2 **「碧のかたみ」**P.96の3行目、行頭より15文字目からの3文字
Q3 「碧のかたみ」P.148の3行目、行頭より20文字目からの3文字
Q4 **「彩雲の城」**P.172最後の行、行頭より11文字目からの5文字

回答欄

Q1 □□□
Q2 □□□
Q3 □□□
Q4 □□□□□